los de abajo

Estatua de Mariano Azuela por Miguel Miramontes
Guadalajara (Jalisco)

MARIANO AZUELA

los de abajo

Edited by
W. A. R. RICHARDSON, B.A.
Senior Lecturer in Spanish
The Flinders University of South Australia

MODERN WORLD LITERATURE SERIES

HARRAP LONDON

First published in Great Britain 1973
by GEORGE G. HARRAP & CO. LTD
182 High Holborn, London WC1V 7AX

Reprinted 1979; 1980

ISBN 0 245 51919 X

Set in Monotype Plantin 110 *by Amos Typesetters Ltd, Hockley, Essex*
Printed by Redwood Burn Ltd, Trowbridge & Esher
MADE IN GREAT BRITAIN

CONTENTS

ILLUSTRATIONS

MAPS

ACKNOWLEDGMENTS

I wish to thank the following: the staffs of the Computer Centre of the University of Adelaide and the Hemeroteca Nacional in Mexico City; Dr. Alberto L. de Guevara and Dr. Héctor Huízar of the Facultad de Filosofía y Letras, Universidad de Guadalajara; Lic. José Cornejo Franco, Director of the Biblioteca del Estado de Jalisco; Sra. Margarita Valladares Vda. de Orozco for permission to reproduce one of her late husband's caricatures from La Vanguardia (Veracruz) and the Instituto Nacional de Bellas Artes for permission to reproduce the remaining engravings; the Fondo de Cultura Económica for permission to quote freely from Mariano Azuela's *Obras completas;* Mrs. Virginia Riedl; *mis cuates* Jesús Durón and Olga Viveros de Durón for persistently generous assistance and hospitality; a wonderful old man, ex-Huerta conscript and later ardent *villista*, Samuel M. Lozano of Puebla, for the privilege of hearing him sing several *corridos* and for permission to reproduce his version of the *Corrido de la Decena Trágica* in the Appendix; The Flinders University of South Australia for Study Leave and my colleagues there for reasons only too well known to them; and my wife for patient work in the preparation of the typescript.

W.A.R.R.

Guadalajara, Jalisco. *April*, 1971.

INTRODUCTION

For many people Latin America and revolution are thought of in the same breath. The word revolution has been much abused in the Latin American context, often being used merely to describe the taking over of power by one privileged clique from another, usually with little or no bloodshed and almost invariably with no effect whatsoever upon the bulk of the population. This type of "revolution" is that so aptly summarised in the Mexican saying *Quítate tú para ponerme yo*.

There have only been four really significant revolutions in Latin America this century: in Mexico in the years following 1910, in Guatemala under Juan José Arévalo and Jacobo Árbenz Guzmán in the period 1944–1954, in Bolivia in the period after 1952 under Víctor Paz Estenssoro and, more recently, the 26th of July movement of Fidel Castro in Cuba since late 1958. Some might possibly consider the régimes of Juan Domingo Perón in Argentina during the late 40s and early 50s and of Getúlio Vargas in Brazil in the 30s and 40s to some extent revolutionary in their results.

Mexico's Revolution, always spelled with a capital R in Mexico, differs from the others in several ways. Not only was it the first, antedating the Russian one, but it was the bloodiest and cruellest, some million Mexicans being killed in the ten years or so of civil war between rival factions; it has had far more extensive effects than any other Latin American revolution, with the possible exception of the *fidelista* one in Cuba about which it is too early to make definite pronouncements. Its effects have, moreover, reached far beyond the bounds of Mexico itself, influencing the rest of Latin America by the force of its example and achievements. According to the official government party, the *Partido Revolucionario Institucional*, and some historians, it is not yet over, though left-wing opinion would decidedly dispute this. All the above features of the Mexican Revolution, but especially its longevity, have caused it to produce a literary and artistic record of itself of vast proportions.

The tunes, if not the words, of such popular revolutionary songs as *La cucaracha* and *Adelita* are known throughout the world, as are the names of the three outstanding revolutionary mural artists, Diego Rivera (1886–1957), José Clemente Orozco (1883–1949) and David Alfaro Siqueiros (1898–). In addition, a vast number of short stories, autobiographies and novels dealing with the Revolution were produced between 1910 and approximately 1940, although works less directly inspired by it still appear in the 1970s. These former works are less known beyond the bounds of the Spanish-speaking world because only a mere handful have been translated. Mariano Azuela's *Los de abajo* is generally considered both the first and the best of the *novelas de la Revolución*. One of Azuela's correspondents wrote to him in 1929: "*Los ingleses no se interesan por México en lo más mínimo.*"[1] It is in the hope that this statement is less true now that a select bibliography has been included in this edition so that readers may be enabled to find out more about Mexico and the cultural heritage of its Revolution.

The Mexican Revolution

The movement for Mexican independence is generally dated from 1810. By then Mexico had experienced nearly three centuries of Spanish colonial rule. Britain's American colonies had recently acquired their independence, and the libertarian ideas propagated by Rousseau and Voltaire had culminated in the French Revolution. France, however, had disposed of royal tyrants to land itself with the expansionistic task-master

[1] Letter from Enrique Munguía, Jr., dated 7 December 1929 in Azuela, Mariano, *Epistolario y archivo*, México, Universidad Nacional Autónoma de México (Centro de Estudios Literarios), 1969, p. 162.

Napoleon. It was the latter's invasion of Spain and Portugal in 1807–8 that eventually brought about the independence movements in Spain's colonies for, although initially they had rallied to the defence of the mother country and its unworthy monarch Ferdinand VII, the imposition of Napoleon's brother Joseph on the throne of Spain impelled the colonies to think about some form of self-government, even if *mestizo* and *criollo* elements had not yet become sufficiently dissatisfied with their colonial status and rule by *peninsulares* to rebel against government from Madrid.

What actually happened varied from region to region. In Mexico in 1810, a plot to win independence was hatched primarily by Ignacio Allende and Miguel Hidalgo, the priest of Dolores (Guanajuato). Suspicion of discovery led to a premature declaration of independence by Hidalgo, known to history as *el grito de Dolores*, on the 16th of September, now celebrated as Mexico's Independence Day. Despite initial successes, the movement proved abortive and its principal leaders were executed. It was another priest, José María Morelos, who continued Hidalgo's fight until his capture and execution in 1815. At Apatzingán (Michoacán), in 1814, Morelos drew up what was, in theory at least, Mexico's first Constitution, abolishing slavery and the special privileges of the clergy and the military, and dividing up the large estates of the Church and the wealthy. This document was the forerunner of Benito Juárez's *Reforma* legislation incorporated in the 1857 Constitution, Flores Magón's 1906 Liberal Party programme, Zapata's *Plan de Ayala* (1911), and the eventual 1917 Mexican Constitution. Real independence did not materialise until 1821, when an event in Spain—the imposition of a liberal régime upon Ferdinand VII after a revolt of troops bound for the colonies—caused conservative and Church opinion in Mexico to make common cause with *mestizos* and *criollos* in seeking independence, in order to isolate the country from Spanish liberal "heresies".

Porfirio Díaz, el dictador (Leopoldo Méndez)

However, independence brought no real improvements to the majority of the population, as rival groups and personalities squabbled with one another for decades. Antonio López de Santa Anna, who led the uprising which deposed Mexico's first independent ruler, the "Emperor" Agustín Iturbide, was a sinister influence upon the country until Benito Juárez replaced him. It was due, at least in part, to Santa Anna's incompetence that Mexico lost more than half its territory to the United States after the Mexican–American War of 1846–48.

Juárez, a full-blooded Indian lawyer, was to become one of Mexico's most revered figures as a result of the reform laws and the Constitution of 1857, for both of which he was primarily responsible. He saw that the excessive power and influence of the church and the excessive concentration of landholding in few hands were the two major stumbling-blocks to the improvement of the lot of the masses. Unfortunately, little of his legislation was put into effect, as conservative and church opposition in the *Guerra de la Reforma* (1858–61) and the régime of the unfortunate Emperor Maximilian (1864–67) whom the conservatives had invited to rule Mexico, kept the country in a more or less permanent state of civil war.

His successor, Sebastián Lerdo de Tejada, sought to implement some of the *Reforma* legislation during his term (1872–76), but was thrown out of office and replaced by Porfirio Díaz, one of the leading generals in the war against the French-supported Maximilian. He came to power with conservative support, and one of the prime reasons for his success was his opposition to presidential reelection. This was to prove very ironical for, once in office, he did not abandon it, except for a brief four-year period, until he was finally forced from office in 1911 at the age of eighty. His downfall was the first achievement of the Mexican Revolution.

The *paz porfiriana* which Díaz enforced on Mexico had a number of results. By the use of the army and the creation of an internal security force, the *rurales*, extensively recruited from ex-bandits, he induced the first period of relative peace Mexico had known since independence. Once that had been achieved he set about the economic reconstruction of Mexico, with the assistance of vast quantities of foreign capital. This programme was devised by the circle of so-called *científicos*, "la nefanda oligarquía científica" in Madero's words, who surrounded him. American, British and French capital was poured into the country for the building of roads, the construction of railways, the development of mining, the Europeanisation of Mexico City, and the enrichment of Porfirio Díaz and his clique and Mexican and foreign stock holders.

September 1910 was to see the celebrations to mark the centenary of Hidalgo's declaration of independence and to show off to the world the achievements of the Díaz régime. Foreign representatives were invited to Mexico City, exaggerated encomiums of don Porfirio were forthcoming from throughout the world, and guests were luxuriously lodged and entertained. However, what they were allowed to see, both in and beyond Mexico City, was strictly limited. What did don Porfirio—the Indian so ashamed of the fact that he paid for elaborate make-up to disguise it—have to hide?

His achievements, and they were great, only benefitted a minute proportion of the population. Criticism and strikes were forbidden. The press was either gagged by the imprisonment, exile or execution of "offenders", or was duly subservient. Strikes which did occur, for example those at Cananea in 1906, and Río Blanco in 1907, were bloodily suppressed. Indian objections to exploitation were dealt with by similar means. The Yaqui Indians of Sonora were killed, imprisoned, or sold into slavery on the *henequén* (sisal-hemp) plantations of Yucatán. A strange semi-messianic movement led by *la santa de Cabora* in 1892 brought about the systematic extermination of the inhabitants of Tomóchic (Chihuahua).[2] Conditions on *haciendas*

[2] This infamous military expedition was recorded in novelistic style by a young army officer, Heriberto Frías, ashamed of having par-

were those of debt-slavery. The minimal salaries paid, often in tokens, could only be exchanged at the *tienda de raya*, the *hacienda* or company store, and prices were purposely kept high to ensure that workers on the *haciendas* could never get out of debt. Moreover, throughout most of the nineteenth century salaries remained fixed, despite large increases in the cost of living. Absentee landowners left their estates in the hands of brutal managers. Land was systematically stolen from the Indians and enormous tracts, especially in the north of the country, sold to foreigners. The Church, particularly after Porfirio Díaz's marriage to a very much younger, devout Catholic wife, managed to recoup much of the power and influence it had lost earlier.

Nevertheless there was opposition to the régime. Ricardo Flores Magón had been active for many years, both in Mexico with abortive and rather futile revolts and in the U.S.A. There were also local revolts in Yucatán and Veracruz. Copies of *Regeneración*, the Liberal party's journal, were smuggled into Mexico from the U.S.A. But it was Porfirio Díaz's decision to stand as president for yet another six-year term at the age of nearly eighty, together with the strange interview he granted to the American journalist James Creelman, that really brought matters to a head. This highly eulogistic, and reputedly subsidized, interview with don Porfirio was published in *Pearson's Magazine* early in 1908. It was later reprinted in a Díaz newspaper, *El Imparcial*, and contained the somewhat startling revelation that Díaz would welcome an opposition party.

ticipated in it. Promptly court-martialled, it was only by a miracle that he escaped execution. See Frías, Heriberto, *Tomóchic*, México, Porrúa, 1969. A remarkably similar movement, similarly put down, occurred in Canudos (Bahia, Brazil) in 1897, and was recorded by a journalist with the expedition. See Cunha, Euclydes da, *Os sertões*. A classic of Brazilian literature, it is available in English translation under the title *Rebellion in the Backlands*, Chicago, University of Chicago Press, 1942.

Further opposition was forthcoming from young intellectuals, many of whom had been educated abroad, who could not get influential government posts because they were endlessly occupied by Díaz's contemporaries. His cabinet consisted almost exclusively of white-haired old men.

A wealthy northerner, Francisco Ignacio Madero, who had earlier contributed to Flores Magón's Liberal party, started writing a book which he had printed in October 1908. Entitled *La sucesión presidencial en 1910*, it was mild and inoffensive in tone. It did not advocate revolution, but merely the formation of an *anti-reeleccionista* party and a dual policy which, now, slightly altered in wording, is sanctified in Mexico, *Sufragio efectivo, no reelección*. The reaction amazed him. *Antireeleccionista* clubs sprang up everywhere and he toured the country. Díaz let him run his campaign for a while and then had him arrested and imprisoned in San Luis Potosí on the 6th of June 1910 on false charges of inciting revolt. Several thousand other *antireeleccionistas* were also in jail, so the result of the "elections" was a foregone conclusion. Owing to the efforts of his family, Madero was released on bail provided he remained in San Luis Potosí but, once Díaz was reelected, Madero at last reluctantly realized that playing fair with him would not work. He fled to San Antonio, Texas, and by late October had drawn up his *Plan de San Luis Potosí*.[3] He declared the elections void, proclaimed himself provisional president until new elections were held, and called on Mexicans to take up arms against Díaz

[3] Madero's *plan* shows very clearly that the Liberals were not more aware than were the Díaz bureaucracy and the old landowning families of the basic problems of the submerged 80 per cent of Mexico's mainly rural population. He clearly thought that a bit of political stage management to put into effect his *Sufragio efectivo, no reelección* motto would set matters right, but Mexico was basically a feudal social structure on to which had been superimposed a mainly foreign, city-based capitalism. Real democracy simply could not work under such circumstances.

on the 20th of November 1910. Sporadic revolts occurred on the day concerned but they were not very successful; Madero's own rising was a fiasco for lack of support, and he had to recross the border into the U.S.A. In Puebla one of his supporters, Aquiles Serdán, and some of his family and friends were killed when his house was raided in a search for illicit arms.

Early in 1911 Madero joined forces with Pascual Orozco near the city of Chihuahua. Then in April, together with Pancho Villa and his forces, he surrounded Ciudad Juárez, but hesitated to attack. Though his guerrilla leaders were anxious to win what looked like an easy victory, more conservative elements, including his family, were still hoping that Díaz could be persuaded to resign without any real fighting. Orozco and Villa took matters into their own hands and, disobeying his orders, attacked and captured Ciudad Juárez. Accepting the situation, Madero then set about forming his cabinet, which was to include Venustiano Carranza as Secretary of War. As he had been a federal deputy, a senator and a governor under Díaz, this led to some ill feeling. For a variety of reasons Orozco and Villa rebelled against Madero, but his personal bravery saved the day. Not merely did he survive, but he forgave the two leading rebels and won the undying respect of Villa.

By the Treaty of Juárez (21 May 1911) it was agreed that Díaz and Corral should resign and that Francisco León de la Barra, then ambassador in Washington, should become provisional president until there had been proper elections. Díaz eventually accepted the inevitable and resigned, leaving Mexico for Europe.

Madero arrived in Mexico City on the 7th of June 1911 after a triumphal progress from the north. His arrival was marked by a severe earthquake which, together with the appearance of Halley's comet on 4 May the previous year, caused superstitious people to wonder.

Madero was a small man, a vegetarian and a spiritualist. Well-intentioned, he was too pure and impractical for the

Madero y Pino Suárez, candidatos populares (Leopoldo Méndez)

situation into which he had been catapulted against his will. Under de la Barra, a man who had no sympathy with the Revolution, the Díaz bureaucratic machine was left almost intact. The army was not touched but, under the terms of the Treaty of Juárez, the Revolutionary troops were demobilised. There was plenty of opposition to Madero even before the elections. Emiliano Zapata, leader of the Morelos peasants in their fight for *Tierra y Libertad*, was disappointed with Madero's evident dilatoriness with regard to the settlement of the land problem, and he refused to lay down his arms. General Bernardo Reyes, who had presidential aspirations, left the country making threatening noises. Perhaps even more significant was the break with Francisco and Emilio Vázquez Gómez who had been leading revolutionaries. It was unfortunate that Madero placed so much trust and responsibility in his family, for this gave rise to suspicions of nepotism. The *antireeleccionista* party was dissolved and a new one formed, the *partido constitucional progresista*.

Zapata, convinced that no radical reform of the land-holding system would be obtained through Madero, set about formulating his own *plan*. Published in late November 1911, his *Plan de Ayala* was devoted exclusively to the iniquitous way in which, particularly during the *porfiriato*, but also in colonial days, the Mexican peasantry had been systematically despoiled of their land and virtually enslaved on *haciendas*. Direct action was proposed as the only way to set matters right, and land, once returned to its rightful owners, should be defended by force of arms. It was only to forces that were prepared to subscribe to his *plan* that Zapata would ally himself. All others he regarded with extreme suspicion.

With José María Pino Suárez as his vice-presidential running mate, Madero easily won the elections and de la Barra handed over power to him on the 6th of November 1912. Zapata broke with him. General Bernardo Reyes led a revolt but was captured and imprisoned in the military prison of Santiago Tlaltelolco.

There were various revolts in favour of the Vázquez Gómez brothers. But most dangerous of all was one led by Pascual Orozco, in early 1911, and financed by two of the wealthiest landowning combines in Chihuahua, the Terrazas and Creel families. In his march on Mexico City he defeated Madero's Minister of War, General José González Salas, mainly by attacking his troop train with a dynamite-laden engine. General Victoriano Huerta was selected to take the place of González Salas who committed suicide. Pancho Villa, whose troops were "cooperating" with Huerta, had an argument with him and narrowly escaped being executed. Only specific orders from Madero saved his life. In campaigning against Zapata, however, Huerta wilfully disobeyed Madero's orders, an evil omen. Félix Díaz, Porfirio's nephew, managed to take Veracruz, but eventually he also was captured and imprisoned in the Mexico City penitentiary. It is noteworthy that Madero imprisoned those who opposed him rather than executed them. He was to pay for this with his life. He was too innocent and kindhearted to make much headway against the machinations of most of those around him, yet he managed in small ways to show what he wanted to do for Mexico. He made some progress with rural education, managed to get taxes collected reasonably fairly, and discouraged the political personality cult by prohibiting the exhibition in public buildings of portraits of living persons.

But the plot that was eventually to topple Madero was one of which he was warned by several people, actually being given a list of its participants. Apparently because he considered Huerta to be the most likely leader of such a plot and his name figured on the list with a question mark against it, he chose to ignore the warning. What is more, when Bernardo Reyes and Félix Díaz were released from prison to play leading parts in the revolt, he actually put Huerta in charge of the federal troops to oppose them. Several military units, including the cadets of the *Escuela de Aspirantes* at Tlalpan, converged on the *Palacio Nacional* in the central square of Mexico City, the *Zócalo*. But their plans did not go entirely smoothly. The *Palacio Nacional* was still in the hands of loyal troops and Bernardo Reyes was shot dead. This setback caused the rebels to pause. General Manuel Mondragón and Díaz captured and fortified the Ciudadela, an old arsenal in the city, and took stock of their position. A quite incredible series of events took place during the following ten days, known in Mexican history as *La Decena Trágica*.

The opposing sides in the *Palacio Nacional* and the *Ciudadela* poured shot vaguely in the direction of their targets. There were several thousand, mainly civilian, casualties, but Huerta, with vastly superior numbers at his disposal, made no attempt to mount an attack on the rebels. Despite abundant evidence that Huerta was a traitor, Madero did nothing. Troops under the command of Aureliano Blanquet, a general who had already caused trouble to Madero, replaced the loyal troops guarding him. Madero and Pino Suárez were arrested personally by General Blanquet, and Huerta and Félix Díaz went to the American Embassy where a pact, ever since known to Mexicans as the *pacto de la embajada*, was drawn up. The part played by the then American ambassador, Henry Lane Wilson, in the downfall of Madero and his replacement by Huerta, is one of which Americans are suitably ashamed. There appears to be little doubt that not merely did he encourage Huerta, but did not lift a finger to warn Madero of impending treachery and even refused to intercede for his life after the coup.

Huerta's way of disposing of his enemies was very different from Madero's. On the night of the 22nd of February 1913, while ostensibly being transferred from the *Palacio Nacional* to the penitentiary, Madero and Pino Suárez were murdered in cold blood by a party of *rurales* commanded by Major Francisco Cárdenas. An official account of the event, which left Henry Lane Wilson quite satisfied, explained that Madero and Pino Suárez had unfortunately been shot in an attempted rescue

Huerta en New York (J. C. Orozco)

bid. The real facts nearly all emerged in due course and Huerta's responsibility for the dual murder has been proved beyond all reasonable doubt.

Huerta, a crafty, thoroughly untrustworthy and deceitful man, regarded himself, and was regarded by much conservative opinion, as the saviour of Mexico from the chaos that had followed Porfirio Díaz's overthrow. Nicknamed amongst other things *el chacal* (the jackal), he was much addicted to drink. His cabinet colleagues, who changed with remarkable frequency, and the diplomatic corps could seldom find him easily, but had to pursue him from one bar to another. He mistrusted all those around him and eliminated anyone, including friends and fellow-conspirators, whom he suspected of aspiring to his position or of threatening it. But he did not have everything his own way. Recognition by the U.S.A., which he had been promised by Ambassador Henry Lane Wilson, did not materialize.

In the north, on the 26th of March 1913, Venustiano Carranza proclaimed his *Plan de Guadalupe*, refusing to recognize Huerta and proclaiming himself *Primer Jefe del Ejército Constitucionalista*. His *plan* had little to say about revolutionary policies or ideologies but merely sought to replace Huerta's usurpation of power by a "constitutional" government. Perhaps somewhat surprisingly, he was accepted by the military leaders opposing Huerta, probably because he was a civilian.

By early February 1914, the U.S.A. had lifted an arms embargo on supplies to the anti-Huerta forces and a short while later, magnified two insignificant events involving U.S. service personnel in Tampico and Veracruz into an international incident. Americans occupied Veracruz on the 21st of April, at least partially to prevent a consignment of arms on the *Ypiranga*, the same ship which had taken Díaz into exile, from getting into the hands of Huerta. Mexicans of all political persuasions felt outraged by this action, rather than grateful for the attempt to assist the *constitucionalistas* to get rid of Huerta.

Throughout most of 1913 the only *constitucionalista* activity had been that of Villa's *División del Norte*. From mid-March he had been recruiting and acquiring arms. From August onwards he won a series of spectacular victories, including the capture of Torreón on the 2nd of October; the city of Chihuahua, by guile, on the 15th of November from his erstwhile colleague Pascual Orozco; Tierra Blanca, in a running battle lasting from the 23rd to the 25th of November; and Ojinaga. He then, as *de facto* state governor, set about the formation of an administration in Chihuahua. His *zapatista*-inspired distribution of land did not appeal to the conservative Carranza. However Felipe Ángeles, a faithful *maderista* regular army artillery officer, joined Villa with Carranza's blessing and the Villa-Ángeles combination for long proved invincible.

Carranza nominated Pablo González as one of his two senior commanders, the other being Obregón, whom he regarded both as an able leader and as a man who would not make political trouble for him as Villa already had in the past and undoubtedly would again in the future.

Carranza and Villa met in Chihuahua shortly after the latter had retaken Torreón (2 April 1914) and it was quite obvious that the *Primer Jefe* did not like or trust him. Until this time Villa had been more or less obedient to Carranza, even when puzzled by his behaviour. *Constitucionalista* successes continued. Huerta's unfortunate conscripts were defeated at Monterrey in April and at Tampico, Tuxpan, Tepic and Saltillo in May. On the 23rd of June, Villa, together with Pánfilo Natera whose original attack from Fresnillo had been a failure, captured Zacatecas in defiance of Carranza's orders. This was generally regarded at the time, as Azuela puts it, as the "*Requiescat in pace*" of Huerta, whose *federales* were defeated again and again in July by Obregón and Pablo González. Huerta in fact resigned on the 15th of July and left Mexico for exile five days later.

However, the battle of Zacatecas can also be taken as a landmark in the revolutionary civil war because it brought to a head the personality clash between Villa and Carranza. Neither of them were easy men to get on with, and so great was Carranza's fear that Villa's capture of Zacatecas might enable him to get to Mexico City and meet up with *zapatista* troops before Obregón and Pablo González could get there, that he cut off arms supplies to Villa and also the coal he needed for his trains. Even then, surprisingly, Villa was prepared to be conciliatory. A meeting was arranged at Torreón between *villista* representatives and those of Pablo González's north-eastern troops to attempt to resolve the differences between Carranza and Villa. The result was the *pacto de Torreón*, which did not really solve the main problem but did promise Villa coal (though the delivery of this was still strategically held up until Obregón's and González's troops had got to Mexico City). It was also agreed that once peace was attained a convention should be summoned to arrange for elections. It soon became clear, however, that Carranza himself was determined to take over the government of the country, not as provisional president, which would automatically have prevented him from becoming president, but as *Primer Jefe*.

While Villa's troops were isolated in Chihuahua for lack of coal, Obregón's troops entered Mexico City on the 15th of August. Carranza himself followed a few days later and promptly started governing dictatorially, always claiming—usually falsely —that he was doing things in accordance with the *Plan de Guadalupe*. Owing to the way in which the delegates to the Convention in Mexico City were selected, it was hardly surprising that there were no *villista* or *zapatista* representatives present. Sufficient of Carranza's own supporters were sensible enough to see that this completely unrepresentative body could not possibly attempt to solve Mexico's problems, that they sent out invitations for another Convention to which representatives of all factions were invited.

The Carranza-Villa split was threatening to make the Revolutionary movement fall apart at the moment of victory over the reactionary Huerta. Therefore, in addition to the Convention which was to be very much occupied with this matter, Obregón paid two visits to Villa in Chihuahua to endeavour to patch up differences. The first trip appeared reasonably successful, but it was by sheer good fortune on the second occasion in mid-September that Obregón escaped execution by Villa on charges of treachery. Carranza did not help matters by choosing this moment to telegraph orders to his commanders south of Chihuahua to stop any southward move that Villa might make, by pulling up the railway tracks. Villa intercepted these orders and was extremely angry.

Carranza's Convention being a failure, delegates assembled for the second in the Teatro Morelos in Aguascalientes on the 10th of October 1914. The city was declared neutral and was selected because of its geographical situation roughly half way between Villa- and Carranza-held territory.

Carranza himself refused to attend as, initially, did the *zapatistas*. When eventually the latter did arrive after a rapid visit to Villa, the theatre was thrown into an uproar when their leading speaker, Díaz Soto y Gama, launched into a diatribe against the military, the clergy, Carranza, the *Plan de Guadalupe*, and insulted the Mexican flag as a symbol of reaction shortly after all previous delegates had signed their names on it in scenes of patriotic emotion. Shooting very nearly broke out, but he was eventually allowed to proceed and proclaimed the *Plan de Ayala* the only sound exposition of the Revolution's aims. *Villistas* and *zapatistas* applauded. The split was only too obvious, but eventually Villa and Carranza were both asked to resign from their positions and a neutral nonentity, Eulalio Gutiérrez, was elected provisional president. Villa was quite prepared to resign until it became quite clear that Carranza would not. Eulalio Gutiérrez then proclaimed Carranza in revolt against the Convention government. Villa, obviously the leading *convencionista* military commander, started moving his troops towards Mexico City.

Obregón was at last compelled to take a decision he had for long postponed, and threw in his lot with Carranza rather than Villa, whose mental instability had been proved to him beyond all doubt during his recent harrowing experiences. Force of circumstances made the *carrancistas* abandon Mexico City, and Carranza set up *his* capital in Veracruz the moment American troops had been withdrawn in late November 1914. Carranza realised he was in a difficult position and set about attempting to attract adherents by proclaiming, in December 1914 and January 1915, a series of basic laws concerning, amongst other things, the distribution of land, *ejidos* (agricultural collectives) and labour legislation. It is very doubtful how far he personally approved of these measures, but they had the desired effect of winning him the support of much of organised labour and, in particular, that of the so-called *Casa del Obrero Mundial* which actually formed a kind of workers' militia.

Zapatista and *villista* troops occupied Mexico City early in December, together with the *convencionista* provisional president, Eulalio Gutiérrez. It soon became obvious, however, that it was Villa and not Gutiérrez and his ministers who controlled things, just as Obregón had foreseen. Villa and Zapata met, but *zapatista* troops did not carry out effectively their part of the planned attack upon Carranza's forces. The main outcome of the meeting appears to have been a series of some one hundred and fifty quite illegal executions of people they did not like, and the *convencionista* government was unable to stop them. Gutiérrez was in an uncomfortable position and endeavoured, unsuccessfully, to bring about a reconciliation with Obregón, whose troops were approaching Mexico City again.

During the first three months of 1915, *constitucionalista* and *convencionista* troops alternated in occupying the capital. Eulalio Gutiérrez, with part of the *convencionista* government, left Mexico City and wandered around north-eastern Mexico, while the remainder of the *convencionistas* moved to and fro' between Mexico City and Cuernavaca as the military situation dictated. The conditions prevailing in the capital were pitiful. Food was extremely short, and the economy in chaos since each government refused to recognise the other's currency.

But yet another major turning point was at hand. Villa and the *convencionista* government had more or less parted company. His *División del Norte*, which could get little cooperation from Zapata, became an independent military unit. Villa, disregarding the advice of Felipe Ángeles which had proved so valuable to him in the past, decided to attack Obregón's troops at Celaya. Obregón, though numerically inferior, was better supplied with arms and ammunition, and his troops were well dug in behind barbed wire. A German trench warfare expert fresh from the European Western Front was with him. The first attack on the 6th of April was costly and indecisive even though some *villista* troops penetrated temporarily right to the centre of the town, but the attack launched on the 13th was disastrous. Villa's casualties were enormous and it was the beginning of the end for him. Despite local successes he was defeated time and again as he withdrew northwards. On the 19th of October, Carranza's government was granted *de facto* recognition by the U.S.A. and several other governments, and the Americans placed an embargo on the supply of arms to any other factions. Earlier in the year the U.S. government rendered Mexico a signal service by arresting Pascual Orozco and Huerta. The latter had returned from exile in Europe and, with the assistance of a German espionage network anxious to create trouble for the U.S. on its southern border, was preparing to "save" Mexico once more.

By the end of 1916, Carranza's forces were in effective control of all of Mexico except for the Zapata country of Morelos. Villa had reverted to banditry and to such acts of bravado as the raid on Columbus (New Mexico) which caused the incursion into Mexico of the Pershing punitive expedition (March 1916–February 1917). In fact the expedition never found or punished Villa but did get involved in hostilities with Carranza's troops.

Its main achievement was to make apparent to the U.S. its appalling unreadiness for the European war in which it was to be involved within a year.

A constitutional conference was summoned by Carranza in mid September, and it met in Querétaro on the 1st of December 1916. The Constitution which was the result of its deliberations was ready by the 31st of January the following year. The delegates were divided into relatively conservative elements, known historically as the *renovadores*, and those of more revolutionary persuasion, the *jacobinos*, led by Francisco Mújica. The 1917 Constitution was far more radical than anything Madero had envisaged and it was doubtless with much reluctance that Carranza found himself compelled to accept it. Amongst its provisions were measures to curb the power of the Church, to break the stranglehold of foreign companies over much of the economy, and to deal with agrarian reform. It also outlined extremely advanced labour legislation. On the 11th of March 1917, in elections in which only a minute proportion of the electorate voted, Carranza was elected constitutional president.

But though an elected government was now in power and a new constitution approved which dealt with most of the problems which had caused the Revolution, many years were to pass before its provisions were implemented, but at least guidelines for future development had been laid down. Regrettably, the tradition of violence in political life which had started with the achievement of independence was too strong to be promptly forgotten, and it was not really until the presidency of Lázaro Cárdenas (1934–1940) that presidential elections were not marked by assassination attempts.

Meanwhile nearly all the major figures of the Revolution who had survived to see the signing of the 1917 Querétaro Constitution met violent deaths. Zapata was treacherously killed by Jesús Guajardo in 1919, probably on Carranza's orders; Carranza himself was assassinated in 1920 at Tlaxcalantongo (Puebla) after attempting to impose his own successor; Villa,

Tren revolucionario (Leopoldo Méndez)

after three years of peaceful retirement on a government-granted hacienda, was assassinated at Parral in 1923, probably on the orders of Obregón; and Obregón himself died at the hands of a religious fanatic, José de León Toral, in a Mexico City restaurant in 1928. He and his associates had just arranged for two amendments to the Constitution, to extend the presidential term from four to six years and to permit presidential re-election. But Madero's "*no reelección*" motto was not so easily disposed of and, since the presidency of Cárdenas (1934–1940), all Mexican presidents have completed their six-year terms and handed over peacefully to their successors.

Mariano Azuela

Although Azuela writes "No soy tan ciego ni tan fatuo para creer que mi vida le importe a nadie",[4] he goes on to say "escribir novelas no es a menudo sino dar páginas de autobiografía más o menos bien disfrazadas".

In his *El novelista y su ambiente* I and II, in *Autobiografía del otro*, and scattered throughout the other miscellaneous writings collected in the third volume of his *Obras completas*, and also in his published correspondence, Azuela gives a lot of autobiographical information.

He was born on the 1st of January 1873 in the small town of Lagos de Moreno, in the State of Jalisco, the eldest of the nine children of don Evaristo Azuela and doña Paulina González. This was some ten years before the birth of that other famous *jalisciense*, José Clemente Orozco, who in the late 1920s was to illustrate the first English translation of his most famous novel.

His father had a small grocery store, *La Providencia*, in Lagos and the family also possessed a small farm some thirteen miles out of the town. His maternal grandfather, don José María González, whose life had been lived travelling the roads of Mexico with his mule trains, was an inveterate raconteur from whom he learned much about the *rancheros* who would later populate the Jalisco countryside in his early novels, while the customers in his father's grocery store also taught him much about small town life.

After some formal primary education he went to the *Liceo de Varones del Padre Guerra* in Lagos, where he acquired some of the rudiments of knowledge which were then considered essential for a child destined for a profession. It seems probable, however, that he learnt even more from his secret reading.

[4] Azuela, Mariano, *Obras Completas*, México, Fondo de Cultura Económica, 1958–60 (vol. III), p. 1193.

In 1887, at the age of fourteen, he was sent off to the State capital, Guadalajara:

> Proseguí mis estudios en Guadalajara, en el Seminario, para continuarla (*sic*) en el Liceo de Varones del Estado (1889–1892), para pasar de allí a la Escuela de Medicina. ¿Por qué medicina? Es uno de tantos enigmas de mi vida que nunca he logrado descifrar. Apenas se abrieron mis ojos a la luz de la razón y yo sabía con seguridad matemática que tenía que estudiar medicina.[5]

Besides his studies he read. Away from home he could read whatever he could lay his hands on, including Jorge Isaacs' *María*, *Gil Blas de Santillana*, and works by both the Dumas. His long summer holidays which he spent on the family farm he describes as "el acontecimiento máximo del año".

His medical studies began in 1892, but he still found time to read any novel he could get hold of. It was at this stage that he discovered Balzac, Zola, Flaubert, the Goncourts and Daudet. He went to the *Biblioteca Pública* "con una asiduidad que envidiarían El Liceo de Varones y la Escuela de Medicina".[6] He became a frequent playgoer at the *Teatro Degollado*, often having to pawn his cloak at the *Monte de Piedad* to pay for his tickets, and with fellow students followed the lead of *el loco Murillo* (later famous as the painter Dr. Atl) in noisy demonstrations accompanying the actors from the stage door to their hotel.

In 1896, his voracious reading and an innate desire to write himself, produced a series of *Impresiones de un estudiante*, published under the pseudonym Beleño in *Gil Blas Cómico*. Even this early, his inclination to protect the underdog was evident. The girlfriend of a fellow student whom he came across as a terminal pathological case during his studies, and who first appeared in one of these stories, was to give him the plot for his first novel *María Luisa*, which he wrote at night as a hospital internee but which was not published until 1907. He admits

[5] *Ibid.*, p. 1127. [6] *Ibid.*, p. 1154.

that he wrote it during his "quinto año de medicina, empapado más que en la patología y en la terapéutica, en las novelas realistas de Francia y España, entonces en su apogeo".[7]

He did, however, study as well, and presented his doctoral thesis on the treatment of pneumonia in 1899. He returned, with some regrets, to his native Lagos to set up a practice there. His absence of some twelve years, even though he had spent holidays there, made things seem strange to him. However, in September 1900 he married Carmen Rivera, niece of Agustín Rivera, a famous citizen of Lagos whose biography he was to write later on, and settled down. Ten children were to be born in due course, seven in Lagos, one in Guadalajara, and two in Mexico City.

As he had no specialist training, he found himself a G.P. in a town of twelve thousand inhabitants or, as he puts it, "médico, cirujano, partero, oculista, ginecólogo, psiquiatra, etc., etc., sin más bagaje que el aprendizaje del índice de los libros de patología y terapéutica con que las escuelas lo arrojan a uno a la calle".[8] For several years he could find no time for writing. "Las horas que no gastaba en hacer visitas y dar consultas me las pasaba clavado hasta las altas horas de la noche en los textos. Cuando no eran éstos eran las publicaciones médicas a que estaba suscrito".[9] Until one day, by chance, at a Sunday literary gathering he used to attend, he read some chapters of his *María Luisa.* Its reception made him set about correcting it and having it published in 1907. The fact that it received "un éxito lisonjero" and was commented upon by a number of literary figures, was sufficient for him to allow "que el letrado asesinara al médico".[10]

Neither then nor at any time in his life did he hanker after social position or political power. He kept up his literary interests by his association with like-minded fellowtownspeople in

[7] *Ibid.*, pp. 1012–13. [8] *Ibid.*, p. 1042. [9] *Ibid.*, p. 1042.
[10] *Ibid.*, p. 1042.

Lagos, more particularly in the bi-monthly meetings at a farm called *La Luz* belonging to one of the group, Moreno Oviedo. One of the regular attenders was a local poet, José Becerra, who was to provide him later with material for several characters, including Valderrama in *Los de abajo*. He helped produce two fairly short-lived literary journals in which some of his early work appeared, and contributed to the Lagos paper *El Defensor del Pueblo*. He also wrote a few short stories.

His early years as a doctor in Lagos gave him plenty of chances to observe local life and the first novel that resulted, *Los fracasados*, was published in 1908. Its modest success encouraged him to persevere as a writer. The reading of certain documents in connection with a legal case gave him the initial idea of his next plot and, making use of both his childhood memories and his later experiences as a country doctor, he wrote *Mala yerba*. The pre-publication reaction of one of his friends to the work was unfavourable. He writes: "Comprendí que mi vocabulario y estilo . . . le daban náuseas."[11] When still at school in Lagos the facility with which he and his fellows picked up "un lenguaje lleno de color, de sonoridad y de intención"[12] brought forth the warning that such language should never be used in society. But he was determined that the country people of Jalisco in his book should speak as they really did, and he declined to purify it.

In *Sin amor*, his next novel, he reverted to "la pequeña burguesía pueblerina"[13] of Lagos. "Con esta novela terminó el primer ciclo de mi producción en los momentos en que el país comenzaba a estremecerse con la revolución de Madero en el norte."[14]

Azuela's sympathies were wholly with Madero.

> "Una determinación libremente tomada me encadenó al movimiento revolucionario que inició don Francisco I. Madero. Nunca tuve ni he tenido inclinación o simpatía por la política militante:

[11] *Ibid.*, p. 1062. [12] *Ibid.*, p. 1187. [13] *Ibid.*, p. 1063. [14] *Ibid.*, p. 1064.

> pero en la acción contra el vetusto régimen de Porfirio Díaz pudo más mi corazón que mi cerebro."[15]
>
> "El secretario de la Jefatura Política, poeta, soñador, íntimo amigo mío y yo, ciegos partidarios de Madero los dos, convertimos las oficinas en centros de propaganda revolucionaria. Tal aventura le costó la destitución de su puesto y la salida en busca de trabajo, donde no lo conocieran, y a mí el encono del caciquismo local."[16]

He and his friends, after the death of Aquiles Serdán in Puebla, founded a political club named after him to which people of many walks of life belonged; and when Madero's triumph was assured by Díaz's resignation and departure in May 1911, Azuela was appointed *Jefe político* in Lagos. It was a position he felt compelled to accept, despite his dislike of active politics, but he did not hold it long. Even in order to get into the offices of the *Jefatura política* he had, ironically, to appeal to the local garrison of federal troops to dislodge his opponents, "ricos de larga vista", who suddenly changed political sides and "aparecieron de repente como adeptos a la nueva causa y devotos del caudillo en triunfo".[17] The change from a *maderista* State governor to a reactionary one caused Azuela to resign. As if to emphasise the forthcoming fate of the Madero régime, Azuela's successor as *Jefe político* was none other than the man whose armed followers had attempted to prevent his taking office.

> "Esto me dio la medida cabal del gran fracaso de la revolución. Fue para mí el máximo instante de desilusión, de irreparables consecuencias. El caciquismo recuperaba sus fueros, sorprendido él mismo de la debilidad catastrófica del gobierno maderista. Decidido a retirarme de una manera absoluta de toda actividad política, me dediqué al ejercicio de mi profesión y en las horas muertas a componer el primer volumen de una serie que debió haberse llamado *Cuadros y escenas de la Revolución Mexicana* pero que por necesidades editoriales y otras causas secundarias hubo de cambiar de nombre."[18]

[15] *Ibid.*, p. 1066. [16] *Ibid.*, p. 1068. [17] *Ibid.*, p. 1069. [18] *Ibid.*, p. 1070.

From that moment on, and quite aware of what he was doing, he ceased to be the calm, impartial observer he had been in his first few novels. "Ora como testigo, ora como actor en los sucesos que sucesivamente me serviría de base para mis escritos, tuve que ser y lo fui de hecho, un narrador parcial y apasionado."[19]

The first such work was *Andrés Pérez, maderista* (1911), the theme of which was "La audacia y el cinismo con que los enemigos de la revolución chaquetearon en los propios momentos en que se consumó la derrota del régimen . . .".[20]

The downfall of the Madero régime ("aquel régimen humano, demasiado humano quizás . . . indigno de un pueblo acostumbrado a sentir el látigo en sus espaldas o a empuñarlo"[21]) was readily foreseeable by many of its supporters besides those who were actually hoping for its end. Azuela was horrified by the reactions of "los periodistas, panfletistas y otros intelectuales del porfirismo" who now "no sólo justificaban sino hacían el panegírico del ebrio consuetudinario y asesino, (Huerta) que para honor de las personas decentes ocupaba la primera magistradura".[22] Azuela was lucky to escape the backlash of the new régime and "en un estado de zozobra e inminente peligro"[23] started to write *Los caciques*, hiding it as it progressed lest it should be discovered by the "authorities" in their frequent searches of suspect houses. "Escribí con pasión, pero ajustándome estrictamente a la verdad, la enconada lucha entre el rico explotador e insolente con el pueblo domado, pero ya en momentos en que en su conciencia se estaba elaborando la terrible revancha."[24] Needless to say, it had to wait for publication until much later.

> Estaba retocando el último capítulo cuando llegaban grupos dispersos del ejército federal con la marca de su desastre en la ropa desgarrada, en los rostros macilentos y en sus miembros vendados,

[19] *Ibid.*, p. 1070. [20] *Ibid.*, p. 1071. [21] *Ibid.*, p. 1073.
[22] *Ibid.*, pp. 1073–74. [23] *Ibid.*, p. 1074. [24] *Ibid.*, p. 1074.

> después del combate con Francisco Villa en Zacatecas. ¡La revolución había triunfado![25]

That was his immediate reaction, in June 1914. The real revolution led by Carranza, Villa, Obregón and Pablo González, all those who had refused to accept Madero's murderer as president, had won its most significant battle and Huerta departed. But his defeat gave rise to the Villa-Carranza rift and the attempts to heal it at the Convention of Aguascalientes in October and November 1914. Azuela decided to support the *convencionista* cause because, for him, it was that of the legal government. Once involved in it, he found himself willy-nilly not so much supporting legal government but the *villista* faction, for at Irapuato in October or November 1914 he joined the staff of Julián Medina, one of the *villista* generals, before it became obvious that Villa, and not the provisional president Eulalio Gutiérrez, would control the government. "El general Medina me recibió con demostraciones de estimación y cordialidad y en seguida me extendió el nombramiento de jefe del servicio médico, con el grado de teniente coronel."[26] After about a month at Irapuato, where he listened to Medina's accounts of his revolutionary adventures, the approach of *carrancista* troops compelled them to retire to Guadalajara. There, for a very brief period between mid December 1914 and early 1915, when Julián Medina was State governor on behalf of the *convencionista* government, Azuela was appointed *Director de Instrucción Pública.* It was while he was in Guadalajara that Azuela decided on the name Demetrio Macías for the protagonist of his next novel, having abandoned his original idea of modelling the character entirely on Medina.

The military situation was very confused in the early months of 1915, particularly after Villa's defeat at Celaya in April, and Medina's troops moved from Guadalajara to Lagos de Moreno and then, under pressure from Obregón's forces, to

[25] *Ibid.*, p. 1075. [26] *Ibid.*, p. 1079.

Aguascalientes. An attempt was made to retake Guadalajara. The attack was a failure but during it Azuela was at Tepatitlán, a number of miles to the north-east, where he awaited the arrival of casualties for treatment. At Tlaquepaque, on the south-eastern outskirts of Guadalajara, Manuel Caloca, one of Medina's leading commanders, was seriously wounded. With eighty of his *gente*, Caloca arrived at Tepatitlán. Pressure from *carrancista* troops compelled them to evacuate the town and they made their way via Cuquío, north-west, to the Juchipila canyon.

> Con Caloca en angarillas, una partida de carrancistas nos sorprendió en el fondo del cañón, pero como toda la gente del coronel era de serranos y caballistas magníficos, con facilidad se apoderaron de las alturas y pronto pusieron en fuga al enemigo. Yo, entretanto, al amparo de un covachón abierto en la peña viva, tomaba apuntes para la escena final de la novela apenas comenzada.[27]

The journey continued, via Calvillo, to Aguascalientes. There he operated and then promptly took a train north to Chihuahua where he left Caloca in the military hospital. In Chihuahua, he started to put in order the notes he had been making, and he read the first part to a friend who shortly after left for El Paso. "Había terminado ya la segunda parte, cuando me escribió, asegurándome que tenía editor para mi libro. Como mis recursos se estaban agotando, salí de Juárez a El Paso con diez dólares en la bolsa."[28] He was compelled to accept the offer made by Gamiochipi, the publisher of a local Spanish language newspaper *El Paso del Norte*, "mil ejemplares de sobretiro y tres dólares a la cuenta, mientras se hacía la impresión. Al mes de haberlo repartido en puestos de libros y revistas, se habían vendido cinco ejemplares."[29] The novel appeared in weekly instalments during October and November 1915, and the final

[27] *Ibid.*, p. 1087. [28] *Ibid.*, pp. 1087–88. [29] *Ibid.*, p. 1088.

third of the book Azuela wrote "en la misma imprenta de El Paso del Norte".[30]

With the obviously definitive defeat of Villa as a significant force in Mexico and with the capture of Ciudad Juárez by *carrancista* troops, Azuela, thoroughly disillusioned, decided to return to Mexico and make a new start. Despite being offered the post of director of the *Escuela de Medicina* in Guadalajara by his friend, the then governor of Jalisco, José Guadalupe Zuno, he decided that he preferred to live "en la más humilde pobreza a volver al torbellino de los llamados gobiernos revolucionarios".[31].

He got to Mexico City in March 1916, and his family joined him four months later. Life was very difficult. All his savings had gone in the financial chaos of recent years with the regular refusal of one government to acknowledge the currency of its predecessor. One of his early acts was to seek a publisher for *Los caciques*. Its publication, which went quite unheralded, earned him 100 pesos with which he promptly went out and bought a suit "para comenzar a ejercer mi profesión en forma presentable".[32]

The cooperation of a local chemist, who referred potential patients to him, and "una epidemia de tifo y a renglón seguido la terrible influenza española" sufficed to set him up with a permanent practice in Peralvillo, a poor quarter of the city. "Pobres habían sido mis clientes en mi tierra y pobres fueron los de la capital."[33]

From then on his two occupations, general practitioner and novelist went on side by side but it was with the first that he earned his living, for he writes, "los libros que compuse nunca me dieron ni para desayunarme . . .",[34] and his correspondence and his autobiographical writings amply support the assertion. Pirated editions appeared in several countries. An occasional

[30] *Ibid.*, p. 1081. [31] *Ibid.*, p. 1175. [32] *Ibid.*, p. 1076.
[33] *Ibid.*, p. 1076. [34] *Ibid.*, p. 1192.

short story, two short novels, *Las moscas* and *Domitilo quiere ser diputado*, and *Las tribulaciones de una familia decente*, a novel dealing with life in Mexico City under Carranza's government, were published in 1918 after what must have been a veritable spate of activity, but none received literary recognition. Even the small reading public "se había obstinado en no reparar ni en mi nombre siquiera".[35] This continual frustration, even for a man with as few ambitions as he, decided him to attempt to write something different, both in content and in style, to fit in with what the critics of the period seemed to expect. If this, too, failed to win him some recognition, he would give up writing. *La malhora*, published in 1923, was the result. With patients drawn from the "flor y nata de la hampa metropolitana",[36] there was no shortage of raw material. The style in vogue, which he describes as consisting of "el truco . . . de retorcer palabras y frases, oscurecer conceptos y expresiones para obtener el efecto de la novedad",[37] he attempted to apply to the *lenguaje popular* which had been such a feature of his previous works. Its reception was no more favourable than that of any of its predecessors, but nevertheless, fame was round the corner.

Los de abajo, nearly ten years after its first publication as a serial in *El Paso del Norte*, won him tardy recognition. In the edition of *El Universal* published on the 20th of December 1924, a critic, Julio Jiménez Rueda, produced an article entitled *El afeminamiento en la literatura mexicana*. In the course of it he expressed his amazement that, after years of revolutionary struggle, "no haya aparecido la obra poética, narrativa o trágica que sea compendio de las agitaciones del pueblo en todo ese período de cruenta guerra civil, apasionada pugna de intereses . . . El pueblo ha arrastrado su miseria ante nosotros sin merecer tan siquiera un breve instante de contemplación". A series of articles by several writers was to follow,

[35] *Ibid.*, p. 1112. [36] *Ibid.*, p. 1114. [37] *Ibid.*, p. 1113.

some agreeing, some disagreeing; but it was Francisco Monterde, who was later to edit Azuela's *Obras Completas*, who wrote in *El Universal* on the 25th of December 1924: "Podría señalar entre los novelistas apenas conocidos—y que merecen serlo—a Mariano Azuela. Quien busque el reflejo fiel de nuestras últimas revoluciones tiene que acudir a sus páginas . . . es el novelista mexicano de la revolución, el que echa de menos Jiménez Rueda." The polemic was kept alive by Victoriano Salado Álvarez, who remarked that he had never read *Los de abajo* because, "según parece, es una curiosidad bibliográfica". In due course, *El Universal Ilustrado* brought off a scoop by publishing *Los de abajo*, the current literary sensation, as a serial in January and February 1925. The polemic continued, and Azuela's name was made in Mexico. He was interviewed time and again, and new editions of the work appeared in 1927, in Jalapa (Veracruz) and twice in Madrid. From then on, not merely did new editions appear but also the translations which were to spread his name still further afield.

This renown, however, did not go to Azuela's head. He produced two other works, *El desquite* (1925) and *La luciérnaga* (1927, published in book form in 1932), continuing the new style he had tried in *La malhora*, and then promptly concluded the experiment, feeling, as he expresses it, "una sensación de vergüenza de haber incurrido en ese truco tan sobado ahora de martirizar las palabras, para dárselas de inteligente, ingenioso y agudo. Reconozco que decir las cosas con claridad es exponerse a que lo califiquen a uno cuando menos de tonto; pero es más decente, más honrado".[38]

By the middle of 1927 his financial situation had improved sufficiently for him to move to another house, Álamo 242—now Mariano Azuela 242—in the Santa María de la Ribera district, and there he was to live for the rest of his life. The previous

[38] *Ibid.*, p. 1118.

year he was appointed medical officer in the *Departamento de Beneficencia Pública*, later to become *Salubridad y Asistencia Pública*.

Besides continuing with his medical work he went on writing, especially early in the morning. In his later novels dealing with the more peaceful stage of the Revolution, he was very critical of many presidents. Carranza he had attacked as early as 1917 in *Las tribulaciones de una familia decente* and in the short stories of the same year. Plutarco Elías Calles came in for serious strictures in *La luciérnaga*, and in *El camarada Pantoja*, written in 1928, though not published until 1937. Even Cárdenas was criticised in *Regina Landa* (1939), *San Gabriel de Valdivias* (1938), *Avanzada* (1940) and *Nueva burguesía* (1941). It was much to the credit of the presidents concerned that they never attempted to silence him, a fact that he personally appreciated: "Lejos pues, de ser resentido de las administraciones que con más encono he atacado, en lo personal conservo agradecimiento por los altos personajes que, no importe la causa, jamás se ocuparon de mí."[39]

During the 1930s he indulged in several works in a genre which particularly appealed to him, biography and novelised biography. *Madero (biografía novelada)*, written with a view to having a film made of it, was not published when he died. The others, *Pedro Moreno, el insurgente*, *Precursores* and *El padre don Agustín Rivera*, appeared in 1933-4, 1935 and 1942 respectively.

He was interested in drama, but the versions made of his novels *Los de abajo* and *Los caciques* (*Del Llano Hermanos, S. en C.*) were not successful when staged in 1929 and 1936 respectively. The other play, *El buho de la noche*, adapted from *El desquite*, was never staged.

His success with films was slightly better. Although he considered *Mala yerba* (1940) under the direction of Gabriel

[39] *Ibid.*, 1176.

Soria a failure, and he declared *La carne manda* (1947) (*La marchanta*) "un fracaso más y quizá el peor de todos",[40] he was more satisfied with *Los de abajo* (1940). Of this film, directed by Chano Urueta, with music by the famous composer Silvestre Revueltas, with Gabriel Figueroa as cameraman, and a distinguished cast, he says: "A *Los de abajo* en la pantalla le debo la única satisfacción que hasta hoy he tenido en el teatro y en el cine."[41] His opinion of the productions of the Spanish American cinema was very low, but of the film *Los de abajo* he writes: "es una película que no vacilo en colocar lado a lado de *Santa* en la realización de Foster y de *Doña Bárbara* filmada por Fernando de Fuentes y supervisada por Rómulo Gallegos, el propio autor de la novela".[42]

By 1943, at the age of seventy, while continuing his writing, he made a reduction in the hours devoted to medicine, and more or less gave up his private practice though he continued to work at one of the *consultorios* of *Asistencia Social. La marchanta* appeared in 1944, and *La mujer domada* in 1946. Most of 1946 was occupied with work on *Esa sangre*, a reversion to the theme of *Mala yerba*, and with a series of lectures on the Mexican novel given in the *Colegio Nacional*. These were later published under the title *Cien años de novela mexicana* (1947). By 1949, he resolved to give up his remaining professional work. He finished *La maldición*, but from then on his writing was restricted to memoirs, though the last novel published in his lifetime, *Sendas perdidas*, appeared in 1949. Finally, after about a year of heart trouble, he died on the 29th of March 1952.

Los de abajo

In a recent study Carlos Fuentes, the contemporary Mexican novelist, describes the traditional Spanish American novel as

[40] *Ibid.*, p. 1166. [41] *Ibid.*, p. 1163. [42] *Ibid.*, p. 1164.

being "más cercana a la geografía que a la literatura".[43] He quotes the final words of José Eustasio Rivera's *La vorágine* (1925), "¡Se los tragó la selva!" as typical of "un largo siglo de novelas latinoamericanas" in which "la naturaleza es sólo la enemiga que traga, destruye voluntades, rebaja dignidades y conduce al aniquilamiento. Ella es la protagonista, no los hombres eternamente aplastados por su fuerza."[44] The other feature he points to is the number of authors who regard their mission in life to be "denunciar la injusticia, defender a los explotados y documentar la realidad de su país".[45]

By the time Azuela came to write *Los de abajo* (1915) there were still many denunciatory novels to be written and many novels which were to portray the omnipotence of nature, including the very book Fuentes quotes from. Nevertheless Azuela introduced this early one new element into the Spanish American novel: "el pueblo es el actor del drama . . . la masa anónima se personaliza y aparece con sus nombres—Demetrio Macías, La Pintada . . . ".[46] Fuentes points out that "el pueblo en marcha de Azuela . . . rompe . . . la ficción del populismo romántico, la fatalidad de la naturaleza impenetrable y el arquetipo del cacique bananero . . .".[47]

Why should such a work first appear in Mexico? Not least because "por primera vez en América Latina, se asiste a una verdadera revolución social que no sólo pretende sustituir a un general por otro, sino transformar radicalmente las estructuras de un país".[48] The simplistic exploited-exploiter, goody-baddy antithesis has gone in Azuela's work; heroes and villains can be found amongst *los de arriba* and *los de abajo*.

Azuela of course read the leading French and Spanish writers of his day, but it seems a profitless task to attempt to show the influence of any particular one upon his work. Because

[43] Fuentes, Carlos, *La nueva novela hispanoamericana* México, Mortiz, 1969, p. 9.
[44] *Ibid.*, p. 10. [45] *Ibid.*, p. 12. [46] *Ibid.*, p. 15. [47] *Ibid.*, p. 15.
[48] *Ibid.*, pp. 14–15.

he is not afraid to depict the seamy side of life, some immediately claim this to be due to the influence of Zola, yet, bearing in mind that his subject matter was civil war, he is very restrained in this regard. His sentences are generally short in contrast to most of his immediate predecessors, a fact which some attribute to the influence of that other pessimistic country doctor Pío Baroja. But surely doctors see more of the misery and tragedy of life than do most human beings and, in any case, is it not reasonable to expect that a style embodying a large proportion of dialogue is almost automatically bound to be expressed in short sentences ? Azuela pointed out that his own stage version of *Los de abajo* almost wrote itself for this very reason.

As for Mexican predecessors, it is difficult, despite the subject matter, to find many similarities between *Los de abajo* and, for example, Emilio Rabasa's *La bola* or José López Portillo y Rojas' *La parcela.* The charge by Carleton Beals that Azuela had plagiarised Heriberto Frías' *Tomóchic* amused Azuela, who expressed his immediate interest in reading the work he had "plagiarised". The most superficial comparison only reveals that both books were written about war and were denunciations of it, but the style is entirely different. Moreover, Frías included a fashionable but entirely unconvincing romantic love interest, a pitfall which Azuela managed to avoid.

In a speech he gave on being awarded the *Premio Nacional de Ciencias y Artes* in 1950, he gives an interesting comment pointing out that when he started writing it was considered "de mal tono" to write about Mexico, for then everything, "incluso la literatura, todo lo importaban de Europa".[49] Thus both in subject matter and, as we shall see, in style, he was an innovator.

An examination of Azuela's reasons for writing *Los de abajo* and, more especially, the way in which he gathered his material

[49] *Obras completas*, vol. III, *op. cit.*, p. 1287.

and the circumstances under which he was compelled to write, will make it easier to answer some of the criticisms of the work which have been made over the years.

Carlos Fuentes notes one major failing of many novels dealing with the Revolution and the reason for it which has escaped many less observant critics. There is, he says, "una obligada carencia de perspectiva en la novela mexicana de la revolución. Los temas inmediatos quemaban las manos de los autores y los forzaban a una técnica testimonial que, en gran medida, les impidió penetrar en sus propios hallazgos."[50]

This lack of perspective is more excusable in *Los de abajo* than in the works of most other writers in this genre, for it was written, as Azuela points out, "en plena lucha"[51] in 1915. The majority of the novels of the Revolution only started to be written in the late 1920s, more than ten years after *Los de abajo*, over five years after its revision for the Razaster edition and well after its "discovery".

Thus when Professor Sommers regrets the omission of any reference to the "ideological ferment which middle class elements traditionally contribute to revolutionary situations",[52] and points out that the basic causes of the Revolution are not examined and that, "The Revolution was more than the confluence of a series of isolated peasant rebellions against brutal landowners",[53] he fails to make adequate allowance for the fact that Azuela was writing about the Revolution at a particular moment, and as it appeared to him, a disillusioned intellectual, and to *los de abajo* with whom he was then in intimate contact. Historically the moment was a depressing one. The revolutionaries, having defeated Huerta, had fallen out amongst themselves in a clash of personalities, a power

[50] *La nueva novela hispanoamericana*, *op. cit.*, p. 15.
[51] *Obras completas*, vol. III, *op. cit.*, p. 1268.
[52] Sommers, Joseph, *After the Storm: Landmarks of the Modern Mexican Novel* Albuquerque, University of New Mexico Press, 1968, p. 15. [53] *Ibid.*, p. 12.

struggle quite divorced from any revolutionary ideology. And, as Azuela points out time and again in the novel, the majority of the revolutionaries were quite ignorant of the ideological motivation of the Revolution. They joined for personal reasons, Demetrio because of his clash with the *cacique* of Moyahua, Anastasio because he had killed a man, La Codorniz to avoid imprisonment for theft, and most of the rest because a revolutionary's life, for all its hardships, was not as hard as the peasant's dawn to dusk labour for little reward. There was plenty of excitement; drink, women and loot as compensation. It is only very late on in the book, in Part III, that the rank and file begin to query the reasons for continuing to fight, when defeat, misery and devastation make them express the wish to send both Villa and Carranza to hell. Even then some inner compulsion moves them to continue fighting, just as the force of gravity attracts the stone Demetrio casts into the Juchipila canyon, and they come to as sudden and inert an end as does the stone.

Thus the absence from the novel of the historical background to the Revolution, the Liberal Party programme of 1906, the numerous *planes* issued by the time the book was written, even the complete absence of any reference to Zapata, is hardly surprising.

Writing about late 1914, Azuela states "por esos días yo no tenía la menor de la novela que sobre la revolución iba a escribir. Desde que se inició el movimiento con Madero sentí un gran deseo de convivir con auténticos revolucionarios—no de discursos, sino de rifles—como material humano inestimable para componer un libro . . ."[54] Attractive raw material was to hand. What motives were to guide his treatment of it? "Como escritor independiente, mi norma ha sido la verdad, mi verdad si así se quiere, pero de todos modos lo que yo he creído que es. En mis novelas exhibo virtudes y lacras sin paliativos ni exaltaciones y sin otra intención que la de dar con la mayor fidelidad posible una imagen fiel de nuestro pueblo y de lo

[54] *Obras completas*, vol. III, p. 108.

que somos. Descubrir nuestros males y señalarlos ha sido mi tendencia como novelista; a otros corresponde la misión de buscarles remedio."[55]

Frequently in his memoirs Azuela comments upon his habit of observing and noting *materia novelable*. Now he had his chance with "auténticos revolucionarios", most of whom were, in a different guise, the same *rancheros* he had known as a youth on the family farm and whose language he had learned. When he first joined Julián Medina's forces as medical officer, and later, he had plenty of time to chat with his commanding officer, "el tipo genuino del ranchero de Jalisco",[56] who was very fond of recounting his adventures. As far as the rank and file were concerned, "En calidad de médico de tropa tuve ocasiones para observar desapasionadamente el mundo de la revolución. Muy pronto la primitiva y favorable impresión que tenía de sus hombres se fue desvaneciendo en un cuadro de sombrío desencanto y pesar."[57] He goes on to elaborate in such a way as to make quite unmistakable the manner in which the pessimism so manifest in *Los de abajo* came about. "El espíritu de amor y sacrificio que alentara con tanto fervor como poca esperanza en el triunfo a los primeros revolucionarios, había desaparecido. Las manifestaciones exteriores que me dieron los actuales dueños de la situación, lo que ante mis ojos se presentó, fue un mundillo de amistades fingidas, envidias, adulación, espionaje, intrigas, chismes y perfidia. Nadie pensaba ya sino en la mejor tajada del pastel a la vista."[58] Yet despite the hardships he shared with the revolutionaries, especially in the course of the trek through Jalisco and Zacatecas in the company of Manuel Caloca, and despite the disillusion of close association with *los de abajo*, Azuela did not regret it, for, as he says, "en ella encontré las enseñanzas más provechosas que me ha dado la vida y un conocimiento de los hombres que jamás habría adquirido como médico civil".[59]

[55] *Ibid.*, p. 1287. [56] *Ibid.*, p. 1079. [57] *Ibid.*, p. 1080.
[58] *Ibid.*, p. 1081. [59] *Ibid.*, p. 1081.

One might well say that *Los de abajo* was written on the run. The title and the name of his protagonist occurred to Azuela before he really started writing the book. He originally intended modelling his protagonist on Julián Medina, but by the time he got to Guadalajara with Medina's forces late in 1914 he had abandoned the idea as too restrictive.

Precisely when and where he wrote all the portions of the book is not entirely clear; some of his statements about the period are mildly contradictory. He says that "Al abandonar Guadalajara, tenía escrito el primer capítulo de *Los de abajo*."[60] Elsewhere he states that two chapters were written in Lagos and two at Tepatitlán.[61] If these two statements are correct, then some portions of the original draft must have been written before he became intimately acquainted with the man on whom he based his protagonist, for it was at Tepatitlán that he met Colonel Manuel Caloca as a stretcher case. He was promptly compelled to take part in the month-long retreat to Aguascalientes, via Cuquío and the Juchipila canyon, which was to provide him with such a magnificent setting for the early and concluding chapters of the book. Having left Caloca in the military hospital in Chihuahua, "me dediqué a dar forma a mis apuntes".[62] Then "un buen día me encontré en los Estados Unidos con un lío de papeles debajo de mi camisa de manta. Dos terceras partes de *Los de abajo* estaban redactadas y el resto lo escribí en la misma imprenta de *El Paso del Norte*."[63] Such was the gestation period of the novel. It is hardly surprising that when another authorised edition was meditated, in a period when life was neither so hazardous nor so mobile, he should have considered some alterations appropriate.[64]

[60] *Epistolario y archivo*, *op. cit.*, p. 137.
[61] *Obras completas*, vol. III, *op. cit.*, p. 1268.
[62] *Ibid.*, p. 1268. [63] *Ibid.*, p. 1081.
[64] Azuela claims that the alterations and additions he made for the 1920 and subsequent editions were only "para vigorizar personajes o pasajes, pero no por razones de estilo", and that the only two

Azuela describes the book as "una serie de cuadros y escenas de la revolución constitucionalista, débilmente atados por un hilo novelesco. Podría decirse que este libro se hizo sólo y que mi labor consistió en coleccionar tipos, gestos, paisajes y sucedidos, si mi imaginación no me hubiera ayudado a ordenarlos y presentarlos con los relieves y el colorido mayor que me fue dable".[65] He points out that he was not an eye witness of most of the events on which he based his narrative, but that he relied on the accounts of others.

Although several of the character types involved are strongly reminiscent of previous creations of the author, not merely his protagonist but many of the subordinate characters were based on people he met while an army medical officer. Demetrio Macías we have already seen modelled on Manuel Caloca, "el más joven de una familia de revolucionarios del Teúl, del Estado de Zacatecas, muchacho de menos de veinte años, alto, flaco, olivado, tipo un tanto mongoloide, alegre e intrépido, de valor temerario en la pelea . . . Se había batido con valentía y él mismo se concedió el grado de coronel, que Medina le confirmó al recibirlo e incorporarlo con su gente a sus fuerzas".[66]

Luis Cervantes was modelled on Medina's secretary, Francisco M. Delgado, not on "el auténtico Delgado" but the image of him created by envious, spiteful tongues.

Anastasio Montañés, with but a minimal change to his surname, was modelled on "Pedro Montes . . . un mocetón de treinta años, recio de carnes, de cejas y barba pobladas, buenos ojos, ranchero fanfarrón y valiente y uno de los más simpáticos

stylistic features that really concerned him were "claridad y concisión". Nevertheless the alterations he made were quite extensive. The whole book was lengthened by about a quarter; in particular, Part III was made three times as long as in the original edition. He reordered several events in Part I, he introduced the eccentric poet Valderrama, and he made numerous verbal alterations which make the language more typically Mexican, more colloquial.

[65] *Ibid.*, p. 1078. [66] *Ibid.*, p. 1080.

compañeros de Medina. Ingenuo y sencillo, presumía de rico por ser dueño de una yunta de bueyes, y de valiente por las balas que llevaba en el cuerpo, atrapadas en riñas de feria, bodorrio y taberna . . ."[67]

El güero Margarito was a composite creation based on a waiter Azuela encountered at Delmónico's restaurant in Ciudad Juárez, "un mesero profundamente antipático . . .", a certain "coronel Galván, ebrio consuetudinario, cuya diversión favorita consistía en disparar su pistola en buscapiés a los concurrentes a billares, restaurantes, cabarés, cantinas y centros de disipación . . .",[68] and another of the "colonels" in Medina's entourage.

Venancio was based on the "medical officer" who had accompanied Medina from his initial uprising at Hostotipaquillo. The real life Pintada was the companion of another "colonel" whom Azuela met on the journey through the Juchipila canyon. Valderrama, we already know as Azuela's *laguense* friend José Becerra. Most of the other members of Demetrio's band, La Codorniz, El Manteca, El Meco, "carne de cañón, pobre gente que no fue dueña ni siquiera del nombre con que la bautizaron", appear named and described as they were in life, "hojas secas arrebatadas por el ventarrón".[69] Camila and the other women were the author's own inventions as the plot demanded.

The thumb-nail sketches of these characters are admirably observed and drawn, but regrettably they emerge for many readers as static types rather than living individuals. This is doubtless due to the lack of character development noticeable with the majority of them. In fact it is really only Demetrio who shows some interesting contradictions in his makeup. He can see through Cervantes's hypocrisy after fairly short acquaintance, but appears to accept his fawning flattery uncritically. Perhaps his most interesting act in the whole book is the manner of the burning of don Mónico's house. Only

[67] *Ibid.*, p. 1083. [68] *Ibid.*, p. 1083. [69] *Ibid.*, p. 1085.

Cervantes seems to understand and accept the refusal to permit its looting before it is burnt as an essential part in an act of cathartic justice. Whether Azuela ever intended this purging by fire in a personal act of revenge to be symbolic on a national scale is a matter for conjecture.

Azuela's remarks quoted on page 47 regarding the objective nature of his portrayal of Mexico would not lead one to expect a very positive approach in a novel dealing with civil war. An outline of the basic causes of the Revolution so far as *los de abajo* were concerned is glimpsed in Demetrio's account of his confrontation with Don Mónico, in his meeting with the hard-working peasant, and elsewhere. But Azuela had already dealt much more fully with exploitation by *hacendados* and small town *caciques* in *Mala yerba* and *Los caciques*. In *Andrés Pérez, maderista* his emphasis is on the failure of the *maderista* revolution and the reasons for it, which he attributes primarily to the machinations of the political opportunist, the journalist and a double-dealing "establishment". In *Los de abajo* the same character types reappear amalgamated in the person of Luis Cervantes, but by now Azuela has become aware of another, more basic, cause of the failure of a revolution. Once *los de abajo* gain power and become *los de arriba*, the exploited become the exploiters in their turn. El güero Margarito's treatment of his prisoner, his callous murder of the sacristan whose clothes he disapproved of, his "humorous" treatment of the man who begs for his corn, and the general lack of consideration for the mother who faints on the train, are but a few of the many examples that Azuela provides.

These events, moreover, are contrasted sadly with the high-sounding phrases of Luis Cervantes' explanation to Demetrio of the sublime nature of the revolution against *caciquismo* in which they are involved, and with his toast to Justice and the redemption of the "noble" Mexican people in the presence of Natera. Cervantes, the two-faced journalist, who jumps on the revolutionary band-waggon, can rattle off the idealistic, rabble-rousing jargon of the revolution, but for all the persuasiveness of his propaganda it makes singularly little lasting impression on anyone. One may well wonder whether the destruction of the typewriter is not intended to be symbolic of the distrust of *los de abajo* for the education and culture of *los de arriba*, perhaps even of revolutionary theorists, and a distressing pointer to what civilisation may expect from the triumph of *los de abajo*. With the exception of Solís, all the revolutionaries are portrayed as being interested only in their personal advancement and Cervantes is admired only because of his success, because, in the words of Venancio, "la supo hacer."

Azuela himself admits what is abundantly clear from the novel, that Solís speaks for him when, shortly before his death, (the failure of revolutionary idealism?) he proclaims the Mexicans to be a "¡Pueblo sin ideales, pueblo de tiranos!" and sums up their national psychology in the two words "¡robar, matar!".

One must admit that there is some justification for the charge that despite the book's vivid portrayal of one period of the Revolution, this very restriction causes it to lack depth. What is more, this is so despite its two-level structure, the "failure" of the national Revolution and of the individual revolutionary.

As for its so-called episodic structure, emphasised by the book's original subtitle, *Cuadros y escenas de la revolución actual*, surely the frantic rush from one incident to another is not a fault in a book aiming to portray the hurricane of revolution. Moreover there is evident an overriding cyclic structure, perhaps more suggestive of a whirlwind than a hurricane. Demetrio dies, having achieved nothing, precisely in the Juchipila canyon where he set out, thus symbolising the futility of the birth, life, death cycle of human existence on the personal level and the "failure" of the Revolution on the national level. The fact that the apparent failure of the Revolution was clearly due to personal failings in the Mexican character is made perhaps even more tragic by the notable omission of any more than skin-deep evidence of religious conviction in any of the characters.

There are some other minor features which mar the book to some extent. One may find the late introduction of Valderrama somewhat clumsily done; the final reference to him reads rather like an admission of an earlier inadequate explanation of his appearance; or one may even wonder whether he serves any real purpose. It may seem strange that the first news of Villa's defeat at Celaya took well over a month to reach Demetrio's *gente*. The unexplained departure of Cervantes from the group, apparently in November 1914, is unsatisfactory. There are very occasional interventions of the nineteenth century omniscient author; certainly some of the personal comments in the first paragraph of Cervantes's letter seem more like Azuela's remarks than in-character observations of the supposed writer.

A comparison of *Los de abajo* with works by any of Azuela's Mexican and European predecessors reveals one stylistic feature which was itself revolutionary. Descriptive passages are restricted to an absolute minimum. He clearly considered such passages as brakes upon the frantic pace of the narrative which he wished to attain to match the breakneck, destructive speed of the revolution. Where controlled use is made of description, it serves almost invariably one of two purposes. Nature either echoes the feelings of the characters or, far more impressively, serves to emphasize the contrast between its beauty, magnificence, power and endless renewal, and the ugliness, the cruelty, and the pathetic futility and mortality of the human race. Nowhere is this better seen than in the final two chapters.

Use of contrast permeates the book. It is present by implication in the very title itself. *Los de abajo* suggests the existence of *los de arriba* though the only real example of the latter is Don Mónico, and it was basically the gulf between the two that was the root cause of the Revolution. Antithesis is used throughout the book in varying forms, *pelados* opposed to *curros* and *catrines*, peons to *caciques* and *hacendados*, *jacales* to *casonas*, town again country, civilisation against barbarity, and cruelty opposed to kindness. A number of the characters can be shown to act as contrasting pairs, notably La Pintada and Camila (animal sexuality and tender affection), Solís and Cervantes (sincerity and hypocrisy), and el güero Margarito and Demetrio (perverse cruelty and reluctance to kill). But it is the all-pervading conflict between revolutionary ideals and the pathetic, gruesome reality of the fighting that is most telling. It is rendered all the more poignant in that these ideals are propounded by one person only, Luis Cervantes, a cynical, self-interested, hypocritical pseudo-revolutionary who deserts the cause he advocates and is, moreover, the *only* known survivor of Demetrio's guerrilla group. The disillusioned Solís, the only really sincere character in the novel, is killed as the result of an act of thoughtless bravado provoked by the cowardly Cervantes.

Amongst the features of *Los de abajo* which recommend it to the modern reader, one may perhaps enumerate the following: its vividly lifelike, on the spot documentary reporting of a period of Mexico's past; its imparting of a message whose significance will never date, despite the passage of the years, that revolutionary ideals are not easily achieved without a basic change in the nature of man; its concentration on action; its use of brief sentences and a large proportion of authentic, often interrupted or incomplete dialogue; and its judicious use of premonition, suggestion and antithesis. Whether it deserves its reputation as the greatest of the novels of the Mexican Revolution is up to the reader to decide, but its pioneering pride of place in the field none can dispute. Whether actual or potential revolutionaries will accept its pessimistic message is another matter altogether.

CORRIDOS AND POPULAR SONG

Anita Brenner, writing in 1929, the year *Los de abajo* first appeared in English, says in *Idols behind Altars* (Beacon Press, Boston), "Modern Mexican literature is as yet largely printed on broadsides to be sung." Though this was perhaps somewhat of an exaggeration there was a very important measure of truth in it. The *corrido*, the Mexican development of the Spanish ballad, provided a largely illiterate people with news, historical documentaries, political comment and eulogies of famous men, as well as with pure entertainment, such as stories of bandits, imprisonments, horrors, kidnappings, treachery, parricides, accidents and disasters, evil quirks of fate, and lovers' tragedies. Only the erotic element in modern mass entertainment seems to have been missing.

Originally the work of itinerant musicians, the *corridos* were later produced by professionals, and they became adapted by political interests to advocate a particular line. A recent recorded anthology of *corridos* includes ones on the 1968 Olympic Games and the opening of the Mexico City Metro. During the last century and early in this one, such *corridos* were not merely sung but also printed on *hojas sueltas* or broadsheets and sold by the ballad singers or their assistants. They were also usually illustrated by striking woodcuts or etchings.

The *corrido* varies in form, but almost always has an 8-syllable line, with assonant rhyming of the second and fourth lines. It usually has an initial verse in which the singer introduces himself to his public and a final one in which he takes his leave. Between these two there is much variation, but a common feature is a verse dating the event dealt with. The Revolution, of course, provided much material for the *corrido* singer; thus a typical example, *El agrarista*, deals in part with the reasons for the Revolution:

Don Porfirio y su gobierno
formado por dictadores
nunca oyeron de su pueblo
las quejas y los clamores.

Siempre trabaja y trabaja,
siempre debiendo al tendero
y al levantar las cosechas,
salió perdiendo el mediero.

Nuestras chozas y jacales
siempre llenos de tristeza,
viviendo como animales
en medio de la riqueza.

The political slant given in any particular *corrido* varies with the politics of the singer. Thus, though *corridos* generally eulogise Villa, there are some which revile him. The delightful, lively tunes were in some cases the creations of the singers, and in others well-known tunes were merely given new words.

The same applies to popular songs. Thus *La cucaracha* was undoubtedly a well-known traditional tune, and the original words were almost certainly those of the refrain and verses 1-4. Verse 5 was one added at the time of the French-supported régime of Maximilian, Forey being a leading French general of the time. Verses 6-8 were *villista* additions during the Revolution. However, with the exception of these verses, and a number of verses of *La Adelita*, the popular songs of the Revolution, as opposed to the *corridos*, seldom dealt with the war but were basically love songs, such as *La Valentina* and *La Jesusita*.

REVOLUTIONARY ART

The art of the intellectual élite in Mexico, both in the colonial era and during nearly a century of independence, had been European in inspiration, obediently following the dictates of European artistic tradition. Initially restricted to the religious sphere, in the nineteenth century portraiture and landscapes predominated. Traditional Mexican Indian art was despised, originally because of its real or supposed association with pagan religious customs and beliefs and later because it was regarded

Fusilamiento (J. C. Orozco)

Soldaderas (J. C. Orozco)

as primitive and barbarous compared with the "refinements" of European, and especially French, tradition.

There were several landmarks in the breaking of this stranglehold of foreign traditions in art. The leading figure in the movement was Gerardo Murillo, better known by his pseudonym Dr. Atl. In the early 1900s he gave a series of lectures, basically attacking academic art and demanding that in future art should be Mexican-based, both in subject matter and style. His influence was so great that when the Díaz government planned a display of *Spanish* art for the 1910 centenary celebrations, Mexican artists complained with such bitterness that, though they did not succeed in effecting the cancellation of the Spanish exhibition, they did manage to achieve the simultaneous appearance of an exhibition of their own. One artist, Romano Guillemín, managed to show a painting entitled *La huelga*, portraying a worker being shot by troops—both a transparent reference to the Río Blanco strike of three years before, and a significant indication of a trend towards social art.

During the interim presidency of León de la Barra, the students of the Academia de San Carlos, the school of art, held a protest strike against the rigidly academic director, Antonio Mercado. Amongst the leaders were José Clemente Orozco and David Alfaro Siqueiros.

During most of the violent revolutionary period, Siqueiros and Rivera were both in Europe, though Siqueiros did see some active service. Orozco, though not an active combatant, spent some time in Veracruz during the period when Carranza's government was based there, producing what he himself called "rabiosas caricaturas anticlericales" for a *carrancista* paper, *La Vanguardia*.

But it was early in the 1920s that a new freedom of artistic expression coincided with a generation of gifted Mexican artists and new ideas on what should be the content and objectives of art. The result was a tremendous flowering of mural and graphic art. Not merely did expatriate Mexican artists return, but even some foreign ones, notably Jean Charlot, were attracted to Mexico. Mainly owing to the policies of Obregón's Minister of Education, José Vasconcelos, the walls of many public buildings were handed over to Mexican artists. A strong movement towards composite productions began. The subject matter was almost entirely Mexican, glorifying the pre-Hispanic traditions previously so despised. National and especially revolutionary history featured largely, together with revolutionary aspirations. In 1922 an organisation of revolutionary artists was formed, the *Sindicato de Pintores, Escultores y Grabadores Revolucionarios*. Its manifesto, drawn up mainly by Siqueiros, insisted on the vital duty of artists to work together with peasants and workers for the betterment of social conditions. In one part of the text it reads: "Ya sólo pintaremos en los muros o sobre papel de excusado", implying by this that it was only mural art and graphic art on cheap paper that were the proper vehicles for the communication of art's social message to the people. The luxury of oil paintings was a privilege only the wealthy élite could afford, and should therefore properly be shunned by revolutionary artists. The inspiration of the manifesto was at least in part Communist, for Siqueiros, more than any other of the famous Mexican artists, has been associated with the party for much of his life. He has been an extremely active trade union organiser, and fought against Franco in the Spanish Civil War. During the late 1920s *El Machete*, the organ of the *Sindicato*, became transformed into the official organ of the Communist Party.

The *Sindicato*, however, did not last long, perhaps mainly because its dogmatism did not overmuch appeal to artists who are by nature a rather independent breed. But its influence over style and subject matter, and over composite productions was a long-lasting one.

Two other associations of artists were of significance, the *Liga de Escritores y Artistas Revolucionarios* (1933) which was another of Siqueiros' creations and of short duration, breaking

Calavera de Madero (Posada)

Calavera zapatista (atribuida a Posada)

up because of personal rivalries, and the *Taller de Gráfica Popular* (1937) which still continues. The latter, mainly the creation of Leopold Méndez (1902–69), sought to unite the exponents of graphic art and keep it going on lines of social significance. Many of Mexico's most outstanding artists and book illustrators, such as Alberto Beltrán (1923–), Raul Anguiano (1915–) and Alfredo Zalce (1908–), are or have been members. For all such artists, irrespective of their particular medium, art carries a social message and records the present and past history of the Revolution.

It should not be thought, however, that such art was entirely new in Mexico. Alongside the verse, novels and drama produced for the educated élite at the turn of the century, there existed the popular literature of the *corrido*. Similarly, alongside the European-inspired salon art there existed the popular graphic art which accompanied the *hoja suelta*, the printed text version of the *corrido*.

The leading publisher of such broadsheets was Antonio Vanegas Arroyo and most famous of all the artists who worked for him was José Guadalupe Posada (1851–1913). Although generally unrecognised in artistic circles at his death, his influence on generations of Mexican artists has been enormous. Orozco mentions in his autobiography how he would pause and watch Posada at work on his way to and from school. Posada's work was eminently popular and he took a particular delight in using that traditional Mexican descendant of the mediaeval dance of death, the *calavera*, as a medium for political or social comment. Book and story illustrations, advertisements, anti-Díaz cartoons in *El Ahuizote* and *El Hijo de Ahuizote*, and *corrido* illustrations prepared Posada for the recording of that part of the Revolution he was to live to see. His spiritual descendants were to carry his work further and record the Revolution pictorially as the *corrido* singer did in song and as Mariano Azuela and many others did in the short story and the novel.

OBRAS DE MARIANO AZUELA[1]

María Luisa
Lagos de Moreno. Imp. de López Arce (1907).

Los fracasados
México. Tip. y Lit. de Müller Hnos. (1908).

Mala yerba
Guadalajara. Talleres de *La Gaceta de Guadalajara* (1909).

Andrés Pérez, maderista
México. Imp. de Blanco y Botas (1911).

Sin amor
México. Tip. y Lit. de Müller Hnos. (1912).

Los de abajo
El Paso, Texas, Folletín de *El Paso del Norte* (October-December 1915).
El Paso, Texas. Imp. de *El Paso del Norte* (1916 first edition in book form).
Tampico. Folletín de *El Mundo* (1917).
Tampico. Edición de *El Mundo* (1917).
México. Tip. de Razaster (1920).
New York. Appleton-Century-Crofts (1939 abridged and edited with an introduction, notes and vocabulary by John E. Englekirk and Lawrence B. Kiddle. 1971 complete edition, with revised introduction and bibliography).

(There have so far been some thirty other editions or reprints.)

Los caciques.
México. Talleres Editoriales de Cía. Periodística Nacional (1917).

Las moscas
México. Tip. de A. Carranza e Hijos (1918, together in one volume with *De cómo al fin lloró Juan Pablo* and the title below).

Domitilo quiere ser diputado
México. Tip. de A. Carranza e Hijos (1918).

[1] Only his novels and biographical works are listed here and in general only the first edition of these is included. For more detailed bibliographies see the works of Luis Leal mentioned on page 66 and the third volume of Azuela's *Obras completas*.

Las tribulaciones de una familia decente.
Tampico. Folletín de *El Mundo* (1918).
New York. Macmillan (1966 edition with introduction, notes and vocabulary by Frances K. Hendricks and Beatrice Berler).

La malhora
México. Imp. y Encuad. de Rosendo Terrazas (1923).

El desquite
México. Publicaciones de *El Universal Ilustrado* (1925).

La luciérnaga
Madrid-Barcelona. Espasa-Calpe, S.A. (1932).

Pedro Moreno, el insurgente
México. En *El Nacional* (December 1933 to March 1934).

Precursores
Santiago de Chile. Ercilla (1935).

El camarada Pantoja
México. Botas (1937).

San Gabriel de Valdivias, comunidad indígena.
Santiago de Chile. Ercilla (1938).

Regina Landa
México. Botas (1939).

Avanzada.
México. Botas (1940).

Nueva burguesía
Buenos Aires. Club del Libro A.L.A. (1941).

El padre Agustín Rivera
México. Botas (1942).

La marchanta
México. Ediciones del Seminario de Cultura Mexicana, Sec. de Educación Pública (1944).

La mujer domada
México. El Colegio de México (1946).

Sendas perdidas
México. Botas (1949).

La maldición
México. Fondo de Cultura Económica (1955)

Esa sangre
México. Fondo de Cultura Económica (1956)

Madero, biografía novelada
México. En *Obras completas*, Tomo III.

Obras completas
México. Fondo de Cultura Económica, 3 tomos (1958-1960).

Epistolario y archivo
México. Universidad Nacional Autónoma de México, Centro de Estudios Literarios (1969, compilation, notes and appendices by Beatrice Berler).

TRANSLATIONS INTO ENGLISH

Marcela. A Mexican Love Story (*Mala yerba*)
New York. Farrar and Rinehart (1932, tr. by Anita Brenner with a prologue by Waldo Frank).

The Underdogs (*Los de abajo*)
New York. Brentano's (1929, tr. by Enrique Munguía, Jr., with a preface by Carleton Beals and illustrations by José Clemente Orozco).
Repr. London. Jonathan Cape (1930).
New York. The New American Library of World Literature Inc. (1963, Signet Classic, C.P.119. As above, but with a foreword by Harriet de Onís replacing the preface by Carleton Beals).

Two Novels of Mexico: The Flies and The Bosses (*Las moscas, Los caciques*)
Los Angeles. University of California Press (1956, tr. by Lesley Byrd Simpson).

Two Novels of the Mexican Revolution: The Trials of a Respectable Family and The Underdogs (*Las tribulaciones de una familia decente, Los de abajo*)
San Antonio, Texas. Principia Press of Trinity University (1963; repr. 1969, tr. by Frances Kellam Hendricks and Beatrice Berler, with a prologue by Salvador Azuela, tr. excerpts from Luis Leal's *Mariano Azuela, Life and Works*, and introduction by Frances Kellam Hendricks).

OBRAS CRÍTICAS Y BIBLIOGRÁFICAS[2]

ALEGRÍA, FERNANDO: *Historia de la novela hispanoamericana.* México. Ediciones de Andrea (2a. ed. corrected and extended, 1965, pp. 144-149).

BRUSHWOOD, JOHN S.: *Mexico in its Novel: A Nation's Search for Identity.* Austin. University of Texas Press (1966, pp. 166-189).

BRUSHWOOD, JOHN S. y JOSÉ ROJAS GARCIDUEÑAS: *Breve historia de la novela mexicana.* México. Ediciones de Andrea (1959 Manuales Studium 9, pp. 92-98).

FUENTES, CARLOS: *La nueva novela hispanoamericana.* México. Mortiz (1969).

GONZÁLEZ, MANUEL PEDRO: *Trayectoria de la novela en México.* México. Ediciones Botas (1951, pp. 108-191).

LEAL, LUIS: *Mariano Azuela, vida y obra.* México. Ediciones de Andrea (1961 Manuales Studium 30).

LEAL, LUIS: *Mariano Azuela.* New York. Twayne Publishers Inc. (1971, basically a rewrite in English of the preceding work; indispensable for any study of Azuela).

MENTON, SEYMOUR: *La estructura épica de "Los de abajo" y un prólogo especulativo* (1967, *Hispania* 50: 1001-1011).

OCAMPO DE GÓMEZ, AURORA M. y ERNESTO PRADO VELÁZQUEZ: *Diccionario de escritores mexicanos.* México. Universidad Nacional Autónoma de México, Centro de Estudios Literarios (1967, pp. 29-31).

RODRÍGUEZ ALCALÁ, HUGO: *Mariano Azuela y las antítesis de "Los de abajo"* in his *Ensayos de norte a sur.* México. Ediciones de Andrea (1960 Manuales Studium 27, pp. 81-91).

SOMMERS, JOSEPH: *After the Storm: Landmarks of the Modern Mexican Novel.* Albuquerque. University of New Mexico Press (1968, pp. 6-16).

[2] The bibliography on Azuela is so extensive that it has been possible to include only a few works, especially the most recent and most readily available.

SELECT BIBLIOGRAPHY ON THE MEXICAN REVOLUTION

AUTOBIOGRAPHY AND BIOGRAPHY

OBREGÓN, ÁLVARO: *Ocho mil kilómetros en campaña.* México. Fondo de Cultura Económica (1960 3a. ed.).

O'HEA, PATRICK A.: *Reminiscences of the Mexican Revolution.* México. Editorial Fournier (1966).

PINCHON, EDGCUMB: *Viva Villa: A Recovery of the Real Pancho Villa.* New York. Arno Press and New York Times (1970).

REED, JOHN H.: *Insurgent Mexico.* New York and London. D. Appleton and Co. (1914). Repr. with introduction and notes by ALBERT L. MICHAELS and JAMES W. WILKIE: New York. Simon and Schuster (1969).

ROSS, STANLEY R.: *Francisco I. Madero: Apostle of Mexican Democracy.* New York. Columbia University Press (1955).

SHERMAN, WILLIAM and RICHARD GREENLEAF: *Victoriano Huerta, A Reappraisal.* México. University of the Americas Press (1960).

WOMACK, JOHN, Jr.: *Zapata and the Mexican Revolution.* New York. Knopf (1969). Repr. New York. Vintage Books (1970).

CORRIDOS AND POPULAR SONG

FARFÁN, CARLOS: *Canciones y corridos de la Revolución* (*Arreglos corales*). Chihuahua. Ediciones de la Universidad de Chihuahua (1967).

GÓMEZ MAGANDA, ALEJANDRO: *Corridos y cantares de la Revolución Mexicana.* México. Instituto Mexicano de Cultura (1970).

MENDOZA, VICENTE T.: *Canciones mexicanas* (*Mexican Folksongs*). New York. Hispanic Institute of the United States (1948).

MENDOZA, VICENTE T.: *Lírica narrativa de México; el corrido.* México. Universidad Nacional Autónoma de México, Instituto de Investigaciones Estéticas (1964).

SIMMONS, MERLE E.: *The Mexican Corrido as a Source for Interpretative Study of Modern Mexico,* 1870-1950. Bloomington. University of Indiana Press (1957). Repr. New York. Kraus Reprint Co. (1969).

RECORDINGS [3]

Personajes de la Revolución. RCA Camden CAM 283.
La muerte de Francisco Villa y otros corridos. RCA Camden CAM/S 422
Corridos revolucionarios. Columbia HL 8182.
Corridos. Folkways. FW 6931.
Antología del corrido mexicano. Orfeón Vol. I LP-JM-06
Vol. II LP-JM-43

HISTORY OF THE MEXICAN REVOLUTION

ATKIN, RONALD: *Revolution! Mexico* 1910-1920. London. Macmillan (1969).

BRANDENBURG, FRANK R.: *The Making of Modern Mexico.* Engelwood Cliffs, N. J. Prentice-Hall, Inc. (1965).

BRENNER, ANITA: *The Wind that Swept Mexico.* New York and London. Harper and Brothers (1943). Repr. Austin. University of Texas Press (1971).

CALVERT, PETER: *The Mexican Revolution,* 1910-1914. Cambridge. Cambridge University Press (1968).

CASASOLA, GUSTAVO: *Historia gráfica de la Revolución mexicana.* México. Editorial F. Trillas, S. A. (1967, 4a. reimpresión) 4 tomos.

JOHNSON, WILLIAM WEBER: *Heroic Mexico: The Violent Emergence of a Modern Nation.* Garden City, New York. Doubleday and Co., Inc. (1968).

MANCISIDOR, JOSÉ: *Historia de la Revolución mexicana.* México. Editores Mexicanos Unidos (1970, 16a. ed. containing engravings by many artists).

QUIRK, ROBERT E.: *The Mexican Revolution,* 1914-1915: *The Convention of Aguascalientes.* Bloomington. University of Indiana Press (1960). 1st paperbound edition: New York. The Citadel Press (1963).

RUTHERFORD, JOHN: *Mexican Society during the Revolution, a Literary Approach.* Oxford. Clarendon Press (1971).

[3] Regrettably Mexican records are frequently withdrawn after a relatively short period. A list of current recordings can best be obtained from *Mercado de Discos,* México D.F.

SILVA HERZOG, JESÚS: *Breve historia de la Revolución mexicana.* México. Fondo de Cultura Económica (1969 6a. ed.) 2 tomos. (Historical documents reproduced in these volumes include the Liberal Party Programme of 1906, the Díaz-Creelman interview, Madero's *Plan de San Luis Potosí*, Zapata's *Plan de Ayala*, Carranza's *Plan de Guadalupe*, the *Pacto de Torreón*, and the most important articles of the 1917 Constitution.)

TANNENBAUM, FRANK: *Peace by Revolution: Mexico after* 1910. New York and London. Columbia University Press (1966). (Illustrations by Miguel Covarrubias.)

WILKIE, JAMES W., and ALBERT L. MICHAELS: *Revolution in Mexico: Years of Upheaval*, 1910-1940. New York. Knopf (1969).

NOVELS OF THE REVOLUTION

CASTRO LEAL, ANTONIO (ed.): *La novela de la Revolución mexicana.* Madrid-México-Buenos Aires. Aguilar (1958). 2 tomos. (A collection of representative works.)

TRANSLATIONS INTO ENGLISH

GUZMÁN, MARTÍN LUIS: *The Eagle and the Serpent.* New York. Doubleday and Co. (1965). Repr. Gloucester, Mass. Peter Smith (1969). (Tr. by Harriet de Onís).

GUZMÁN, MARTÍN LUIS: *The Memoirs of Pancho Villa.* Austin. University of Texas Press (1965. Repr. 1966). (Slightly abridged and tr. by Virginia H. Taylor.)

VASCONCELOS, JOSÉ: *A Mexican Ulysses.* Bloomington. University of Indiana Press (1963, abridged and tr. by W. Rex Crawford).

REVOLUTIONARY ART

ANON.: *Mural Painting of the Mexican Revolution* 1921-1960. México. Fondo de Cultura Económica (1967 2nd. ed.).

BRENNER, ANITA: *Idols Behind Altars.* Boston. Beacon Press (1970).

CARDOZA Y ARAGÓN, LUIS: *José Guadalupe Posada.* México. Universidad Nacional Autónoma de México (1963).

CARDOZA Y ARAGÓN, LUIS: *Orozco.* México. Universidad Nacional Autónoma de México, Instituto de Investigaciones Estéticas (1959).

CARDOZA Y ARAGÓN, LUIS: *Pintura mexicana contemporánea.* México. Imprenta Universitaria (1953).

CHARLOT, JEAN: *The Mexican Mural Renaissance* 1920-1925. New Haven. Yale University Press (1963).

FERNÁNDEZ, JUSTINO: *A Guide to Mexican Art, From its Beginnings to the Present Day*. London and Chicago. University of Chicago Press (1969 augmented ed., tr. by Joshua C. Taylor).

HAAB, ARMIN: *Mexican Graphic Art*. New York. George Wittenborn Inc. (1957).

OROZCO, JOSÉ CLEMENTE: *Autobiografía*. México. Ediciones Era (1970).

RAMOS, SAMUEL: *Diego Rivera*. México. Universidad Nacional Autónoma de México (1958).

TIBOL, RAQUEL: *David Alfaro Siqueiros*. México. Universidad Nacional Autónoma de México (1961).

LOS DE ABAJO

Note

An asterisk in the text indicates that a word or phrase so marked is dealt with in the notes beginning on page 203.

PRIMERA PARTE

I

—Te digo que no es un animal . . . Oye cómo ladra el *Palomo* . . . Debe ser algún cristiano . . .

La mujer fijaba sus pupilas en la oscuridad de la sierra.

— ¿Y que fueran siendo federales? —repuso un hombre que, en cuclillas, yantaba en un rincón, una cazuela en la diestra y tres tortillas en taco* en la otra mano.

La mujer no le contestó; sus sentidos estaban puestos fuera de la casuca.

Se oyó un ruido de pezuñas en el pedregal cercano, y el *Palomo* ladró con más rabia.

—Sería bueno que por sí o por* no te escondieras, Demetrio.

El hombre, sin alterarse, acabó de comer; se acercó un cántaro y, levantándolo a dos manos, bebió agua a borbotones. Luego se puso en pie.

—Tu rifle está debajo del petate —pronunció ella en voz muy baja.

El cuartito se alumbraba por una mecha de sebo. En un rincón descansaban un yugo, un arado, un otate y otros aperos de labranza. Del techo pendían cuerdas sosteniendo un viejo molde de adobes, que servía de cama, y sobre mantas y desteñidas hilachas dormía un niño.

Demetrio ciñó la cartuchera a su cintura y levantó el fusil. Alto, robusto, de faz bermeja, sin pelo de barba, vestía camisa y calzón de manta, ancho sombrero de soyate y guaraches.

Salió paso a paso, desapareciendo en la oscuridad impenetrable de la noche.

El *Palomo*, enfurecido, había saltado la cerca del corral. De pronto se oyó un disparo, el perro lanzó un gemido sordo y no ladró más.

Unos hombres a caballo llegaron vociferando y maldiciendo. Dos se apearon y otro quedó cuidando las bestias.

—¡Mujeres . . ., algo de cenar! . . . Blanquillos, leche, frijoles, lo que tengan, que venimos muertos de hambre.

—¡ Maldita sierra! ¡ Sólo el diablo no se perdería!

—Se perdería, mi sargento, si viniera de borracho como tú . . .

Uno llevaba galones en los hombros, el otro cintas rojas en las mangas.

—¿ En dónde estamos, vieja ? . . . ¡ Pero con una !* . . . ¿ Esta casa está sola ?

—¿ Y entonces, esa luz ? . . . ¿ Y ese chamaco ? . . . ¡ Vieja, queremos cenar, y que sea pronto! ¿ Sales o te hacemos salir ?

—¡ Hombres malvados, me han matado mi perro! . . . ¿ Qué les debía ni qué les comía mi pobrecito *Palomo* ?*

La mujer entró llevando a rastras el perro, muy blanco y muy gordo, con los ojos claros ya y el cuerpo suelto.

— ¡ Mira no más qué chapetes, sargento! . . . Mi alma, no te enojes, yo te juro volverte tu casa un palomar; pero, ¡ por Dios! . . .

No me mires airada . . .
No más enojos . . .
Mírame cariñosa,
luz de mis ojos—,

acabó cantando el oficial con voz aguardentosa.

—Señora, ¿ cómo se llama este ranchito ? —preguntó el sargento.

—Limón —contestó hosca la mujer, ya soplando las brasas del fogón y arrimando leña.

—¿ Conque aquí es Limón ? . . . ¡ La tierra del famoso Demetrio Macías! . . . ¿ Lo oye, mi teniente ? Estamos en Limón.

—¿ En Limón ? . . . Bueno, para mí . . . ¡ plin !* . . . Ya sabes, sargento, si he de irme al infierno, nunca mejor que ahora . . ., que voy en buen caballo. ¡ Mira no más qué cachetitos de morena! . . . ¡ Un perón para morderlo !* . . .

—Usted ha de conocer al bandido ese, señora . . . Yo estuve junto con él en la Penitenciaría de Escobedo.

—Sargento, tráeme una botella de tequila; he decidido pasar la noche en amable compañía con esta morenita . . . ¿ El coronel ? . . . ¿ Qué me hablas tú del coronel a estas horas ? . . . ¡ Que vaya mucho a . . . ! Y si se enoja, pa mí . . . ¡ plin!* . . . Anda, sargento, dile al cabo que desensille y eche de cenar. Yo aquí me quedo . . . Oye, chatita, deja a mi sargento que fría los blanquillos y caliente las gordas; tú ven acá conmigo. Mira, esta carterita apretada de billetes es sólo para ti. Es mi gusto. ¡ Figúrate!* Ando un poco borrachito por eso, y por eso también hablo un poco ronco . . . ¡ Como que en Guadalajara dejé la mitad de la campanilla y por el camino vengo escupiendo la otra mitad ! . . . ¿ Y qué le hace . . .? Es mi gusto.* Sargento, mi botella, mi botella de tequila. Chata, estás muy lejos; arrímate a echar un trago. ¿ Cómo que no ?* . . . ¿ Le tienes miedo a tu . . . marido . . . o lo que sea ? . . . Si está metido en algún agujero dile que salga . . ., pa mí ¡ plin! . . . Te aseguro que las ratas no me estorban.

Una silueta blanca llenó de pronto la boca oscura de la puerta.

—¡ Demetrio Macías! —exclamó el sargento despavorido, dando unos pasos atrás.

El teniente se puso de pie y enmudeció, quedóse frío e inmóvil como una estatua.

—¡ Mátalos! —exclamó la mujer con la garganta seca.

—¡ Ah, dispense, amigo! . . . Yo no sabía . . . Pero yo respeto a los valientes de veras.

Demetrio se quedó mirándolos y una sonrisa insolente y despreciativa plegó sus líneas.

—Y no sólo los respeto, sino que también los quiero . . . Aquí tiene la mano de un amigo . . . Está bueno, Demetrio Macías, usted me desaira . . . Es porque no me conoce, es porque me ve en este perro y maldito oficio . . . ¡ Qué quiere, amigo! . . . ¡ Es uno pobre,tiene familia numerosa que mantener! Sargento, vámonos; yo respeto siempre la casa de un valiente, de un hombre de veras.

Luego que desaparecieron, la mujer abrazó estrechamente a Demetrio.

—¡ Madre mía de Jalpa!* ¡ Qué susto! ¡ Creí que a ti te habían tirado el balazo!

—Vete luego a la casa de mi padre —dijo Demetrio.

Ella quiso detenerlo; suplicó, lloró; pero él, apartándola dulcemente, repuso sombrío:

—Me late que van a venir todos juntos.

—¿ Por qué no los mataste?

—¡ Seguro que no les tocaba todavía!*

Salieron juntos; ella con el niño en los brazos.

Ya a la puerta se apartaron en opuesta dirección.

La luna poblaba de sombras vagas la montaña.

En cada risco y en cada chaparro, Demetrio seguía mirando la silueta dolorida de una mujer con su niño en los brazos.

Cuando después de muchas horas de ascenso volvió los ojos, en el fondo del cañón, cerca del río, se levantaban grandes llamaradas.

Su casa ardía . . .

II

Todo era sombra todavía cuando Demetrio Macías comenzó a bajar al fondo del barranco. El angosto talud de una escarpa era vereda, entre el peñascal veteado de enormes resquebrajaduras y la vertiente de centenares de metros, cortada como de un solo tajo.

Descendiendo con agilidad y rapidez, pensaba:

"Seguramente ahora sí van a dar con nuestro rastro los federales, y se nos vienen encima* como perros. La fortuna es que no saben veredas, entradas ni salidas. Sólo que alguno de

Moyahua anduviera con ellos de guía, porque los de Limón, Santa Rosa y demás ranchitos de la sierra son gente segura y nunca nos entregarían . . . En Moyahua está el cacique que me trae corriendo por los cerros, y éste tendría mucho gusto en verme colgado de un poste del telégrafo y con tamaña lengua de fuera . . ."

Y llegó al fondo del barranco cuando comenzaba a clarear el alba. Se tiró entre las piedras y se quedó dormido.

El río se arrastraba cantando en diminutas cascadas; los pajarillos piaban escondidos en los pitahayos, y las chicharras monorrítmicas llenaban de misterio la soledad de la montaña.

Demetrio despertó sobresaltado, vadeó el río y tomó la vertiente opuesta del cañón. Como hormiga arriera ascendió la crestería, crispadas las manos en las peñas y ramazones, crispadas las plantas sobre las guijas de la vereda.

Cuando escaló la cumbre, el sol bañaba la altiplanicie en un lago de oro. Hacia la barranca se veían rocas enormes rebanadas; prominencias erizadas como fantásticas cabezas africanas; los pitahayos como dedos anquilosados de coloso; árboles tendidos hacia el fondo del abismo. Y en la aridez de las peñas y de las ramas secas, albeaban las frescas rosas de San Juan como una blanca ofrenda al astro que comenzaba a deslizar sus hilos de oro de roca en roca.

Demetrio se detuvo en la cumbre; echó su diestra hacia atrás; tiró del cuerno que pendía a su espalda, lo llevó a sus labios gruesos, y por tres veces, inflando los carrillos, sopló en él. Tres silbidos contestaron la señal, más allá de la crestería frontera.

En la lejanía, de entre un cónico hacinamiento de cañas y paja podrida, salieron, unos tras otros, muchos hombres de pechos y piernas desnudos, oscuros y repulidos como viejos bronces.

Vinieron presurosos al encuentro de Demetrio.

—¡Me quemaron mi casa! —respondió a las miradas interrogadoras.

Hubo imprecaciones, amenazas, insolencias.

Demetrio los dejó desahogar; luego sacó de su camisa una botella, bebió un tanto, limpióla con el dorso de su mano y la pasó a su inmediato. La botella, en una vuelta de boca en boca, se quedó vacía. Los hombres se relamieron.

—Si Dios nos da licencia —dijo Demetrio—, mañana o esta misma noche les hemos de mirar la cara otra vez a los federales. ¿ Qué dicen, muchachos, los dejamos conocer estas veredas ?

Los hombres semidesnudos saltaron dando grandes alaridos de alegría. Y luego redoblaron las injurias, las maldiciones y las amenazas.

—No sabemos cuántos serán ellos —observó Demetrio, escudriñando los semblantes—. Julián Medina, en Hostotipaquillo, con media docena de pelados y con cuchillos afilados en el metate, les hizo frente a todos los cuicos y federales del pueblo, y se los echó . . .

—¿ Qué tendrán algo los de Medina que a nosotros nos falte ? —dijo uno de barba y cejas espesas y muy negras, de mirada dulzona; hombre macizo y robusto.

—Yo sólo les sé decir —agregó— que dejo de llamarme Anastasio Montañés si mañana no soy dueño de un máuser, cartuchera, pantalones y zapatos. ¡ De veras! . . . Mira, Codorniz, ¿ voy que no me lo crees ?* Yo traigo media docena de plomos adentro de mi cuerpo . . . Ai que diga mi compadre Demetrio si no es cierto . . . Pero a mí me dan tanto miedo las balas, como una bolita de caramelo. ¿ A que no me lo crees ?

—¡ Que viva Anastasio Montañés! —gritó el Manteca.

—No —repuso aquél—; que viva Demetrio Macías, que es nuestro jefe, y que vivan Dios del cielo y María Santísima.

—¡ Viva Demetrio Macías! —gritaron todos.

Encendieron lumbre con zacate y leños secos, y sobre los carbones encendidos tendieron trozos de carne fresca. Se rodearon en torno de las llamas, sentados en cuclillas, olfateando con apetito la carne que se retorcía y crepitaba en las brasas.

Cerca de ellos estaba, en montón, la piel dorada de una res, sobre la tierra húmeda de sangre. De un cordel, entre dos huizaches, pendía la carne hecha cecina, oreándose al sol y al aire.

—Bueno —dijo Demetrio—; ya ven que aparte de mi treinta-treinta, no contamos más que con veinte armas. Si son pocos, les damos hasta no dejar uno; si son muchos aunque sea un buen susto les hemos de sacar.

Aflojó el ceñidor de su cintura y desató un nudo, ofreciendo del contenido a sus compañeros.

—¡ Sal! —exclamaron con alborozo, tomando cada uno con la punta de los dedos algunos granos.

Comieron con avidez, y cuando quedaron satisfechos, se tiraron de barriga al sol y cantaron canciones monótonas y tristes, lanzando gritos estridentes después de cada estrofa.

III

Entre las malezas de la sierra durmieron los veinticinco hombres de Demetrio Macías, hasta que la señal del cuerno los hizo despertar. Pancracio la daba de lo alto de un risco de la montaña.

—¡ Hora sí, muchachos, pónganse changos! —dijo Anastasio Montañés, reconociendo los muelles de su rifle.

Pero transcurrió una hora sin que se oyera más que el canto de las cigarras en el herbazal y el croar de las ranas en los baches.

Cuando los albores de la luna se esfumaron en la faja débilmente rosada de la aurora, se destacó la primera silueta de un soldado en el filo más alto de la vereda. Y tras él aparecieron otros, y otros diez, y otros cien; pero todos en breve se perdían en las sombras. Asomaron los fulgores del sol, y hasta entonces* pudo verse el despeñadero cubierto de gente: hombres diminutos en caballos de miniatura.

—¡ Mírenlos qué bonitos! —exclamó Pancracio—. ¡ Anden, muchachos, vamos a jugar con ellos!

Aquellas figuritas movedizas, ora se perdían en la espesura

del chaparral, ora negreaban más abajo sobre el ocre de las peñas.

Distintamente se oían las voces de jefes y soldados.

Demetrio hizo una señal: crujieron los muelles y los resortes de los fusiles.

—¡ Hora! —ordenó con voz apagada.

Veintiún hombres dispararon a un tiempo, y otros tantos federales cayeron de sus caballos. Los demás, sorprendidos, permanecían inmóviles, como bajorrelieves de las peñas.

Una nueva descarga, y otros veintiún hombres rodaron de roca en roca, con el cráneo abierto.

—¡ Salgan, bandidos! . . . ¡ Muertos de hambre!

—¡ Mueran los ladrones nixtamaleros! . . .

—¡ Mueran los comevacas! . . .

Los federales gritaban a los enemigos, que, ocultos, quietos y callados, se contentaban con seguir haciendo gala de una puntería que ya los había hecho famosos.

—¡ Mira, Pancracio —dijo el Meco, un individuo que sólo en los ojos y en los dientes tenía algo de blanco—; ésta es para el que va a pasar detrás de aquel pitayo! . . . ¡ Hijo de . . .! ¡ Toma! . . .¡ En la pura calabaza!* ¿ Viste? . . . Hora pal que viene en el caballo tordillo . . . ¡ Abajo, pelón! . . .

—Yo voy a darle una bañada al que va horita por el filo de la vereda . . . Si no llegas al río, mocho infeliz, no quedas lejos . . . ¿ Qué tal? . . . ¿ Lo viste? . . .

—¡ Hombre, Anastasio, no seas malo! . . . Empréstame tu carabina . . . ¡ Ándale, un tiro no más! . . .

El Manteca, la Codorniz y los demás que no tenían armas las solicitaban, pedían como una gracia suprema que les dejaran hacer un tiro siquiera.

—¡ Asómense si son tan hombres!

—Saquen la cabeza . . . ¡ hilachos piojosos!

De montaña a montaña los gritos se oían tan claros como de una acera a la del frente.

La Codorniz surgió de improviso, en cueros, con los calzones tendidos en actitud de torear a los federales.* Entonces comenzó la lluvia de proyectiles sobre la gente de Demetrio.

—¡ Huy! ¡ Huy! Parece que me echaron un panal de moscos en la cabeza —dijo Anastasio Montañés, ya tendido entre las rocas y sin atreverse a levantar los ojos.

—¡ Codorniz, jijo de un . . . ! ¡ Hora adonde les dije! —rugió Demetrio.

Y, arrastrándose, tomaron nuevas posiciones.

Los federales comenzaron a gritar su triunfo y hacían cesar el fuego, cuando una nueva granizada de balas los desconcertó.

—¡ Ya llegaron más! —clamaban los soldados.

Y presa de pánico, muchos volvieron grupas resueltamente, otros abandonaron las caballerías y se encaramaron, buscando refugio, entre las peñas. Fue preciso que los jefes hicieran fuego sobre los fugitivos para restablecer el orden.

—A los de abajo . . . A los de abajo —exclamó Demetrio, tendiendo su treinta-treinta hacia el hilo cristalino del río.

Un federal cayó en las mismas aguas, e indefectiblemente siguieron cayendo uno a uno a cada nuevo disparo. Pero sólo él tiraba hacia el río, y por cada uno de los que mataba, ascendían intactos diez o veinte a la otra vertiente.

—A los de abajo . . . A los de abajo —siguió gritando encolerizado.

Los compañeros se prestaban ahora sus armas, y haciendo blancos cruzaban sendas apuestas.*

—Mi cinturón de cuero si no le pego en la cabeza al del caballo prieto. Préstame tu rifle, Meco . . .

—Veinte tiros de máuser y media vara de chorizo porque me dejes tumbar al de la potranca mora . . . Bueno . . . ¡ Ahora! . . . ¿ Viste qué salto dio? . . .¡ Como venado! . . .

—¡ No corran, mochos! . . . Vengan a conocer a su padre Demetrio Macías . . .

Ahora de éstos partían las injurias. Gritaba Pancracio, alargando su cara lampiña, inmutable como piedra, y gritaba el Manteca, contrayendo las cuerdas de su cuello y estirando las líneas de su rostro de ojos torvos de asesino.

Demetrio siguió tirando y advirtiendo del grave peligro a los otros; pero éstos no repararon en su voz desesperada sino hasta que sintieron el chicoteo de las balas por uno de los flancos.

—¡ Ya me quemaron! —gritó Demetrio, y rechinó los dientes—. ¡ Hijos de . . . !

Y con prontitud se dejó resbalar hacia un barranco.

IV

Faltaron dos: Serapio el charamusquero y Antonio el que tocaba los platillos en la Banda de Juchipila.

—A ver si se nos juntan más adelante —dijo Demetrio.

Volvían desazonados. Sólo Anastasio Montañés conservaba la expresión dulzona de sus ojos adormilados y su rostro barbado, y Pancracio la inmutabilidad repulsiva de su duro perfil de prognato.

Los federales habían regresado, y Demetrio recuperaba todos sus caballos, escondidos en la sierra.

De pronto, la Codorniz, que marchaba adelante, dio un grito: acababa de ver a los compañeros perdidos, pendientes de los brazos de un mezquite.

Eran ellos Serapio y Antonio. Los reconocieron, y Anastasio Montañés rezó entre dientes:

—Padre nuestro que estás en los cielos . . .

—Amén —rumorearon los demás, con la cabeza inclinada y el sombrero sobre el pecho.

Y apresurados tomaron el cañón de Juchipila, rumbo al norte, sin descansar hasta ya muy entrada la noche.

La Codorniz no se apartaba un instante de Anastasio. Las siluetas de los ahorcados, con el cuello flácido, los brazos pendientes, rígidas las piernas, suavemente mecidos por el viento, no se borraban de su memoria.

Otro día Demetrio se quejó mucho de la herida. Ya no pudo

montar su caballo. Fue preciso conducirlo desde allí en una camilla improvisada con ramas de robles y haces de yerbas.

—Sigue desangrándose mucho, compadre Demetrio —dijo Anastasio Montañés. Y de un tirón arrancóse una manga de la camisa y la anudó fuertemente al muslo, arriba del balazo.

—Bueno —dijo Venancio—; eso le para la sangre y le quita la dolencia.

Venancio era barbero; en su pueblo sacaba muelas y ponía cáusticos y sanguijuelas. Gozaba de cierto ascendiente porque había leído *El judío errante* y *El sol de mayo.** Le llamaban *el dotor*, y él, muy pagado de su sabiduría, era hombre de pocas palabras.

Turnándose de cuatro en cuatro, condujeron la camilla por mesetas calvas y pedregosas y por cuestas empinadísimas.

Al mediodía, cuando la calina sofocaba y se obnubilaba la vista, con el canto incesante de las cigarras se oía el quejido acompasado y monocorde del herido.

En cada jacalito escondido entre las rocas abruptas, se detenían y descansaban.

—¡ Gracias a Dios! ¡ Un alma compasiva y una gorda copeteada de chile y frijoles nunca faltan! —decía Anastasio Montañés eructando.

Y los serranos, después de estrecharles fuertemente las manos encallecidas, exclamaban:

—¡ Dios los bendiga! ¡ Dios los ayude y los lleve por buen camino! . . . Ahora van ustedes; mañana correremos también nosotros, huyendo de la leva, perseguidos por estos condenados del gobierno, que nos han declarado guerra a muerte a todos los pobres; que nos roban nuestros puercos, nuestras gallinas y hasta el maicito que tenemos para comer; que queman nuestras casas y se llevan nuestras mujeres, y que, por fin, donde dan con uno, allí lo acaban como si fuera perro del mal.

Cuando atardeció en llamaradas que tiñeron el cielo en vivísimos colores, pardearon unas casucas en una explanada, entre las montañas azules. Demetrio hizo que lo llevaran allí.

Eran unos cuantos pobrísimos jacales de zacate, diseminados a la orilla del río, entre pequeñas sementeras de maíz y frijol recién nacidos.

Pusieron la camilla en el suelo, y Demetrio, con débil voz, pidió un trago de agua.

En las bocas oscuras de las chozas se aglomeraron chomites incoloros, pechos huesudos, cabezas desgreñadas y, detrás, ojos brillantes y carrillos frescos.

Un chico gordinflón, de piel morena y reluciente, se acercó a ver al hombre de la camilla; luego una vieja, y después todos los demás vinieron a hacerle ruedo.

Una moza muy amable trajo una jícara de agua azul. Demetrio cogió la vasija entre sus manos trémulas y bebió con avidez.

—¿No quere más?

Alzó los ojos: la muchacha era de rostro muy vulgar, pero en su voz había mucha dulzura.

Se limpió con el dorso del puño el sudor que perlaba su frente, y volviéndose de un lado, pronunció con fatiga:

—¡Dios se lo pague!

Y comenzó a tiritar con tal fuerza, que sacudía las yerbas y los pies de la camilla. La fiebre lo aletargó.

—Está haciendo sereno* y eso es malo pa la calentura —dijo señá Remigia, una vieja enchomitada, descalza y con una garra de manta al pecho a modo de camisa.

Y los invitó a que metieran a Demetrio en su jacal.

Pancracio, Anastasio Montañés y la Codorniz se echaron a los pies de la camilla como perros fieles, pendientes de la voluntad del jefe.

Los demás se dispersaron en busca de comida.

Señá Remigia ofreció lo que tuvo: chile y tortillas.

—Afigúrense . . ., tenía güevos, gallinas y hasta una chiva parida; pero estos malditos federales me limpiaron.

Luego, puestas las manos en bocina, se acercó al oído de Anastasio y le dijo:

—¡ Afigúrense . . ., cargaron hasta con la muchachilla de señá Nieves! . . .

V

La Codorniz, sobresaltado, abrió los ojos y se incorporó.

—¿ Montañés, oíste? . . . ¡ Un balazo! . . . Montañés . . . Despierta . . .

Le dio fuertes empellones, hasta conseguir que se removiera y dejara de roncar.

—¡ Con un . . . ! ¡ Ya estás moliendo!* . . . Te digo que los muertos no se aparecen . . . —balbució Anastasio despertando a medias.

—¡ Un balazo, Montañés! . . .

—Te duermes, Codorniz, o te meto una trompada . . .

—No, Anastasio; te digo que no es pesadilla . . . Ya no me he vuelto a acordar de los ahorcados. Es de veras un balazo; lo oí clarito . . .

—¿ Dices que un balazo? . . . A ver, daca mi máuser . . .

Anastasio Montañés se restregó los ojos, estiró los brazos y las piernas con mucha flojera, y se puso en pie.

Salieron del jacal. El cielo estaba cuajado de estrellas y la luna ascendía como una fina hoz. De las casucas salió rumor confuso de mujeres asustadas, y se oyó el ruido de armas de los hombres que dormían afuera y despertaban también.

—¡ Estúpido! . . . ¡ Me has destrozado un pie!

La voz se oyó clara y distinta en las inmediaciones.

—¿ Quién vive? . . .

El grito resonó de peña en peña, por crestones y hondonadas, hasta perderse en la lejanía y en el silencio de la noche.

—¿ Quién vive? —repitió con voz más fuerte Anastasio, haciendo ya correr el cerrojo de su máuser.

—¡ Demetrio Macías! —respondieron cerca.

—¡ Es Pancracio! —dijo la Codorniz regocijado. Y ya sin zozobras dejó reposar en tierra la culata de su fusil.

Pancracio conducía a un mozalbete cubierto de polvo, desde el fieltro americano hasta los toscos zapatones. Llevaba una mancha de sangre fresca en su pantalón, cerca de un pie.

—¿ Quién es este curro? —preguntó Anastasio.

—Yo estoy de centinela, oí ruido entre las yerbas y grité: "¿ Quién vive?" "Carranzo",* me respondió este vale . . . "¿ Carranzo . . . ? No conozco yo a ese gallo . . ." Y toma tu Carranzo: le metí un plomazo en una pata . . .

Sonriendo, Pancracio volvió su cara lampiña en solicitud de aplausos.

Entonces habló el desconocido.

—¿ Quién es aquí el jefe?

Anastasio levantó la cabeza con altivez, enfrentándosele.

El tono del mozo bajó un tanto.

—Pues yo también soy revolucionario. Los federales me cogieron de leva y entré a filas; pero en el combate de anteayer conseguí desertarme, y he venido, caminando a pie, en busca de ustedes.

—¡ Ah, es federal! . . . —interrumpieron muchos, mirándolo con pasmo.

—¡ Ah, es mocho! —dijo Anastasio Montañés—. ¿ Y por qué no le metiste el plomo mejor en la mera chapa?

—¡ Quién sabe qué mitote trai!* ¡ Quesque quere hablar con Demetrio, que tiene que icirle quén sabe cuánto! . . . Pero eso no le hace, pa todo hay tiempo como no arrebaten* —respondió Pancracio, preparando su fusil.

—Pero ¿ qué clase de brutos son ustedes? —profirió el desconocido.

Y no pudo decir más, porque un revés de Anastasio lo volteó con la cara bañada en sangre.

—¡ Fusilen a ese mocho! . . .

—¡ Hórquenlo! . . .

—¡ Quémenlo . . ., es federal! . . .

Exaltados, gritaban, aullaban preparando ya sus rifles.

—¡ Chist . . ., chist . . ., cállense! . . . Parece que Demetrio habla —dijo Anastasio, sosegándolos.

En efecto, Demetrio quiso informarse de lo que ocurría e hizo que le llevaran al prisionero.

—¡ Una infamia, mi jefe, mire usted . . ., mire usted! —pronunció Luis Cervantes, mostrando las manchas de sangre en su pantalón y su boca y su nariz abotagadas.

—Por eso, pues, ¿ quién jijos de un . . . es usté ?* —interrogó Demetrio.

—Me llamo Luis Cervantes, soy estudiante de Medicina y periodista. Por haber dicho algo en favor de los revolucionarios, me persiguieron, me atraparon y fui a dar a un cuartel . . .

La relación que de su aventura siguió detallando en tono declamatorio causó gran hilaridad a Pancracio y al Manteca.

—Yo he procurado hacerme entender, convencerlos de que soy un verdadero correligionario . . .

—¿ Corre . . . qué ? —inquirió Demetrio, tendiendo una oreja.

—Correligionario, mi jefe . . ., es decir, que persigo los mismos ideales y defiendo la misma causa que ustedes defienden.

Demetrio sonrió:

—¿ Pos cuál causa defendemos nosotros ? . . .

Luis Cervantes, desconcertado, no encontró qué contestar.

—¡ Mi qué cara pone! . . . ¿ Pa qué son tantos brincos ?* . . . ¿ Lo tronamos ya, Demetrio ? —preguntó Pancracio, ansioso.

Demetrio llevó su mano al mechón de pelo que le cubría una oreja, se rascó largo rato, meditabundo; luego, no encontrando la solución, dijo:

—Sálganse . . . que ya me está doliendo otra vez . . . Anastasio, apaga la mecha. Encierren a ése en el corral y me lo cuidan Pancracio y Manteca. Mañana veremos.

VI

Luis Cervantes no aprendía aún a discernir la forma precisa de los objetos a la vaga tonalidad de las noches estrelladas, y buscando el mejor sitio para descansar, dio con sus huesos quebrantados* sobre un montón de estiércol húmedo, al pie de la masa difusa de un huizache. Más por agotamiento que por resignación, se tendió cuan largo era y cerró los ojos resueltamente, dispuesto a dormir hasta que sus feroces vigilantes le despertaran o el sol de la mañana le quemara las orejas. Algo como un vago calor a su lado, luego un respirar rudo y fatigoso, le hicieron estremecerse; abrió los brazos en torno, y su mano trémula dio con los pelos rígidos de un cerdo, que, incomodado seguramente por la vecindad, gruñó.

Inútiles fueron ya todos sus esfuerzos para atraer el sueño; no por el dolor del miembro lesionado, ni por el de sus carnes magulladas, sino por la instantánea y precisa representación de su fracaso.

Sí; él no había sabido apreciar a su debido tiempo la distancia que hay de manejar el escalpelo, fulminar latrofacciosos* desde las columnas de un diario provinciano, a venir a buscarlos con el fusil en las manos a sus propias guaridas. Sospechó su equivocación, ya dado de alta como subteniente de caballería, al rendir la primera jornada. Brutal jornada de catorce leguas, que lo dejaba con las caderas y las rodillas de una pieza, cual si todos sus huesos se hubieran soldado en uno. Acabólo de comprender ocho días después, al primer encuentro con los rebeldes. Juraría, la mano puesta sobre un Santo Cristo, que cuando los soldados se echaron los máuseres a la cara, alguien con estentórea voz había clamado a sus espaldas: '¡ Sálvese el que pueda!" Ello tan claro así* que su mismo brioso y noble corcel, avezado a los combates, había vuelto grupas y de estampida no había querido detenerse sino a distancia donde ni el rumor de las balas se escuchaba. Y era cabalmente a la puesta del sol, cuando la montaña comenzaba a poblarse de sombras vagorosas e inquietantes, cuando las tinieblas ascendían a toda prisa de la hondonada. ¿ Qué cosa más lógica podría ocurrírsele si no la de buscar abrigo entre las rocas, darles reposo al cuerpo y al espíritu y procurarse el sueño? Pero la lógica del soldado es la lógica del absurdo. Así, por ejemplo, a la mañana siguiente su coronel lo despierta a broncos puntapiés y le saca de su escondite con la cara gruesa a mojicones. Más todavía: aquello determina la hilaridad de los oficiales, a tal punto que, llorando de risa, imploran a una voz el perdón para el fugitivo. Y el coronel, en vez de fusilarlo, le larga un recio puntapié en las posaderas y le envía a la impedimenta como ayudante de cocina.

La injuria gravísima habría de dar sus frutos venenosos. Luis Cervantes cambia de chaqueta desde luego, aunque sólo *in mente* por el instante. Los dolores y las miserias de los desheredados alcanzan a conmoverlo; su causa es la causa sublime del pueblo subyugado que clama justicia, sólo justicia. Intima con el humilde soldado y, ¡ qué más!, una acémila muerta de fatiga en una tormentosa jornada le hace derramar lágrimas de compasión.

Luis Cervantes, pues, se hizo acreedor a la confianza* de la tropa. Hubo soldados que le hicieron confidencias temerarias. Uno, muy serio, y que se distinguía por su temperancia y retraimiento, le dijo: "Yo soy carpintero; tenía mi madre, una viejita clavada en su silla por el reumatismo desde hacía diez años. A medianoche me sacaron de mi casa tres gendarmes; amanecí en el cuartel y anochecí a doce leguas de mi pueblo . . . Hace un mes pasé por allí con la tropa . . . ¡ Mi madre estaba ya debajo de la tierra! . . . No tenía más consuelo en esta vida . . . Ahora no le hago falta a nadie. Pero, por mi Dios que está en los cielos, estos cartuchos que aquí me cargan no han de ser para los enemigos . . . Y si se me hace el milagro (mi Madre Santísima de Guadalupe* me lo ha de conceder), si me le junto a Villa . . ., juro por la sagrada alma de mi madre que me la han de pagar estos federales."

Otro, joven, muy inteligente, pero charlatán hasta por los codos,* dipsómano y fumador de marihuana, lo llamó aparte y, mirándolo a la cara fijamente con sus ojos vagos y vidriosos, le sopló al oído: "Compadre . . ., aquéllos . . ., los de allá del otro lado . . ., ¿ comprendes? . . ., aquéllos cabalgan lo más granado de las caballerizas del Norte y del interior, las guarniciones de sus caballos pesan de pura plata . . . Nosotros, ¡ pst! . . ., en sardinas buenas para alzar cubos de noria . . ., ¿ comprendes, compadre ? Aquéllos reciben relucientes pesos fuertes; nosotros, billetes de celuloide de la fábrica del asesino* . . . Dije . . ."

Y así todos, hasta un sargento segundo contó ingenuamente: "Yo soy voluntario, pero me he tirado una plancha. Lo que en tiempos de paz no se hace en toda una vida de trabajar como una mula, hoy se puede hacer en unos cuantos meses de correr la sierra con un fusil a la espalda. Pero no con éstos, 'mano' . . ., no con éstos . . ."

Y Luis Cervantes, que compartía ya con la tropa aquel odio solapado, implacable y mortal a las clases, oficiales y a todos los superiores, sintió que de sus ojos caía hasta la última telaraña y vio claro el resultado final de la lucha.

—¡ Mas he aquí que hoy, al llegar apenas con sus correligionarios, en vez de recibirle con los brazos abiertos, lo encapillan en una zahurda!

Fue de día: los gallos cantaron en los jacales; las gallinas trepadas en las ramas del huizache del corral se removieron, abrían las alas y esponjaban las plumas y en un solo salto se ponían en el suelo.

Contempló a sus centinelas tirados en el estiércol y roncando. En su imaginación revivieron las fisonomías de los dos hombres de la víspera. Uno, Pancracio, agüerado, pecoso, su cara lampiña, su barba saltona, la frente roma y oblicua, untadas las orejas al cráneo y todo de un aspecto bestial. Y el otro, el Manteca, una piltrafa humana: ojos escondidos, mirada torva, cabellos muy lacios cayéndole a la nuca, sobre la frente y las orejas; sus labios de escrofuloso entreabiertos eternamente.

Y sintió una vez más que su carne se achinaba.

VII

Adormilado aún, Demetrio paseó la mano sobre los crespos mechones que cubrían su frente húmeda, apartados hacia una oreja, y abrió los ojos.

Distinta oyó la voz femenina y melodiosa que en sueños había escuchado ya, y se volvió a la puerta.

Era de día: los rayos del sol dardeaban entre los popotes del jacal. La misma moza que la víspera le había ofrecido un apastito de agua deliciosamente fría (sus sueños de toda la noche), ahora, igual de dulce y cariñosa, entraba con una olla de leche desparramándose de espuma.

—Es de cabra, pero está regüena . . . Ándele no más aprébela . . .

Agradecido, sonrió Demetrio, se incorporó y, tomando la vasija de barro, comenzó a dar pequeños sorbos, sin quitar los ojos de la muchacha.

Ella, inquieta, bajó los suyos.

—¿ Cómo te llamas ?

—Camila.

—Me cuadra el nombre, pero más la tonadita . . .

Camila se cubrió de rubor, y como él intentara asirla por un puño, asustada, tomó la vasija vacía y se escapó más que de prisa.

—No, compadre Demetrio —observó gravemente Anastasio Montañés—; hay que amansarlas primero . . . ¡ Hum, pa las lepras que me han dejado en el cuerpo las mujeres! . . . Yo tengo mucha experiencia en eso . . .

—Me siento bien, compadre —dijo Demetrio haciéndose el sordo—; parece que me dieron fríos;* sudé mucho y amanecí muy refrescado. Lo que me está fregando todavía es la maldita herida. Llame a Venancio para que me cure.

—¿ Y qué hacemos, pues, con el curro que agarré anoche ? —preguntó Pancracio.

—¡ Cabal, hombre! . . . ¡ No me había vuelto a acordar! . . .

Demetrio, como siempre, pensó y vaciló mucho antes de tomar una decisión.

—A ver, Codorniz, ven acá. Mira, pregunta por una capilla que hay como a tres leguas de aquí. Anda y róbale la sotana al cura.

—Pero, ¿ qué va a hacer, compadre ? —preguntó Anastasio pasmado.

—Si este curro viene a asesinarme, es muy fácil sacarle la verdad. Yo le digo que lo voy a fusilar. La Codorniz se viste de padre y lo confiesa.* Si tiene pecado, lo trueno: si no, lo dejo libre.

—¡ Hum, cuánto requisito ! . . . Yo lo quemaba y ya* —exclamó Pancracio despectivo.

Por la noche regresó la Codorniz con la sotana del cura. Demetrio hizo que le llevaran el prisionero.

Luis Cervantes, sin dormir ni comer en dos días, entraba con el rostro demacrado y ojeroso, los labios descoloridos y secos.

Habló con lentitud y torpeza.

—Hagan de mí lo que quieran . . . Seguramente que me equivoqué con ustedes . . .

Hubo un prolongado silencio. Después:

—Creí que ustedes aceptarían con gusto al que viene a ofrecerles ayuda, pobre ayuda la mía, pero que sólo a ustedes mismos beneficia . . . ¿ Yo qué me gano con que la revolución triunfe o no ?

Poco a poco iba animándose, y la languidez de su mirada desaparecía por instantes.

—La revolución beneficia al pobre, al ignorante, al que toda su vida ha sido esclavo, a los infelices que ni siquiera saben que si lo son es porque el rico convierte en oro las lágrimas, el sudor y la sangre de los pobres . . .

—¡ Bah . . ., ¿ y eso es como a modo de qué ?* . . . ¡ Cuando ni a mí me cuadran los sermones! —interrumpió Pancracio.

—Yo he querido pelear por la causa santa de los desventurados . . . Pero ustedes no me entienden . . ., ustedes me rechazan . . . ¡ Hagan conmigo, pues, lo que gusten!

—Por lo pronto no más te pongo esta reata en el gaznate . . . ¡ Mi' qué rechonchito y qué blanco lo tienes!

—Sí, ya sé a lo que viene usted —repuso Demetrio con desabrimiento, rascándose la cabeza—. Lo voy a fusilar, ¿ eh ? . .

Luego, volviéndose a Anastasio:

—Llévenselo . . ., y si quiere confesarse, tráiganle un padre . . .

Anastasio, impasible como siempre, tomó con suavidad el brazo de Cervantes.

—Véngase pa acá, curro . . .

Cuando después de algunos minutos vino la Codorniz ensotanado, todos rieron a echar las tripas.

—¡ Hum, este curro es repicolargo! —exclamó—. Hasta se me figura que se rio de mí cuando comencé a hacerle preguntas.

—Pero ¿ no cantó nada ?

—No dijo más que lo de anoche . . .

—Me late que no viene a eso que usté teme,* compadre —notó Anastasio.

—Bueno, pues denle de comer y ténganlo a una vista.*

VIII

Luis Cervantes, otro día, apenas pudo levantarse. Arrastrando el miembro lesionado, vagó de casa en casa buscando un poco de alcohol, agua hervida y pedazos de ropa usada. Camila, con su amabilidad incansable, se lo proporcionó todo.

Luego que comenzó a lavarse, ella se sentó a su lado, a ver curar la herida, con curiosidad de serrana.

—¡ Oiga, ¿ y quién lo insiñó a curar ? . . . ¿ Y pa qué jirvió la agua ? . . . ¿ Y los trapos, pa qué los coció ? . . . ¡ Mire, mire, cuánta curiosidá pa todo!* . . . ¿ Y eso que se echó en las manos ? . . . ¡ Pior! . . . ¿ Aguardiente de veras ? . . . ¡ Ande, pos si yo creiba que el aguardiente no más pal cólico era güeno! . . . ¡ Ah! . . . ¿ De moo es que usté iba a ser dotor? . . . ¡ Ja, ja, ja! . . . ¡ Cosa de morirse uno de risa! . . . ¿ Y por qué no le regüelve mejor agua fría? . . . ¡ Mi' qué cuentos! . . . ¡ Quesque animales en la agua sin jervir! . . . ¡ Fuchi! . . . ¡ Pos cuando ni yo miro nada!* . . .

Camila siguió interrogándole, y con tanta familiaridad, que de buenas a primeras comenzó a tutearlo.

Retraído a su propio pensamiento, Luis Cervantes no la escuchaba más.

"¿ En dónde están esos hombres admirablemente armados y montados, que reciben sus haberes en puros pesos duros de los que Villa está acuñando en Chihuahua? ¡ Bah! Una veintena de encuerados y piojosos, habiendo quien cabalgara en una yegua decrépita, matadura de la cruz a la cola.* ¿ Sería verdad lo que la prensa del gobierno y él mismo habían asegurado, que los llamados revolucionarios no eran sino bandidos agrupados ahora con un magnífico pretexto para saciar su sed de oro y de sangre? ¿ Sería, pues, todo mentira lo que de ellos contaban los simpatizadores de la revolución? Pero si los periódicos gritaban todavía en todos los tonos triunfos y más triunfos de la federación,* un pagador recién llegado de Guadalajara había dejado escapar la especie de que los parientes y favoritos de Huerta abandonaban la capital rumbo a los puertos, por más que éste seguía aúlla que aúlla: 'Haré la paz cueste lo que cueste.' Por tanto, revolucionarios, bandidos o como quisiera llamárseles, ellos iban a derrocar al gobierno; el mañana les pertenecía; había que estar, pues, con ellos, sólo con ellos."

—No, lo que es ahora* no me he equivocado —se dijo para sí, casi en voz alta.

—¿ Qué estás diciendo? —preguntó Camila—; pos si yo creiba ya que los ratones te habían comido la lengua.*

Luis Cervantes plegó las cejas y miró con aire hostil aquella especie de mono enchomitado, de tez broncínea, dientes de marfil, pies anchos y chatos.

—¿ Oye, curro, y tú has de saber contar cuentos?

Luis hizo un gesto de aspereza y se alejó sin contestarla.

Ella, embelesada, le siguió con los ojos hasta que su silueta desapareció por la vereda del arroyo.

Tan abstraída así, que se estremeció vivamente a la voz de su vecina, la tuerta María Antonia, que, fisgoneando desde su jacal, le gritó:

—¡ Epa, tú! . . . dale los polvos de amor . . . A ver si ansina cai* . . .

—¡ Pior! . . . Ésa será usté* . . .

—¡ Si yo quijiera! . . . Pero, ¡ fuche!, les tengo asco a los curros . . .

IX

—Señá Remigia, emprésteme unos blanquillos, mi gallina amaneció echada.* Allí tengo unos siñores que queren almorzar.

Por el cambio de la viva luz del sol a la penumbra del jacalucho, más turbia todavía por la densa humareda que se alzaba del fogón, los ojos de la vecina se ensancharon. Pero al cabo de breves segundos comenzó a percibir distintamente el contorno de los objetos y la camilla del herido en un rincón, tocando por su cabecera el cobertizo tiznado y brilloso.

Se acurrucó en cuclillas al lado de señá Remigia y, echando miradas furtivas adonde reposaba Demetrio, preguntó en voz baja:

—¿ Cómo va el hombre? . . . ¿ Aliviado? . . . ¡ Qué güeno! . . . ¡ Mire, y tan muchacho! . . . Pero en toavía está retedescolorido . . . ¡ Ah! . . . ¿ De moo es que no le cierra el balazo? . . . Oiga, señá Remigia, ¿ no quere que le hagamos alguna lucha?

Señá Remigia, desnuda arriba de la cintura, tiende sus brazos tendinosos y enjutos sobre la mano del metate y pasa y repasa su nixtamal.

—Pos quién sabe si no les cuadre —responde sin interrumpir

la ruda tarea y casi sofocada—; ellos train su dotor y por eso . . .

—Señá Remigia —entra otra vecina doblando su flaco espinazo para franquear la puerta—, ¿ no tiene unas hojitas de laurel que me dé pa hacerle un cocimiento a María Antonia ? . . . Amaneció con el cólico . . .

Y como, a la verdad, sólo lleva pretexto para curiosear y chismorrear, vuelve los ojos hacia el rincón donde está el enfermo y con un guiño inquiere por su salud.

Señá Remigia baja los ojos para indicar que Demetrio está durmiendo . . .

—Ande, pos si aquí está usté también, señá Pachita . . ., no la había visto . . .

—Güenos días le dé Dios, ña Fortunata . . . ¿ Cómo amanecieron ?*

—Pos María Antonia con su "superior" . . . y, como siempre, con el cólico . . .

En cuclillas, pónese cuadril a cuadril con señá Pachita.

—No tengo hojas de laurel, mi alma —responde señá Remigia suspendiendo un instante la molienda; aparta de su rostro goteante algunos cabellos que caen sobre sus ojos y hunde luego las dos manos en un apaste, sacando un gran puñado de maíz cocido que chorrea una agua amarillenta y turbia—. Yo no tengo; pero vaya con señá Dolores: a ella no le faltan nunca yerbitas.

—Ña Dolores dende anoche se jue pa la cofradía. A sigún razón vinieron por ella pa que juera a sacar de su cuidado a la muchachilla de tía Matías.*

—¡ Ande, señá Pachita, no me lo diga! . . .

Las tres viejas forman animado corro y, hablando en voz muy baja, se ponen a chismorrear con vivísima animación.

—¡ Cierto como haber Dios en los cielos! . . .

—¡ Ah, pos si yo jui la primera que lo dije: "Marcelina está gorda y está gorda"! Pero naiden me lo quería creer . . .

—Pos pobre criatura . . . ! Y pior si va resultando con que es de su tío Nazario! . . .

—¡ Dios la favorezca! . . .

—¡ No, qué tío Nazario ni qué ojo de hacha! . . . ¡ Mal ajo pa los federales condenados!* . . .

—¡ Bah, pos aistá otra enfelizada más! . . .

El barullo de las comadres acabó por despertar a Demetrio.

Asilenciáronse un momento, y a poco dijo señá Pachita, sacando del seno un palomo tierno que abría el pico casi sofocado ya:

—Pos la mera verdá, yo le traiba al siñor estas sustancias . . ., pero sigún razón está en manos de médico . . .

—Eso no le hace, señá Pachita . . .; es cosa que va por juera . . .

—Siñor, dispense la parvedá . . .; aquí le traigo este presente —dijo la vejarruca acercándose a Demetrio—. Pa las morragias de sangre no hay como estas sustancias . . .

Demetrio aprobó vivamente. Ya le habían puesto en el estómago unas piezas de pan mojado en aguardiente, y aunque cuando se las despegaron le vaporizó mucho el ombligo, sentía que aún le quedaba mucho calor encerrado.*

—Ande, usté que sabe bien, señá Remigia —exclamaron las vecinas.

De un otate desensartó señá Remigia una larga y encorvada cuchilla que servía para apear tunas; tomó el pichón en una sola mano y, volviéndolo por el vientre, con habilidad de cirujano lo partió por la mitad de un solo tajo.

—¡ En el nombre de Jesús, María y José! —dijo señá Remigia echando una bendición. Luego, con rapidez, aplicó calientes y chorreando los dos pedazos del palomo sobre el abdomen de Demetrio.

—Ya verá cómo va a sentir mucho consuelo . . .

Obedeciendo las instrucciones de señá Remigia, Demetrio se inmovilizó encogiéndose sobre un costado.

Entonces señá Fortunata contó su cuita. Ella les tenía muy buena voluntad a los señores de la revolución. Hacía tres meses que los federales le robaron su única hija, y eso la tenía inconsolable y fuera de sí.

Al principio de la relación, la Codorniz y Anastasio Montañés, atejonados al pie de la camilla, levantaban la cabeza y, entreabierta la boca, escuchaban el relato; pero en tantas minucias se metió señá Fortunata, que a la mitad la Codorniz se aburrió y salió a rascarse al sol, y cuando terminaba solemnemente: "Espero de Dios y María Santísima que ustedes no han de dejar vivo a uno de estos federales del infierno", Demetrio, vuelta la cara a la pared, sintiendo mucho consuelo con las sustancias en el estómago, repasaba un itinerario para internarse en Durango, y Anastasio Montañés roncaba como un trombón.

X

—¿Por qué no llama al curro pa que lo cure, compadre Demetrio? —dijo Anastasio Montañés al jefe, que a diario sufría grandes calosfríos y calenturas—. Si viera, él se cura solo y anda ya tan aliviado que ni cojea siquiera.

Pero Venancio, que tenía dispuestos los botes de manteca y las planchuelas de hilas mugrientas, protestó:

—Si alguien le pone mano, yo no respondo de las resultas.

—Oye, compa, ¡pero qué dotor ni qué naa eres tú!* . . . ¿Voy que ya hasta se te olvidó por qué viniste a dar aquí? —dijo la Codorniz.

—Sí, ya me acuerdo, Codorniz, de que andas con nosotros porque te robaste un reloj y unos anillos de brillantes —repuso muy exaltado Venancio.

La Cordorniz lanzó una carcajada.

—¡Siquiera! . . . Pior que tú corriste* de tu pueblo porque envenenaste a tu novia.

—¡Mientes! . . .

—Sí; le diste cantáridas pa . . .

Los gritos de protesta de Venancio se ahogaron entre las carcajadas estrepitosas de los demás.

Demetrio, avinagrado el semblante, les hizo callar; luego comenzó a quejarse, y dijo:

—A ver, traigan, pues, al estudiante.

Vino Luis Cervantes, descubrió la pierna, examinó detenidamente la herida y meneó la cabeza. La ligadura de manta se hundía en un surco de piel; la pierna, abotagada, parecía reventar. A cada movimiento, Demetrio ahogaba un gemido. Luis Cervantes cortó la ligadura, lavó abundantemente la herida, cubrió el muslo con grandes lienzos húmedos y lo vendó.

Demetrio pudo dormir toda la tarde y toda la noche. Otro día despertó muy contento.

—Tiene la mano muy liviana el curro —dijo.

Venancio, pronto, observó:

—Está bueno; pero hay que saber que los curros son como la humedad, por dondequiera se filtran. Por los curros se ha perdido el fruto de las revoluciones.

Y como Demetrio creía a ojo cerrado en la ciencia del barbero, otro día, a la hora que Luis Cervantes lo fue a curar, le dijo:

—Oiga, hágalo bien pa que cuando me deje bueno y sano se largue ya a su casa o adonde le dé su gana.

Luis Cervantes, discreto, no respondió una palabra.

Pasó una semana, quince días; los federales no daban señales de vida. Por otra parte, el frijol y el maíz abundaban en los ranchos inmediatos; la gente tal odio tenía a los federales, que de buen grado proporcionaban auxilio a los rebeldes. Los de Demetrio, pues, esperaron sin impaciencia el completo restablecimiento de su jefe.

Durante muchos días, Luis Cervantes continuó mustio y silencioso.

—¡Que se me hace* que usté está enamorado, curro! —le dijo Demetrio, bromista, un día, después de la curación y comenzando a encariñarse con él.

Poco a poco fue tomando interés por sus comodidades. Le preguntó si los soldados le daban su ración de carne y leche. Luis Cervantes tuvo que decir que se alimentaba sólo con lo que las buenas viejas del rancho querían darle y que la gente le seguía mirando como a un desconocido o a un intruso.

—Todos son buenos muchachos, curro —repuso Demetrio—; todo está en saberles el modo. Desde mañana no le faltará nada. Ya verá.

En efecto, esa misma tarde las cosas comenzaron a cambiar. Tirados en el pedregal, mirando las nubes crepusculares como gigantescos cuajarones de sangre, escuchaban algunos de los hombres de Macías la relación que hacía Venancio de amenos episodios de *El judío errante*. Muchos, arrullados por la meliflua voz del barbero comenzaron a roncar; pero Luis Cervantes, muy atento, luego que acabó su plática con extraños comentarios anticlericales, le dijo enfático:

—¡ Admirable! ¡ Tiene usted un bellísimo talento!

—No lo tengo malo —repuso Venancio convencido—; pero mis padres murieron y yo no pude hacer carrera.

—Es lo de menos. Al triunfo de nuestra causa, usted obtendrá fácilmente un título. Dos o tres semanas de concurrir a los hospitales, una buena recomendación de nuestro jefe Macías . . ., y usted, doctor . . . ¡ Tiene tal facilidad, que todo sería un juego!*

Desde esa noche, Venancio se distinguió de los demás dejando de llamarle curro. Luisito por aquí y Luisito por allí.*

XI

—Oye, curro, yo quería icirte una cosa . . . —dijo Camila una mañana, a la hora que Luis Cervantes iba por agua hervida al jacal para curar su pie.

La muchacha andaba inquieta de días atrás, y sus melindres y reticencias habían acabado por fastidiar al mozo, que, suspendiendo de pronto su tarea, se puso en pie y, mirándola cara a cara, le respondió:

—Bueno . . . ¿ Qué cosa quieres decirme?

Camila sintió entonces la lengua hecha un trapo y nada pudo pronunciar; su rostro se encendió como un madroño,* alzó los hombros y encogió la cabeza hasta tocarse el desnudo pecho. Después, sin moverse y fijando, con obstinación de idiota, sus ojos en la herida, pronunció con debilísima voz:

—¡ Mira qué bonito viene encarnando ya! . . . Parece botón de rosa de Castilla.

Luis Cervantes plegó el ceño con enojo manifiesto y se puso de nuevo a curarse sin hacer más caso de ella.

Cuando terminó, Camila había desaparecido.

Durante tres días no resultó la muchacha en parte alguna. Señá Agapita, su madre, era la que acudía al llamado de Luis Cervantes y era la que le hervía el agua y los lienzos. Él buen cuidado tuvo de no preguntar más. Pero a los tres días ahí estaba de nuevo Camila con más rodeos y melindres que antes.

Luis Cervantes, distraído, con su indiferencia envalentonó a Camila, que habló al fin:

—Oye, curro . . . Yo quería icirte una cosa . . . Oye, curro; yo quiero que me repases *La Adelita** . . . pa . . . ¿ A que no me adivinas pa qué ?* . . . Pos pa cantarla mucho, mucho, cuando ustedes se vayan, cuando ya no estés tú aquí . . ., cuando andes ya tan lejos, lejos . . ., que ni más te acuerdes de mí . . .

Sus palabras hacían en Luis Cervantes el efecto de una punta de acero resbalando por las paredes de una redoma.

Ella no lo advertía, y prosiguió tan ingenua como antes:

—¡ Anda, curro, ni te cuento! . . . Si vieras qué malo es el viejo que los manda a ustedes . . . Ai tienes nomás* lo que me sucedió con él . . . Ya sabes que no quere el tal Demetrio que naiden le haga la comida más que mi mamá y que naiden se la lleve más que yo . . . Güeno; pos l'otro día entré con el champurrao, y ¿ qué te parece que hizo el viejo e porra ?* Pos que me pepena de la mano y me la agarra juerte, juerte; luego comienza a pellizcarme las corvas . . . ¡ Ah, pero qué pliegue tan güeno le he echao! . . . "¡ Epa, pior! . . . ¡ Estése quieto!* . . . ¡ Pior, viejo malcriado! . . . ¡ Suélteme . . ., suélteme, viejo sinvergüenza!" Y que me doy el reculón y me le zafo, y que ai voy pa juera a toa carrera . . . ¿ Qué te parece no más, curro ?*

Jamás había visto reír con tanto regocijo Camila a Luis Cervantes.

—Pero ¿ de veras es cierto todo lo que me estás contando ?

Profundamente desconcertada, Camila no podía responderle. Él volvió a reír estrepitosamente y a repetir su pregunta. Y ella, sintiendo la inquietud y la zozobra más grandes, le respondió con voz quebrantada:

—Sí, es cierto . . . Y eso es lo que yo te quería icir . . . ¿ Que no te ha dao coraje por eso, curro ?*

Una vez más Camila contempló con embeleso el fresco y radioso rostro de Luis Cervantes, aquellos ojos glaucos de tierna expresión, sus carrillos frescos y rosados como los de un muñeco de porcelana, la tersura de una piel blanca y delicada que asomaba abajo del cuello, y más arriba de las mangas de una tosca camiseta de lana, el rubio tierno de sus cabellos, rizados ligeramente.

—Pero ¿ qué diablos estás esperando, pues, boba ? Si el jefe te quiere, ¿ tú qué más pretendes ? . . .

Camila sintió que de su pecho algo se levantaba, algo que llegaba hasta su garganta y en su garganta se anudaba. Apretó fuertemente sus párpados para exprimir sus ojos rasos; luego limpió con el dorso de su mano la humedad de los carrillos y, como hacía tres días, con la ligereza del cervatillo, escapó.

XII

La herida de Demetrio había cicatrizado ya. Comenzaban a discutir los proyectos para acercarse al Norte, donde se decía que los revolucionarios habían triunfado en toda línea de los federales. Un acontecimiento vino a precipitar las cosas. Una vez Luis Cervantes, sentado en un picacho de la sierra, al fresco de la tarde, la mirada perdida a lo lejos, soñando, mataba el fastidio. Al pie del angosto crestón, alagartados entre los jarales y a orillas del río, Pancracio y el Manteca jugaban baraja.

Anastasio Montañés, que veía el juego con indiferencia, volvió de pronto su rostro de negra barba y dulces ojos hacia Luis Cervantes y le dijo:

—¿Por qué está triste, curro? ¿Qué piensa tanto? Venga, arrímese a platicar...

Luis Cervantes no se movió; pero Anastasio fue a sentarse amistosamente a su lado.

—A usté le falta la bulla de su tierra. Bien se echa de ver que es de zapato pintado y moñito en la camisa... Mire, curro: ai donde me ve aquí, todo mugriento y desgarrado, no soy lo que parezco... ¿A que no me lo cree?... Yo no tengo necesidad; soy dueño de diez yuntas de bueyes... ¡De veras!... Ai que lo diga mi compadre Demetrio... Tengo mis diez fanegas de siembra... ¿A que no me lo cree?... Mire, curro; a mí me cuadra mucho hacer repelar a los federales, y por eso me tienen mala voluntad. La última vez, hace ocho meses ya (los mismos que tengo de andar aquí), le metí un navajazo a un capitancito faceto (Dios me guarde), aquí, merito del ombligo... Pero, de veras, yo no tengo necesidad... Ando aquí por eso... y por darle la mano a mi compadre Demetrio.

—¡Moza de mi vida!* —gritó el Manteca entusiasmado con un albur. Sobre la sota de espadas puso una moneda de veinte centavos de plata.

—¡Cómo cree que a mí nadita que me cuadra el juego, curro!* ... ¿Quiere usté apostar? ... ¡Ándele, mire; esta viborita de cuero suena todavía! —dijo Anastasio sacudiendo el cinturón y haciendo oír el choque de los pesos duros.

En éstas corrió Pancracio la baraja, vino la sota y se armó un altercado. Jácara, gritos, luego injurias. Pancracio enfrentaba su rostro de piedra ante el del Manteca, que lo veía con ojos de culebra, convulso como un epiléptico. De un momento a otro llegaban a las manos. A falta de insolencias suficientemente incisivas, acudían a nombrar padres y madres en el bordado más rico de indecencias.

Pero nada ocurrió; luego que se agotaron los insultos,

suspendióse el juego, se echaron tranquilamente un brazo a la espalda y paso a paso se alejaron en busca de un trago de aguardiente.

—Tampoco a mí me gusta pelear con la lengua. Eso es feo, ¿verdad, curro? . . . De veras, mire, a mí nadien me ha mentao a mi familia . . . Me gusta darme mi lugar.* Por eso me verá que nunca ando chacoteando . . . Oiga, curro —prosiguió Anastasio, cambiando el acento de su voz, poniéndose una mano sobre la frente y de pie—, ¿qué polvareda se levanta allá, detrás de aquel cerrito? ¡Caramba! ¡A poco son los mochos!* . . . ¡Y uno tan desprevenido! . . . Véngase, curro; vamos a darles parte a los muchachos.

Fue motivo de gran regocijo:

—¡Vamos a toparlos! —dijo Pancracio el primero.

—Sí, vamos a toparlos. ¡Qué pueden traer que no lleven!* . . .

Pero el enemigo se redujo a un hatajo de burros y dos arrieros.

—Párenlos. Son arribeños y han de traer algunas novedades —dijo Demetrio.

Y las tuvieron de sensación. Los federales tenían fortificados los cerros de El Grillo y La Bufa de Zacatecas. Decíase que era el último reducto de Huerta, y todo el mundo auguraba la caída de la plaza. Las familias salían con precipitación rumbo al Sur; los trenes iban colmados de gente; faltaban carruajes y carretones, y por los caminos reales, muchos, sobrecogidos de pánico, marchaban a pie y con sus equipajes a cuestas. Pánfilo Natera reunía su gente en Fresnillo, y a los federales "ya les venían muy anchos los pantalones".*

—La caída de Zacatecas es el *Requiescat in pace* de Huerta* —aseguró Luis Cervantes con extraordinaria vehemencia—. Necesitamos llegar antes del ataque a juntarnos con el general Natera.

Y reparando en el extrañamiento que sus palabras causaban en los semblantes de Demetrio y sus compañeros, se dio cuenta de que aún era un don nadie allí.

Pero otro día, cuando la gente salió en busca de buenas bestias para emprender de nuevo la marcha, Demetrio llamó a Luis Cervantes y le dijo:

—¿ De veras quiere irse con nosotros, curro? . . . Usté es de otra madera, y la verdá, no entiendo cómo pueda gustarle esta vida. ¿ Que cree que uno anda aquí por su puro gusto ?* . . . Cierto, ¿ a qué negarlo ?, a uno le cuadra el ruido; pero no sólo es eso . . . Siéntese, curro, siéntese, para contarle. ¿ Sabe por qué me levanté ? . . . Mire, antes de la revolución tenía yo hasta mi tierra volteada para sembrar, y si no hubiera sido por el choque con don Mónico, el cacique de Moyahua, a estas horas andaría yo con mucha priesa, preparando la yunta para las siembras . . . Pancracio, apéate dos botellas de cerveza, una para mí y otra para el curro . . . Por la señal de la Santa Cruz . . . ¿ Ya no hace daño, verdad ? . . .

XIII

—Yo soy de Limón, allí, muy cerca de Moyahua, del puro cañón de Juchipila. Tenía mi casa, mis vacas y un pedazo de tierra para sembrar; es decir, que nada me faltaba. Pues, señor, nosotros los rancheros tenemos la costumbre de bajar al lugar cada ocho días. Oye uno su misa, oye el sermón, luego va a la plaza, compra sus cebollas, sus jitomates y todas las encomiendas.* Después entra uno con los amigos a la tienda de Primitivo López a hacer las once. Se toma la copita; a veces es uno condescendiente y se deja cargar la mano, y se le sube el trago,* y le da mucho gusto, y ríe uno, grita y canta, si le da su mucha gana. Todo está bueno, porque no se ofende a nadie. Pero que comienzan a meterse con usté; que el policía pasa y pasa, arrima la oreja a la puerta; que al comisario o a los auxiliares se les ocurre quitarle a usté su gusto . . . ¡ Claro, hombre, usté no tiene la sangre de horchata,* usté lleva el alma en el cuerpo, a usté le da coraje, y se levanta y les dice su justo precio !* Si entendieron, santo y bueno; a uno lo dejan en paz, y en eso

La hacienda (Francisco Capdevila Moreno)

paró todo.* Pero hay veces que quieren hablar ronco y golpeado . . . y uno es lebroncito de por sí . . . y no le cuadra que nadie le pele los ojos* . . . Y, sí señor; sale la daga, sale la pistola . . . ¡ Y luego vamos a correr la sierra hasta que se les olvida el difuntito!*

"Bueno. ¿ Qué pasó con don Mónico? ¡ Faceto! Muchísimo menos que con los otros. ¡ Ni siquiera vio correr el gallo!* . . . Una escupida en las barbas por entrometido, y pare usté de contar* . . . Pues con eso ha habido para que me eche encima a la Federación.* Usté ha de saber del chisme ese de México, donde mataron al señor Madero y a otro, a un tal Félix o Felipe Díaz, ¡ qué sé yo!* . . . Bueno: pues el dicho don Mónico fue en persona a Zacatecas a traer escolta para que me agarraran. Que diz que yo era maderista y que me iba a levantar. Pero como no faltan amigos, hubo quien me lo avisara a tiempo, y cuando los federales vinieron a Limón, yo ya me había pelado. Después vino mi compadre Anastasio, que hizo una muerte, y luego Pancracio, la Codorniz y muchos amigos y conocidos. Después se nos han ido juntando más, y ya ve: hacemos la lucha como podemos."

—Mi jefe —dijo Luis Cervantes después de algunos minutos de silencio y meditación—, usted sabe ya que aquí cerca, en Juchipila, tenemos gente de Natera; nos conviene ir a juntarnos con ellos antes de que tomen Zacatecas. Nos presentamos con el general. . .

—No tengo genio para eso . . . A mí no me cuadra rendirle a nadie.

—Pero usted, solo con unos cuantos hombres por acá, no dejará de pasar por un cabecilla sin importancia. La revolución gana indefectiblemente; luego que se acabe le dicen, como les dijo Madero a los que le ayudaron: "Amigos, muchas gracias; ahora vuélvanse a sus casas . . ."

—No quiero yo otra cosa, sino que me dejen en paz para volver a mi casa.

—Allá voy . . . No he terminado: "Ustedes, que me levantaron hasta la Presidencia de la República, arriesgando su vida, con peligro inminente de dejar viudas y huérfanos en la miseria, ahora que he conseguido mi objeto, váyanse a coger el azadón y la pala, a medio vivir, siempre con hambre y sin vestir, como estaban antes, mientras que nosotros, los de arriba, hacemos unos cuantos millones de pesos."*

Demetrio meneó la cabeza y sonriendo se rascó:

—¡ Luisito ha dicho una verdad como un templo!* —exclamó con entusiasmo el barbero Venancio.

—Como decía —prosiguió Luis Cervantes—, se acaba la revolución, y se acabó todo. ¡ Lástima de tanta vida segada, de tantas viudas y huérfanos, de tanta sangre vertida! Todo, ¿ para qué ? Para que unos cuantos bribones se enriquezcan y todo quede igual o peor que antes. Usted es desprendido, y dice: "Yo no ambiciono más que volver a mi tierra." Pero ¿ es de justicia privar a su mujer y a sus hijos de la fortuna que la Divina Providencia le pone ahora en sus manos ? ¿ Será justo abandonar a la patria en estos momentos solemnes en que va a necesitar de toda la abnegación de sus hijos los humildes para que la salven, para que no la dejen caer de nuevo en manos de sus eternos detentadores y verdugos, los caciques ? . . . ¡ No hay que olvidarse de lo más sagrado que existe en el mundo para el hombre: la familia y la patria! . . .

Macías sonrió y sus ojos brillaron.

—¿ Qué, será bueno ir con Natera, curro ?

—No sólo bueno —pronunció insinuante Venancio—, sino indispensable, Demetrio.

—Mi jefe —continuó Cervantes—, usted me ha simpatizado desde que lo conocí, y lo quiero cada vez más, porque sé todo lo que vale. Permítame que sea enteramente franco. Usted no comprende todavía su verdadera, su alta y nobilísima misión. Usted, hombre modesto y sin ambiciones, no quiere ver el importantísimo papel que le toca en esta revolución. Mentira que usted ande por aquí por don Mónico, el cacique; usted se ha levantado contra el caciquismo que asola toda la nación.

Somos elementos de un gran movimiento social que tiene que concluir por el engrandecimiento de nuestra patria. Somos instrumentos del destino para la reivindicación de los sagrados derechos del pueblo. No peleamos por derrocar a un asesino miserable, sino contra la tiranía misma. Eso es lo que se llama luchar por principios, tener ideales. Por ellos luchan Villa, Natera, Carranza; por ellos estamos luchando nosotros.

—Sí, sí; cabalmente lo que yo he pensado —dijo Venancio entusiasmadísimo.

—Pancracio, apéate otras dos cervezas . . .

XIV

—Si vieras qué bien explica las cosas el curro, compadre Anastasio —dijo Demetrio, preocupado por lo que esa mañana había podido sacar en claro de las palabras de Luis Cervantes.

—Ya lo estuve oyendo —respondió Anastasio—. La verdad, es gente que, como sabe leer y escribir, entiende bien las cosas. Pero lo que a mí no se me alcanza,* compadre, es eso de que usted vaya a presentarse con el señor Natera con tan poquitos que semos.

—¡ Hum, es lo de menos! Desde hoy vamos a hacerlo ya de otro modo. He oído decir que Crispín Robles* llega a todos los pueblos sacando cuantas armas y caballos encuentra; echa fuera de la cárcel a los presos, y en dos por tres tiene gente de sobra. Ya verá. La verdad, compadre Anastasio, hemos tonteado mucho. Parece a manera de mentira que este curro haya venido a enseñarnos la cartilla.*

—¡ Lo que es eso de saber leer y escribir! . . .

Los dos suspiraron con tristeza.

Luis Cervantes y muchos otros entraron a informarse de la fecha de salida.

—Mañana mismo nos vamos —dijo Demetrio sin vacilación.

Luego la Codorniz propuso traer música del pueblito

inmediato y despedirse con un baile. Y su idea fue acogida con frenesí.

—Pos nos iremos —exclamó Pancracio y dio un aullido—; pero lo que es yo* ya no me voy solo . . . Tengo mi amor y me lo llevo.

Demetrio dijo que él de muy buena gana se llevaría también a una mozuela que traía entre ojos, pero que deseaba mucho que ninguno de ellos dejara recuerdos negros, como los federales.

—No hay que esperar mucho; a la vuelta se arregla todo —pronunció en voz baja Luis Cervantes.

—¡ Cómo! —dijo Demetrio—. ¿ Pues no dicen que usté y Camila . . . ?

—No es cierto, mi jefe; ella lo quiere a usted . . . pero le tiene miedo . . .

—¿ De veras, curro ?

—Sí; pero me parece muy acertado lo que usted dice: no hay que dejar malas impresiones . . . Cuando regresemos en triunfo, todo será diferente; hasta se lo agradecerán.

—¡ Ah, curro! . . . ¡ Es usté muy lanza! —contestó Demetrio, sonriendo y palmeándole la espalda.

Al declinar la tarde, como de costumbre, Camila bajaba por agua al río. Por la misma vereda y a su encuentro venía Luis Cervantes.

Camila sintió que el corazón se le quería salir.

Quizá sin reparar en ella, Luis Cervantes, bruscamente, desapareció en un recodo de peñascos.

A esa hora, como todos los días, la penumbra apagaba en un tono mate las rocas calcinadas, los ramajes quemados por el sol y los musgos resecos. Soplaba un viento tibio en débil rumor, meciendo las hojas lanceoladas de la tierna milpa. Todo era igual; pero en las piedras, en las ramas secas, en el aire embalsamado y en la hojarasca, Camila encontraba ahora algo muy extraño: como si todas aquellas cosas tuvieran mucha tristeza.

Dobló una peña gigantesca y carcomida, y dio bruscamente

con Luis Cervantes, encaramado en una roca, las piernas pendientes y descubierta la cabeza.

—Oye, curro, ven a decirme adiós siquiera.

Luis Cervantes fue bastante dócil. Bajó y vino a ella.

—¡ Orgulloso! . . . ¿ Tan mal te serví que hasta el habla me niegas ? . . .

—¿ Por qué me dices eso, Camila ? Tú has sido muy buena conmigo . . . mejor que una amiga; me has cuidado como una hermana. Yo me voy muy agradecido de ti y siempre lo recordaré.

—¡ Mentiroso! —dijo Camila transfigurada de alegría—. ¿ Y si yo no te he hablado ?*

—Yo iba a darte las gracias esta noche en el baile.

—¿ Cuál baile ? . . . Si hay baile, no iré yo . . .

—¿ Por qué no irás ?

—Porque no puedo ver al viejo ese . . . al Demetrio.

—¡ Qué tonta! . . . Mira, él te quiere mucho; no pierdas esta ocasión que no volverás a encontrar en toda tu vida. Tonta, Demetrio va a llegar a general, va a ser muy rico . . . Muchos caballos, muchas alhajas, vestidos muy lujosos, casas elegantes y mucho dinero para gastar . . . ¡ Imagínate lo que serías al lado de él!

Para que no le viera los ojos, Camila los levantó hacia el azul del cielo. Una hoja seca se desprendió de las alturas del tajo y, balanceándose en el aire lentamente, cayó como mariposita muerta a sus pies. Se inclinó y la tomó en sus dedos. Luego, sin mirarlo a la cara, susurró:

—¡ Ay, curro . . . si vieras qué feo siento que tú me digas eso! . . . Si yo a ti es al que quero . . . pero a ti no más . . . Vete, curro; vete, que no sé por qué me da tanta vergüenza . . . ¡ Vete, vete! . . .

Y tiró la hoja desmenuzada entre sus dedos angustiosos y se cubrió la cara con la punta de su delantal.

Cuando abrió de nuevo los ojos, Luis Cervantes había desaparecido.

Ella siguió la vereda del arroyo. El agua parecía espolvoreada de finísimo carmín; en sus ondas se removían un cielo de colores y los picachos mitad luz y mitad sombra. Miríadas de insectos luminosos parpadeaban en un remanso. Y en el fondo de guijas lavadas se reprodujo con su blusa amarilla de cintas verdes, sus enaguas blancas sin almidonar, lamida la cabeza y estiradas las cejas y la frente; tal como se había ataviado para gustar a Luis.

Y rompió a llorar.

Entre los jarales las ranas cantaban la implacable melancolía de la hora.

Meciéndose en una rama seca, una torcaz lloró también.

XV

En el baile hubo mucha alegría y se bebió muy buen mezcal.*

—Extraño a Camila —pronunció en voz alta Demetrio.

Y todo el mundo buscó con los ojos a Camila.

—Está mala, tiene jaqueca —respondió con aspereza señá Agapita, amoscada por las miradas de malicia que todos tenían puestas en ella.

Ya al acabarse el fandango, Demetrio, bamboleándose un poco, dio las gracias a los buenos vecinos que tan bien los habían acogido y prometió que al triunfo de la revolución a todos los tendría presentes, que "en la cama y en la cárcel se conoce a los amigos".*

—Dios los tenga de su santa mano —dijo una vieja.

—Dios los bendiga y los lleve por buen camino —dijeron otras.

Y María Antonia, muy borracha:

—¡ Que güelvan pronto . . . pero repronto! . . .

Otro día María Antonia, que aunque cacariza y con una nube en un ojo tenía muy mala fama, tan mala que se aseguraba que no había varón que no la hubiese conocido entre los jarales del río, le gritó así a Camila:

—¡ Epa, tú! . . . ¿ Qué es eso? . . . ¿ Qué haces en el rincón con el rebozo liado a la cabeza? . . . ¡ Huy! . . . ¿ Llorando? . . . ¡ Mira qué ojos! ¡ Ya pareces hechicera! ¡ Vaya . . . no te apures! . . . No hay dolor que al alma llegue, que a los tres días no se acabe.*

Señá Agapita juntó las cejas, y quién sabe qué gruñó para sus adentros.

En verdad, las comadres estaban desazonadas por la partida de la gente, y los mismos hombres, no obstante díceres y chismes un tanto ofensivos, lamentaban que no hubiera ya quien surtiera el rancho de carneros y terneras para comer carne a diario. ¡ Tan a gusto que se pasa uno la vida comiendo y bebiendo, durmiendo a pierna tirante a la sombra de las peñas, mientras que las nubes se hacen y deshacen en el cielo!

—¡ Mírenlos otra vez! Allá van —gritó María Antonia—; parecen juguetes de rinconera.

A lo lejos, allá donde la breña y el chaparral comenzaban a fundirse en un solo plano aterciopelado y azuloso, se perfilaron en la claridad zafirina del cielo y sobre el filo de una cima los hombres de Macías en sus escuetos jamelgos. Una ráfaga de aire cálido llevó hasta los jacales los acentos vagos y entrecortados de *La Adelita.*

Camila, que a la voz de María Antonia había salido a verlos por última vez, no pudo contenerse, y regresó ahogándose en sollozos.

María Antonia lanzó una carcajada y se alejó.

—A mi hija le han hecho mal de ojo* —rumoreó señá Agapita, perpleja.

Meditó mucho tiempo, y cuando lo hubo reflexionado bien, tomó una decisión: de una estaca clavada en un poste del jacal, entre el Divino Rostro y la Virgen de Jalpa, descolgó un barzón de cuero crudo que servía a su marido para uncir la yunta y, doblándolo, propinó a Camila una soberbia golpiza para sacarle todo el daño.

En su caballo zaino, Demetrio se sentía rejuvenecido; sus ojos recuperaban su brillo metálico peculiar, y en sus mejillas cobrizas de indígena de pura raza corría de nuevo la sangre roja y caliente.

Todos ensanchaban sus pulmones como para respirar los horizontes dilatados, la inmensidad del cielo, el azul de las montañas y el aire fresco, embalsamado de los aromas de la sierra. Y hacían galopar sus caballos, como si en aquel correr desenfrenado pretendieran posesionarse de toda la tierra. ¿ Quién se acordaba ya del severo comandante de la policía, del gendarme gruñón y del cacique enfatuado? ¿ Quién del mísero jacal, donde se vive como esclavo, siempre bajo la vigilancia del amo o del hosco y sañudo mayordomo, con la obligación imprescindible de estar de pie antes de salir el sol, con la pala y la canasta, o la mancera y el otate, para ganarse la olla de atole y el plato de frijoles del día?

Cantaban, reían y ululaban, ebrios de sol, de aire y de vida.

El Meco, haciendo cabriolas, mostraba su blanca dentadura, bromeaba y hacía payasadas.

—Oye, Pancracio —preguntó muy serio—; en carta que me pone mi mujer me notifica que izque ya tenemos otro hijo.* ¿ Cómo es eso? ¡ Yo no la veo dende tiempos del siñor Madero!

—No, no es nada . . . ¡ La dejaste enhuevada!

Todos ríen estrepitosamente. Sólo el Meco, con mucha gravedad e indiferencia, canta en horrible falsete:

Yo le daba un centavo
y ella me dijo que no . . .
Yo le daba medio
y no lo quiso agarrar.
Tanto me estuvo rogando
hasta que me sacó un rial.
¡ Ay, qué mujeres ingratas,
no saben considerar!

La algarabía cesó cuando el sol los fue aturdiendo.

Todo el día caminaron por el cañón, subiendo y bajando cerros redondos, rapados y sucios como cabezas tiñosas, cerros que se sucedían interminablemente.

Al atarceder, en la lejanía, en medio de un lomerío azul, se esfumaron unas torrecillas acanteradas; luego la carretera polvorienta en blancos remolinos y los postes grises del telégrafo.

Avanzaron hacia el camino real y, a lo lejos, descubrieron el bulto de un hombre en cuclillas, a la vera. Llegaron hasta allí. Era un viejo haraposo y mal encarado. Con una navaja sin filo remendaba trabajosamente un guarache. Cerca de él pacía un borrico cargado de yerba.

Demetrio interrogó:

—¿ Qué haces aquí, abuelito ?

—Voy al pueblo a llevar alfalfa para mi vaca.

—¿ Cuántos son los federales ?

—Sí . . ., unos cuantos; creo que no llegan a la docena.

El viejo soltó la lengua. Dijo que había rumores muy graves: que Obregón estaba ya sitiando a Guadalajara; Carrera Torres,* dueño de San Luis Potosí, y Pánfilo Natera, en Fresnillo.

—Bueno —habló Demetrio—, puedes irte a tu pueblo; pero cuidado con ir a decir a nadie una palabra de lo que has visto, porque te trueno. Daría contigo aunque te escondieras en el centro de la tierra.

—¿ Qué dicen, muchachos ? —interrogó Demetrio cuando el viejo se había alejado.

—¡ A darles ! . . . ¡ A no dejar un mocho vivo ! —exclamaron todos a una.

Contaron los cartuchos y las granadas de mano que el Tecolote había fabricado con fragmentos de tubo de hierro y perillas de latón.

—Son pocos —observó Anastasio—; pero los vamos a cambiar por carabinas.

Y, ansiosos, se apresuraban a seguir delante, hincando las espuelas en los ijares enjutados de sus agotadas recuas.

La voz imperiosa de Demetrio los detuvo.

Acamparon a la falda de una loma, protegidos por espeso huizachal. Sin desensillar, cada uno fue buscando una piedra para cabecera.

XVI

A medianoche, Demetrio Macías dio la orden de marcha.

El pueblo distaba una o dos leguas, y había que dar un albazo a los federales.

El cielo estaba nublado, brillaban una que otra estrella y, de vez en vez, en el parpadeo rojizo de un relámpago, se iluminaba vivamente la lejanía.

Luis Cervantes preguntó a Demetrio si no sería conveniente, para el mejor éxito del ataque, tomar un guía o cuando menos procurarse los datos topográficos del pueblo y la situación precisa del cuartel.

—No, curro —respondió Demetrio sonriendo y con un gesto desdeñoso—; nosotros caemos cuando ellos menos se lo esperen, y ya. Así lo hemos hecho muchas veces. ¿ Ha visto cómo sacan la cabeza las ardillas por la boca del tusero cuando uno se los llena de agua? Pues igual de aturdidos van a salir estos mochitos infelices luego que oigan los primeros disparos. No salen más que a servirnos de blanco.

—¿ Y si el viejo que ayer nos informó nos hubiera mentido? ¿ Si en vez de veinte hombres resultaran cincuenta? ¿ Si fuese un espía apostado por los federales?

—¡ Este curro ya tuvo miedo!* —dijo Anastasio Montañés.

—¡ Como que no es igual poner cataplasmas y lavativas a manejar un fusil! —observó Pancracio.

—¡ Hum! —repuso el Meco—. Es ya mucha plática . . . ¡ Pa una docena de ratas aturdidas!

—No va a ser hora* cuando nuestras madres sepan si parieron hombres o qué —agregó el Manteca.

Cuando llegaron a orillas del pueblito, Venancio se adelantó y llamó a la puerta de una choza.

—¿ Dónde está el cuartel ? —interrogó al hombre que salió, descalzo y con una garra de jorongo abrigando su pecho desnudo.

—El cuartel está abajito de la plaza, amo —contestó.

Mas como nadie sabía dónde era abajito de la plaza, Venancio lo obligó a que caminara a la cabeza de la columna y les enseñara el camino.

Temblando de espanto el pobre diablo, exclamó que era una barbaridad lo que hacían con él.

—Soy un pobre jornalero, siñor; tengo mujer y muchos hijos chiquitos.

—¿ Y los que yo tengo serán perros ? —repuso Demetrio.

Luego ordenó:

—Mucho silencio, y uno a uno por la tierra suelta a media calle.

Dominando el caserío, se alzaba la ancha cúpula cuadrangular de la iglesia.

—Miren, siñores, al frente de la iglesia está la plaza; caminan no más otro tantito pa abajo, y allí mero queda el cuartel.

Luego se arrodilló, pidiendo que ya le dejaran regresar; pero Pancracio, sin responderle, le dio un culatazo sobre el pecho y lo hizo seguir delante.

—¿ Cuántos soldados están aquí ? —inquirió Luis Cervantes.

—Amo, no quiero mentirle a su mercé; pero la verdá, la mera verdá, que son un titipuchal . . .

Luis Cervantes se volvió hacia Demetrio que fingía no haber escuchado.

De pronto desembocaron en una plazoleta. Una estruendosa descarga de fusilería los ensordeció. Estremeciéndose, el caballo zaino de Demetrio vaciló sobre las piernas, dobló las rodillas y cayó pataleando. El Tecolote lanzó un grito agudo y rodó del caballo, que fue a dar a media plaza, desbocado.

Una nueva descarga, y el hombre guía abrió los brazos y cayó de espaldas, sin exhalar una queja.

Anastasio Montañés levantó rápidamente a Demetrio y se lo puso en ancas.* Los demás habían retrocedido ya y se amparaban en las paredes de las casas.

—Señores, señores —habló un hombre del pueblo, sacando la cabeza de un zaguán grande—, lléguenles por la espalda de la capilla . . . allí están todos. Devuélvanse por esta misma calle, tuerzan sobre su mano zurda, luego darán con un callejoncito, y sigan otra vez adelante a caer en la mera espalda de la capilla.

En ese momento comenzaron a recibir una nutrida lluvia de tiros de pistola. Venían de las azoteas cercanas.

—¡ Hum —dijo el hombre—, ésas no son arañas que pican! . . . Son los curros . . . Métanse aquí mientras se van . . . Ésos le tienen miedo hasta a su sombra.

—¿ Qué tantos son los mochos? —preguntó Demetrio.

—No estaban aquí más que doce; pero anoche traiban mucho miedo y por telégrafo llamaron a los de delantito. ¡ Quién sabe los que serán! . . . Pero no le hace que sean muchos. Los más han de ser de leva, y todo es que uno haga por voltearse* y dejan a los jefes solos. A mi hermano le tocó la leva condenada y aquí lo train.* Yo me voy con ustedes, le hago una señal y verán cómo todos se vienen de este lado. Y acabamos no más con los puros oficiales. Si el siñor quisiera darme una armita . . .

—Rifle no queda, hermano; pero esto de algo te ha de servir —dijo Anastasio Montañés tendiéndole al hombre dos granadas de mano.

El jefe de los federales era un joven de pelo rubio y bigotes retorcidos, muy presuntuoso. Mientras no supo a ciencia cierta el número de los asaltantes, se había mantenido callado y prudente en extremo; pero ahora que los acababan de rechazar con tal éxito que no les habían dado tiempo para contestar un tiro siquiera, hacía gala de valor y temeridad inauditos. Cuando todos los soldados apenas se atrevían a asomar sus cabezas detrás de los pretiles del pórtico, él, a la pálida claridad del amanecer, destacaba airosamente su esbelta silueta y su capa dragona, que el aire hinchaba de vez en vez.

—¡ Ah, me acuerdo del cuartelazo ! . . .

Como su vida militar se reducía a la aventura en que se vio envuelto como alumno de la Escuela de Aspirantes* al verificarse la traición al presidente Madero, siempre que un motivo propicio se presentaba, traía a colación la hazaña de la Ciudadela.

—Teniente Campos —ordenó enfático—, baje usted con diez hombres a chicotearme a esos bandidos que se esconden . . . ¡ Canallas ! . . . ¡ Sólo son bravos para comer vacas y robar gallinas !

En la puertecilla del caracol apareció un paisano. Llevaba el aviso de que los asaltantes estaban en un corral, donde era facilísimo cogerlos inmediatamente.

Eso informaban los vecinos prominentes del pueblo, apostados en las azoteas y listos para no dejar escapar al enemigo.

—Yo mismo voy a acabar con ellos —dijo con impetuosidad el oficial. Pero pronto cambió de opinión. De la puerta misma del caracol retrocedió:

—Es posible que esperen refuerzos, y no será prudente que yo desampare mi puesto. Teniente Campos, va usted y me los coge vivos a todos, para fusilarlos hoy mismo al mediodía, a la hora que la gente esté saliendo de la misa mayor. ¡ Ya verán los bandidos qué ejemplares sé poner ! . . . Pero si no es posible, teniente Campos, acabe con todos. No me deje uno solo vivo. ¿ Me ha entendido ?

Y, satisfecho, comenzó a dar vueltas, meditando la redacción del parte oficial que rendiría. "Señor Ministro de la Guerra, general don Aureliano Blanquet.—México.—Hónrome, mi general, en poner en el superior conocimiento de usted* que en la madrugada del día . . . una partida de quinientos hombres al mando del cabecilla H . . . osó atacar esta plaza. Con la violencia que el caso demandaba, me fortifiqué en las alturas de la población. El ataque comenzó al amanecer, durando más de dos horas un nutrido fuego. No obstante la superioridad numérica del enemigo, logré castigarlo severamente, infligiéndole completa derrota. El número de muertos fue el de veinte y mayor el de heridos, a juzgar por las huellas de sangre que dejaron en su precipitada fuga. En nuestras filas tuvimos la fortuna de no contar una sola baja. —Me honro en felicitar a usted, señor Ministro, por el triunfo de las armas del Gobierno. ¡ Viva el señor general don Victoriano Huerta ! ¡ Viva México !"

"Y luego —siguió pensando— mi ascenso seguro a 'mayor'." Y se apretó las manos con regocijo, en el mismo momento en que un estallido lo dejó con los oídos zumbando.

XVII

—¿ De modo es que si por este corral pudiéramos atravesar saldríamos derecho al callejón ? —preguntó Demetrio.

—Sí; sólo que del corral sigue una casa, luego otro corral y una tienda más adelante —respondió el paisano.

Demetrio, pensativo, se rascó la cabeza. Pero su decisión fue pronta.

—¿ Puedes conseguir un barretón, una pica, algo así como para agujerear la pared ?

—Sí, hay de todo . . .; pero . . .

—¿ Pero qué ? . . . ¿ En dónde están ?

—Cabal que ai están los avíos; pero todas esas casas son del patrón, y . . .

Demetrio, sin acabar de escucharlo, se encaminó hacia el cuarto señalado como depósito de la herramienta.

Todo fue obra de breves minutos.

Luego que estuvieron en el callejón, uno tras otro, arrimados a las paredes, corrieron hasta ponerse detrás del templo.

Había que saltar primero una tapia, en seguida el muro posterior de la capilla.

"Obra de Dios", pensó Demetrio. Y fue el primero que la escaló.

Cual monos, siguieron tras él los otros, llegando arriba con las manos estriadas de tierra y de sangre. El resto fue mas fácil: escalones ahuecados en la mampostería les permitieron salvar con ligereza el muro de la capilla; luego la cúpula misma los ocultaba de la vista de los soldados.

—Párense tantito —dijo el paisano—; voy a ver dónde anda mi hermano. Yo les hago la señal . . ., después sobre las clases, ¿ eh ?

Sólo que no había en aquel momento quien reparara ya en él.

Demetrio contempló un instante el negrear de los capotes a lo largo del pretil, en todo el frente y por los lados, en las torres apretadas de gente, tras la baranda de hierro.

Se sonrió con satisfacción, y volviendo la cara a los suyos, exclamó:

—¡ Hora! . . .

Veinte bombas estallaron a un tiempo en medio de los federales, que, llenos de espanto, se irguieron con los ojos desmesuradamente abiertos. Mas antes de que pudieran darse cuenta cabal del trance, otras veinte bombas reventaban con fragor, dejando un reguero de muertos y heridos.

—¡ Tovía no! . . . ¡ Tovía no! . . . Tovía no veo a mi hermano . . . —imploraba angustiado el paisano.

En vano un viejo sargento increpa a los soldados y los injuria, con la esperanza de una reorganización salvadora. Aquello no es más que una correría de ratas dentro de la trampa. Unos van a tomar la puertecilla de la escalera y allí caen acribillados a tiros por Demetrio; otros se echan a los pies de aquella veintena de espectros de cabeza y pechos oscuros como de hierro, de largos calzones blancos desgarrados, que les bajan hasta los guaraches. En el campanario algunos luchan por salir, de entre los muertos que han caído sobre ellos.

—¡ Mi jefe! —exclama Luis Cervantes alarmadísimo—. ¡ Se acabaron las bombas y los rifles están en el corral! ¡ Qué barbaridad! . . .

Demetrio sonríe, saca un puñal de larga hoja reluciente. Instantáneamente brillan los aceros en las manos de sus veinte soldados; unos largos y puntiagudos, otros anchos como la

Federales contra zapatistas (Posada)

palma de la mano, y muchos pesados como marrazos.

—¡ El espía! —clama en son de triunfo Luis Cervantes—. ¡ No se los dije!

—¡ No me mates, padrecito! —implora el viejo sargento a los pies de Demetrio, que tiene su mano armada en alto.

El viejo levanta su cara indígena llena de arrugas y sin una cana. Demetrio reconoce al que la víspera los engañó.

En un gesto de pavor, Luis Cervantes vuelve bruscamente el rostro. La lámina de acero tropieza con las costillas, que hacen *crac, crac*, y el viejo cae de espaldas con los brazos abiertos y los ojos espantados.

—¡ A mi hermano, no! . . . ¡ No lo maten, es mi hermano! —grita loco de terror el paisano que ve a Pancracio arrojarse sobre un federal.

Es tarde. Pancracio, de un tajo, le ha rebanado el cuello, y como de una fuente borbotan dos chorros escarlata.

—¡ Mueran los juanes! . . . ¡ Mueran los mochos! . . .

Se distinguen en la carnicería Pancracio y el Manteca, rematando a los heridos. Montañés deja caer su mano, rendido ya; en su semblante persiste su mirada dulzona, en su impasible rostro brillan la ingenuidad del niño y la amoralidad del chacal.

—Acá queda uno vivo —grita la Codorniz.

Pancracio corre hacia él. Es el capitancito rubio de bigote borgoñón, blanco como la cera, que, arrimado a un rincón cerca de la entrada al caracol, se ha detenido por falta de fuerzas para descender.

Pancracio lo lleva a empellones al pretil. Un rodillazo en las caderas y algo como un saco de piedras que cae de veinte metros de altura sobre el atrio de la iglesia.

—¡ Qué bruto eres! —exclama la Codorniz—, si la malicio, no te digo nada.* ¡ Tan buenos zapatos que le iba yo a avanzar!

Los hombres, inclinados ahora, se dedican a desnudar a los que traen mejores ropas. Y con los despojos se visten, y bromean y ríen muy divertidos.

Demetrio, echando a un lado los largos mechones que le

han caído sobre la frente, cubriéndole los ojos, empapados en sudor, dice:

—¡ Ahora a los curros !

XVIII

Demetrio llegó con cien hombres a Fresnillo el mismo día que Pánfilo Natera iniciaba el avance de sus fuerzas sobre la plaza de Zacatecas.

El jefe zacatecano lo acogió cordialmente.

—¡ Ya sé quién es usted y qué gente trae ! ¡ Ya tengo noticia de la cuereada que han dado a los federales desde Tepic hasta Durango !

Natera estrechó efusivamente la mano de Macías, en tanto que Luis Cervantes peroraba:

—Con hombres como mi general Natera y mi coronel Macías, nuestra patria se verá llena de gloria.

Demetrio entendió la intención de aquellas palabras cuando oyó repetidas veces a Natera llamarle "mi coronel".

Hubo vino y cervezas. Demetrio chocó muchas veces su vaso con el de Natera. Luis Cervantes brindó "por el triunfo de nuestra causa, que es el triunfo sublime de la Justicia; porque pronto veamos realizados los ideales de redención de este nuestro pueblo sufrido y noble, y sean ahora los mismos hombres que han regado con su propia sangre la tierra los que cosechen los frutos que legítimamente les pertenecen".

Natera volvió un instante su cara adusta hacia el parlanchín, y dándole luego la espalda, se puso a platicar con Demetrio.

Poco a poco, uno de los oficiales de Natera se había acercado fijándose con insistencia en Luis Cervantes. Era joven, de semblante abierto y cordial.

—¿ Luis Cervantes ? . . .

—¿ El señor Solís ?

—Desde que entraron ustedes creí conocerlo . . . Y, ¡ vamos !, ahora lo veo y aún me parece mentira.

—Y no lo es . . .

—¿ De modo que . . . ? Pero vamos a tomar una copa; venga usted . . .

—¡ Bah! —prosiguió Solís ofreciendo asiento a Luis Cervantes—. ¿ Pues desde cuándo se ha vuelto usted revolucionario?

—Dos meses corridos.

—¡ Ah, con razón habla todavía con ese entusiasmo y esa fe con que todos venimos aquí al principio!

—¿ Usted los ha perdido ya?

—Mire, compañero, no le extrañen confidencias de buenas a primeras. Da tanta gana de hablar con gente de sentido común, por acá, que cuando uno suele encontrarla* se le quiere con esa misma ansiedad con que se quiere un jarro de agua fría después de caminar con la boca seca horas y más horas bajo los rayos del sol . . . Pero, francamente, necesito ante todo que usted me explique . . . No comprendo cómo el corresponsal de *El País** en tiempo de Madero, el que escribía furibundos artículos en *El Regional*, el que usaba con tanta prodigalidad del epíteto de bandidos para nosotros, milite en nuestras propias filas ahora.

—¡ La verdad de la verdad, me han convencido! —repuso enfático Cervantes.

—¿ Convencido? . . .

Solís dejó escapar un suspiro; llenó los vasos y bebieron.

—¿ Se ha cansado, pues, de la revolución? —preguntó Luis Cervantes esquivo.

—¿ Cansado? . . . Tengo veinticinco años y, usted lo ve, me sobra salud . . . ¿ Desilusionado? Puede ser.

—Debe tener sus razones . . .

—"Yo pensé una florida pradera al remate de un camino . . . Y me encontré un pantano." Amigo mío: hay hechos y hay hombres que no son sino pura hiel . . . Y esa hiel va cayendo gota a gota en el alma, y todo lo amarga, todo lo envenena. Entusiasmo, esperanzas, ideales, alegrías . . ., ¡ nada! Luego no le queda más: o se convierte usted en un bandido igual a ellos, o desaparece de la escena, escondiéndose tras las murallas de un egoísmo impenetrable y feroz.

A Luis Cervantes le torturaba la conversación; era para él un sacrificio oír frases tan fuera de lugar y tiempo. Para eximirse, pues, de tomar parte activa en ella, invitó a Solís a que menudamente refiriera los hechos que le habían conducido a tal estado de desencanto.

—¿Hechos? . . . Insignificancias, naderías: gestos inadvertidos para los más; la vida instantánea de una línea que se contrae,* de unos ojos que brillan, de unos labios que se pliegan; el significado fugaz de una frase que se pierde. Pero hechos, gestos y expresiones que, agrupados en su lógica y natural expresión, constituyen e integran una mueca pavorosa y grotesca a la vez de una raza . . . ¡De una raza irredenta! . . . —Apuró un nuevo vaso de vino, hizo una larga pausa y prosiguió—: Me preguntará que por qué sigo entonces en la revolución. La revolución es el huracán, y el hombre que se entrega a ella no es ya el hombre, es la miserable hoja seca arrebatada por el vendaval. . . .

Interrumpió a Solís la presencia de Demetrio Macías, que se acercó.

—Nos vamos, curro . . .

Alberto Solís, con fácil palabra y acento de sinceridad profunda, lo felicitó efusivamente por sus hechos de armas, por sus aventuras, que lo habían hecho famoso, siendo conocidas hasta por los mismos hombres de la poderosa División del Norte.

Y Demetrio, encantado, oía el relato de sus hazañas, compuestas y aderezadas de tal suerte, que él mismo no las conociera. Por lo demás, aquello tan bien sonaba a sus oídos, que acabó por contarlas más tarde en el mismo tono y aun por creer que así habíanse realizado.

—¡Qué hombre tan simpático es el general Natera! —observó Luis Cervantes cuando regresaba al mesón—. En cambio, el capitancillo Solís . . . ¡qué lata! . . .

Demetrio Macías, sin escucharlo, muy contento, le oprimió un brazo y le dijo en voz baja:

—Ya soy coronel de veras, curro . . . Y usted, mi secretario . . .

Los hombres de Macías también hicieron muchas amistades nuevas esa noche, y "por el gusto de habernos conocido", se bebió harto mezcal y aguardiente. Como no todo el mundo congenia y a veces el alcohol es mal consejero, naturalmente hubo sus diferencias; pero todo se arregló en buena forma y fuera de la cantina, de la fonda o del lupanar, sin molestar a los amigos.

A la mañana siguiente amanecieron algunos muertos:* una vieja prostituta con un balazo en el ombligo y dos reclutas del coronel Macías con el cráneo agujereado. Anastasio Montañés le dio cuenta a su jefe, y éste, alzando los hombros, dijo:

—¡ Psch ! . . . Pos que los entierren . . .

XIX

—Allí vienen ya los gorrudos* —clamaron con azoro los vecinos de Fresnillo cuando supieron que el asalto de los revolucionarios a la plaza de Zacatecas había sido un fracaso.

Volvía la turba desenfrenada de hombres requemados, mugrientos y casi desnudos, cubierta la cabeza con sombreros de palma de alta copa cónica y de inmensa falda que les ocultaba medio rostro.

Les llamaban los gorrudos. Y los gorrudos regresaban tan alegremente como habían marchado días antes a los combates, saqueando cada pueblo, cada hacienda, cada ranchería y hasta el jacal más miserable que encontraban a su paso.

—¿ Quién me merca esta maquinaria? —pregonaba uno, enrojecido y fatigado de llevar la carga de su "avance".

Era una máquina de escribir nueva, que a todos atrajo con los deslumbrantes reflejos del niquelado.

La "Oliver", en una sola mañana, había tenido cinco propietarios, comenzando por valer diez pesos, depreciándose uno o dos a cada cambio de dueño. La verdad era que pesaba demasiado y nadie podía soportarla más de media hora.

—Doy peseta por ella —ofreció la Codorniz.

—Es tuya —respondió el dueño dándosela prontamente y con temores ostensibles de que aquél se arrepintiera.

La Codorniz, por veinticinco centavos, tuvo el gusto de tomarla en sus manos y de arrojarla luego contra las piedras, donde se rompió ruidosamente.

Fue como una señal: todos los que llevaban objetos pesados o molestos comenzaron a deshacerse de ellos, estrellándolos contra las rocas. Volaron los aparatos de cristal y porcelana; gruesos espejos, candelabros de latón, finas estatuillas, tibores y todo lo redundante del "avance" de la jornada quedó hecho añicos por el camino.

Demetrio, que no participaba de aquella alegría, ajena del todo al resultado de las operaciones militares, llamó aparte a Montañés y a Pancracio y les dijo:

—A éstos les falta nervio. No es tan trabajoso tomar una plaza. Miren, primero se abre uno así . . ., luego se va juntando, se va juntando . . ., hasta que ¡ zas ! . . . ¡ Y ya !

Y, en un gesto amplio, abría sus brazos nervudos y fuertes; luego los aproximaba poco a poco, acompañando el gesto a la palabra, hasta estrecharlos contra su pecho.

Anastasio y Pancracio encontraban tan sencilla y tan clara la explicación, que contestaron convencidos:

—¡ Ésa es la mera verdá ! . . . ¡ A éstos les falta ñervo ! . . .

La gente de Demetrio se alojó en un corral.

—¿ Se acuerda de Camila, compadre Anastasio ? —exclamó suspirando Demetrio, tirado boca arriba en el estiércol, donde todos, acostados ya, bostezaban de sueño.

—¿ Quién es esa Camila, compadre ?

—La que me hacía de comer allá, en el ranchito . . .

Anastasio hizo un gesto que quería decir: "Esas cosas de mujeres no me interesan a mí."

—No se me olvida —prosiguió Demetrio hablando y con el

cigarro en la boca—. Iba yo muy retemalo. Acababa de beberme un jarro de agua azul muy fresquecita. " ¿ No quere más ?", me preguntó la prietilla . . . Bueno, pos me quedé rendido del calenturón, y too fue estar viendo una jícara de agua azul y oír la vocecita: " ¿ No quere más ?" . . . Pero una voz, compadre, que me sonaba en las orejas como organillo de plata . . . Pancracio, tú ¿ qué dices ? ¿ Nos vamos al ranchito ?

—Mire, compadre Demetrio, ¿ a que no me lo cree ? Yo tengo mucha experiencia en eso de las viejas . . . ¡ Las mujeres ! . . . Pa un rato . . . ¡ Y mi' qué rato !* . . . ¡ Pa las lepras y rasguños con que me han marcao el pellejo ! ¡ Mal ajo pa ellas !* Son el enemigo malo. De veras, compadre, ¿ voy que no me lo cree ? . . . Por eso verá que ni . . . Pero yo tengo mucha experiencia en eso.

—¿ Qué día vamos al ranchito, Pancracio ? —insistió Demetrio, echando una bocanada de humo gris.

—Usté no más dice . . . Ya sabe que allí dejé a mi amor . . .

—Tuyo . . . y no —pronunció la Codorniz amodorrado.

—Tuya . . . y mía también. Güeno es que seas compadecido y nos la vayas a trair de veras —rumoreó el Manteca.

—Hombre, sí, Pancracio; traite a la tuerta María Antonia, que por acá hace mucho frío —gritó a lo lejos el Meco.

Y muchos prorrumpieron en carcajadas, mientras el Manteca y Pancracio iniciaban su torneo de insolencias y obscenidades.

XX

—¡ Que viene Villa !

La noticia se propagó con la velocidad del relámpago.

—¡ Ah, Villa ! . . . La palabra mágica. El gran hombre que se esboza; el guerrero invicto que ejerce a distancia ya su gran fascinación de boa.

—¡ Nuestro Napoleón mexicano ! —exclama Luis Cervantes.

—Sí, "el Águila azteca,* que ha clavado su pico de acero sobre la cabeza de la víbora Victoriano Huerta" . . . Así dije en un discurso en Ciudad Juárez —habló en tono un tanto irónico Alberto Solís, el ayudante de Natera.

Los dos, sentados en el mostrador de una cantina, apuraban sendos vasos de cerveza.

Y los gorrudos de bufandas al cuello, de gruesos zapatones de vaqueta y encallecidas manos de vaquero, comiendo y bebiendo sin cesar, sólo hablaban de Villa y sus tropas.

Los de Natera hacían abrir tamaña boca de admiración a los de Macías.

¡ Oh, Villa ! . . . ¡ Los combates de Ciudad Juárez, Tierra Blanca, Chihuahua, Torreón !*

Pero los hechos vistos y vividos no valían nada. Había que oír la narración de sus proezas portentosas, donde, a renglón seguido de un acto de sorprendente magnanimidad, venía la hazaña más bestial. Villa es el indomable señor de la sierra, la eterna víctima de todos los gobiernos, que lo persiguen como una fiera; Villa es la reencarnación de la vieja leyenda: el bandido-providencia, que pasa por el mundo con la antorcha luminosa de un ideal: ¡ robar a los ricos para hacer ricos a los pobres ! Y los pobres le forjan una leyenda que el tiempo se encargará de embellecer para que viva de generación en generación.*

—Pero sí sé decirle, amigo Montañés —dijo uno de los de Natera—, que si usted le cae bien a mi general Villa,* le regala una hacienda; pero si le choca . . ., ¡ no más lo manda fusilar ! . . .

¡ Ah, las tropas de Villa ! Puros hombres norteños, muy bien puestos, de sombrero tejano, traje de kaki nuevecito y calzado de los Estados Unidos de a cuatro dólares.

Y cuando esto decían los hombres de Natera, se miraban entre sí desconsolados, dándose cuenta cabal de sus sombrerazos de soyate podridos por el sol y la humedad y de las garras de calzones y camisas que medio cubrían sus cuerpos sucios y empiojados.

—Porque ahí no hay hambre . . . Traen sus carros apretados de bueyes, carneros, vacas. Furgones de ropa; trenes enteros de parque y armamentos, y comestibles para que reviente el que quiera.*

Luego se hablaba de los aeroplanos de Villa.

—¡ Ah, los airoplanos ! Abajo, así de cerquita, no sabe usted qué son; parecen canoas, parecen chalupas; pero que comienzan a subir, amigo, y es un ruidazo que lo aturde. Luego algo como un automóvil que va muy recio. Y haga usté de cuenta un pájaro grande, muy grande, que parece de repente que ni se bulle siquiera. Y aquí va lo mero bueno: adentro de ese pájaro, un gringo* lleva miles de granadas. ¡ Afigúrese lo que será eso ! Llega la hora de pelear, y como quien les riega maíz a las gallinas, allí van puños y puños de plomo pa'l enemigo . . . Y aquello se vuelve un camposanto: muertos por aquí, muertos por allí, y ¡ muertos por todas partes !

Y como Anastasio Montañés preguntara a su interlocutor si la gente de Natera había peleado ya junto con la de Villa, se vino a cuenta de que todo lo que con tanto entusiasmo estaban platicando sólo de oídas lo sabían, pues que nadie de ellos le había visto jamás la cara a Villa.

—¡ Hm . . ., pos se me hace que* de hombre a hombre todos semos iguales ! . . . Lo que es pa mí* naiden es más hombre que otro. Pa peliar, lo que uno necesita es no más tantita vergüenza. ¡ Yo, qué soldado ni qué nada había de ser ! Pero, oiga, ai donde me mira tan desgarrao . . . ¿ Voy que no me lo cree ?* . . . Pero, de veras, yo no tengo necesidá . . .

—¡ Tengo mis diez yuntas de bueyes ! . . . ¿ A que no me lo cree ? —dijo la Codorniz a espaldas de Anastasio, remedándolo y dando grandes risotadas.

XXI

El atronar de la fusilería aminoró y fue alejándose. Luis Cervantes se animó a sacar la cabeza de su escondrijo, en medio de los escombros de unas fortificaciones, en lo más alto del cerro.

Apenas se daba cuenta de cómo había llegado hasta allí. No supo cuándo desaparecieron Demetrio y sus hombres de su lado. Se encontró sólo de pronto, y luego, arrebatado por una avalancha de infantería, lo derribaron de la montura, y cuando, todo pisoteado, se enderezó, uno de a caballo lo puso a grupas. Pero, a poco, caballo y montados dieron en tierra, y él sin saber de su fusil, ni del revólver, ni de nada, se encontró en medio de la blanca humareda y del silbar de los proyectiles. Y aquel hoyanco y aquellos pedazos de adobes amontonados se le habían ofrecido como abrigo segurísimo.

—¡ Compañero ! . . .

—¡ Compañero ! . . .

—Me tiró el caballo; se me echaron encima; me han creído muerto y me despojaron de mis armas . . . ¿ Qué podía yo hacer ? —explicó apenado Luis Cervantes.

—A mí nadie me tiró . . . Estoy aquí por precaución . . ., ¿ sabe ? . . .

El tono festivo de Alberto Solís ruborizó a Luis Cervantes.

—¡ Caramba ! —exclamó aquél—. ¡ Qué machito es su jefe ! ¡ Qué temeridad y qué serenidad ! No sólo a mí, sino a muchos bien quemados nos dejó con tamaña boca abierta.

Luis Cervantes, confuso, no sabía qué decir.

—¡ Ah ! ¿ No estaba usted allí ¡ Bravo ! ¡ Buscó lugar seguro a muy buena hora ! . . . Mire, compañero; venga para explicarle. Vamos allí, detrás de aquel picacho. Note que de aquella laderita, al pie del cerro, no hay más vía accesible que lo que tenemos delante; a la derecha la vertiente está cortada a plomo y toda maniobra es imposible por ese lado; punto menos por la izquierda: el ascenso es tan peligroso, que dar un solo paso en falso es rodar y hacerse añicos por las vivas aristas de las rocas. Pues bien; una parte de la brigada Moya nos tendimos en la ladera, pecho a tierra, resueltos a avanzar sobre la primera trinchera de los federales. Los proyectiles pasaban zumbando sobre nuestras cabezas; el combate era ya general; hubo un momento en que dejaron de foguearnos. Nos supusimos que se les atacaba vigorosamente por la espalda. Entonces nosotros nos arrojamos sobre la trinchera. ¡ Ah, compañero, fíjese! . . . De media ladera abajo es un verdadero tapiz de cadáveres. Las ametralladoras lo hicieron todo; nos barrieron materialmente; unos cuantos pudimos escapar. Los generales estaban lívidos y vacilaban en ordenar una nueva carga con el refuerzo inmediato que nos vino. Entonces fue cuando Demetrio Macías, sin esperar ni pedir órdenes a nadie, gritó:

"—¡ Arriba, muchachos! . . .

"—¡ Qué bárbaro! —clamé asombrado.

"Los jefes, sorprendidos, no chistaron. El caballo de Macías, cual si en vez de pezuñas hubiese tenido garras de águila, trepó sobre estos peñascos. '¡ Arriba, arriba!', gritaron sus hombres, siguiendo tras él, como venados, sobre las rocas, hombres y bestias hechos uno. Sólo un muchacho perdió pisada y rodó al abismo; los demás aparecieron en brevísimos instantes en la cumbre, derribando trincheras y acuchillando soldados. Demetrio lazaba las ametralladoras, tirando de ellas cual si fuesen toros bravos. Aquello no podía durar. La desigualdad numérica los habría aniquilado en menos tiempo del que gastaron en llegar allí. Pero nosotros nos aprovechamos del momentáneo desconcierto, y con rapidez vertiginosa nos echamos sobre las posiciones y los arrojamos de ellas con la mayor facilidad. ¡ Ah, qué bonito soldado es su jefe!"

De lo alto del cerro se veía un costado de la Bufa, con su crestón, como testa empenachada de altivo rey azteca. La vertiente, de seiscientos metros estaba cubierta de muertos, con los cabellos enmarañados, manchadas las ropas de tierra y de sangre, y en aquel hacinamiento de cadáveres calientes, mujeres haraposas iban y venían como famélicos coyotes esculcando y despojando.

En medio de la humareda blanca de la fusilería y los negros borbotones de los edificios incendiados, refulgían al claro sol casas de grandes puertas y múltiples ventanas, todas cerradas; calles en amontonamiento, sobrepuestas y revueltas en

vericuetos pintorescos, trepando a los cerros circunvecinos. Y sobre el caserío risueño se alzaba una alquería de esbeltas columnas y las torres y cúpulas de las iglesias.

—¡ Qué hermosa es la Revolución, aun en su misma barbarie ! —pronunció Solís conmovido. Luego, en voz baja y con vaga melancolía:

—Lástima que lo que falta no sea igual. Hay que esperar un poco. A que no haya combatientes, a que no se oigan más disparos que los de las turbas entregadas a las delicias del saqueo; a que resplandezca diáfana, como una gota de agua, la psicología de nuestra raza, condensada en dos palabras: ¡ robar, matar ! . . . ¡ Qué chasco, amigo mío, si los que venimos a ofrecer todo nuestro entusiasmo, nuestra misma vida por derribar a un miserable asesino, resultásemos los obreros de un enorme pedestal donde pudieran levantarse cien o doscientos mil monstruos de la misma especie ! . . . ¡ Pueblo sin ideales, pueblo de tiranos ! . . . ¡ Lástima de sangre !

Muchos federales fugitivos subían huyendo de soldados de grandes sombreros de palma y anchos calzones blancos.

Pasó silbando una bala.

Alberto Solís, que, cruzados los brazos, permanecía absorto después de sus últimas palabras, tuvo un sobresalto repentino y dijo:

—Compañero, maldito lo que* me simpatizan estos mosquitos zumbadores. ¿ Quiere que nos alejemos un poco de aquí ?

Fue la sonrisa de Luis Cervantes tan despectiva, que Solís, amoscado, se sentó tranquilamente en una peña.

Su sonrisa volvió a vagar siguiendo las espirales de humo de los rifles y la polvareda de cada casa derribada y cada techo que se hundía. Y creyó haber descubierto un símbolo de la revolución en aquellas nubes de humo y en aquellas nubes de polvo que fraternalmente ascendían, se abrazaban, se confundían y se borraban en la nada.

—¡ Ah —clamó de pronto—, ahora sí ! . . .

Y su mano tendida señaló la estación de los ferrocarriles. Los trenes resoplando furiosos, arrojando espesas columnas de humo, los carros colmados de gente que escapaba a todo vapor.

Sintió un golpecito seco en el vientre, y como si las piernas se le hubiesen vuelto de trapo,* resbaló de la piedra. Luego le zumbaron los oídos . . . Después, oscuridad y silencio eternos . . .

SEGUNDA PARTE

I

Al champaña que ebulle en burbujas donde se descompone la luz de los candiles, Demetrio Macías prefiere el límpido tequila de Jalisco.

Hombres manchados de tierra, de humo y de sudor; de barbas crespas y alborotadas cabelleras, cubiertos de andrajos mugrientos, se agrupan en torno de las mesas de un restaurante.

—Yo maté dos coroneles —clama con voz ríspida y gutural un sujeto pequeño y gordo, de sombrero galoneado, cotona de gamuza y mascada solferina al cuello—. ¡ No podían correr de tan tripones: se tropezaban con las piedras, y para subir al cerro, se ponían como jitomates y echaban tamaña lengua !* . . . "No corran tanto, mochitos —les grité—; párense, no me gustan las gallinas asustadas . . . ¡ Párense, pelones, que no les voy a hacer nada ! . . . ¡ Están dados !"* ¡ Ja !, ¡ ja !, ¡ ja ! . . . La comieron los muy *. . . ¡ Paf, paf ! ¡ Uno para cada uno . . . y de veras descansaron !

—A mí se me jue uno de los meros copetones* —habló un soldado de rostro renegrido, sentado en un ángulo del salón, entre el muro y el mostrador, con las piernas alargadas y el fusil entre ellas—. ¡ Ah, cómo traiba oro el condenado ! No más le hacían visos los galones en las charreteras y en la mantilla.* ¿ Y yo ? . . . ¡ El muy burro* lo dejé pasar ! Sacó el paño y me hizo la contraseña, y yo me quedé nomás abriendo la boca. ¡ Pero apenas me dio campo de hacerme de la esquina, cuando aistá a bala y bala !* . . . Lo dejé que acabara un cargador . . . ¡ Hora voy yo !* . . . ¡ Madre mía de Jalpa, que no le jierre a este jijo de . . . la mala palabra ! ¡ Nada, nomás dio el estampido ! . . . ¡ Traiba muy buen cuaco ! Me pasó por los ojos como un relámpago . . . Otro probe que venía por la misma calle me la pagó* . . . ¡ Qué maroma lo he hecho dar !

Se arrebatan las palabras de la boca, y mientras ellos refieren con mucho calor sus aventuras, mujeres de tez aceitunada, ojos blanquecinos y dientes de marfil, con revólveres a la cintura, cananas apretadas de tiros cruzados sobre el pecho, grandes sombreros de palma a la cabeza, van y vienen como perros callejeros entre los grupos.

Una muchacha de carrillos teñidos de carmín, de cuello y brazos muy trigueños y de burdísimo continente, da un salto y se pone sobre el mostrador de la cantina, cerca de la mesa de Demetrio.

Éste vuelve la cara hacia ella y choca con unos ojos lascivos, bajo una frente pequeña y entre dos bandos de pelo hirsuto.

La puerta se abre de par en par y, boquiabiertos y deslumbrados, uno tras otro, penetran Anastasio Montañés, Pancracio, la Codorniz y el Meco.

Anastasio da un grito de sorpresa y se adelanta a saludar al charro pequeño y gordo, de sombrero galoneado y mascada solferina.

Son viejos amigos que ahora se reconocen. Y se abrazan tan fuerte que la cara se les pone negra.

—Compadre Demetrio, tengo el gusto de presentarle al güero Margarito . . . ¡ Un amigo de veras ! . . . ¡ Ah, cómo quiero yo a este güero ! Ya lo conocerá, compadre . . . ¡ Es reteacabao ! . . . ¿ Te acuerdas, güero, de la penitenciaría de Escobedo, allá en Jalisco ? . . . ¡ Un año juntos !

Demetrio, que permanecía silencioso y huraño en medio de la alharaca general, sin quitarse el puro de entre los labios rumoreó tendiéndole la mano:

—Servidor . . .

—¿ Usted se llama, pues, Demetrio Macías ? —preguntó intempestivamente la muchacha que sobre el mostrador estaba meneando las piernas y tocaba con sus zapatos de vaqueta la espalda de Demetrio.

—A la orden* —le contestó éste, volviendo apenas la cara.

Ella, indiferente, siguió moviendo las piernas descubiertas, haciendo ostentación de sus medias azules.

—¡ Eh, Pintada! . . . ¿ Tú por acá ? . . . Anda, baja, ven a tomar una copa —le dijo el güero Margarito.

La muchacha aceptó en seguida la invitación y con mucho desparpajo se abrió lugar, sentándose enfrente de Demetrio.

— ¿ Conque usté es el famoso Demetrio Macías que tanto se lució en Zacatecas ? —preguntó la Pintada.

Demetrio inclinó la cabeza asintiendo, en tanto que el güero Margarito lanzaba una alegre carcajada y decía:

—¡ Diablo de Pintada tan lista !* . . . ¡ Ya quieres estrenar general !* . . .

Demetrio, sin comprender, levantó los ojos hacia ella; se miraron cara a cara como dos perros desconocidos que se olfatean con desconfianza. Demetrio no pudo sostener la mirada furiosamente provocativa de la muchacha y bajó los ojos.

Oficiales de Natera, desde sus sitios, comenzaron a bromear a la Pintada con dicharachos obscenos.

Pero ella, sin inmutarse, dijo:

—Mi general Natera le va a dar a usté su aguilita . . . ¡ Ándele, chóquela ! . . .

Y tendió su mano hacia Demetrio y lo estrechó con fuerza varonil.

Demetrio, envanecido por las felicitaciones que comenzaron a lloverle, mandó que sirvieran champaña.

—No, yo no quiero vino ahora, ando malo —dijo el güero Margarito al mesero—; tráeme sólo agua con hielo.

—Yo quiero de cenar; con tal de que no sea chile ni frijol, lo que jaiga —pidió Pancracio.

Siguieron entrando oficiales y poco a poco se llenó el restaurante. Menudearon las estrellas y las barras en sombreros de todas formas y matices; grandes pañuelos de seda al cuello, anillos de gruesos brillantes y pesadas leopoldinas de oro.

—Oye, mozo —gritó el güero Margarito—, te he pedido agua

con hielo . . . Entiende que no te pido limosna . . . Mira este fajo de billetes: te compro a ti y . . . a la más vieja de tu casa,* ¿ entiendes ? . . . No me importa saber si se acabó, ni por qué se acabó . . . Tú sabrás de dónde me la traes . . . ¡ Mira que soy muy corajudo ! . . . Te digo que no quiero explicaciones, sino agua con hielo . . . ¿ Me la traes o no me la traes ? . . . ¡ Ah, no ? . . . Pues toma . . .

El mesero cae al golpe de una sonora bofetada.

—Así soy yo, mi general Macías; mire cómo ya no me queda pelo de barba en la cara. ¿ Sabe por qué ? Pues porque soy muy corajudo, y cuando no tengo en quén descansar, me arranco los pelos hasta que me baja el coraje. ¡ Palabra de honor, mi general; si no lo hiciera así, me moriría del puro berrinche !

—Es muy malo eso de comerse uno solo sus corajes* —afirma, muy serio, uno de sombrero de petate como cobertizo de jacal—. Yo, en Torreón, maté a una vieja que no quiso venderme un plato de enchiladas. Estaban de pleito.* No cumplí mi antojo,* pero siquiera descansé.

—Yo maté a un tendajonero en el Parral porque me metió en un cambio dos billetes de Huerta —dijo otro de estrellita, mostrando, en sus dedos negros y callosos, piedras de luces refulgentes.

—Yo, en Chihuahua, maté a un tío porque me lo topaba siempre en la mesma mesa y a la mesma hora, cuando yo iba a almorzar . . . ¡ Me chocaba mucho ! . . . ¡ Qué queren ustedes ! . . .

—¡ Hum ! . . . Yo maté . . .

El tema es inagotable.

A la madrugada, cuando el restaurante está lleno de alegría y de escupitajos, cuando con las hembras norteñas de caras oscuras y cenicientas se revuelven jovencitas pintarrajeadas de los suburbios de la ciudad, Demetrio saca su repetición de oro incrustado de piedras y pide la hora a Anastasio Montañés.

Anastasio ve la carátula, luego saca la cabeza por una ventanilla y, mirando al cielo estrellado, dice:

—Ya van muy colgadas las cabrillas,* compadre; no dilata en amanecer.

Fuera del restaurante no cesan los gritos, las carcajadas y las canciones de los ebrios. Pasan soldados a caballo desbocado, azotando las aceras. Por todos los rumbos de la ciudad se oyen disparos de fusiles y pistolas.

Y por en medio de la calle caminan, rumbo al hotel, Demetrio y la Pintada, abrazados y dando tumbos.

II

—¡ Qué brutos ! —exclamó la Pintada riendo a carcajadas—. ¿ Pos de dónde son ustedes ? Si eso de que los soldados vayan a parar a los mesones es cosa que ya no se usa. ¿ De dónde vienen ? Llega uno a cualquier parte y no tiene más que escoger la casa que le cuadre y ésa agarra sin pedirle licencia a naiden. Entonces ¿ pa quén jue la revolución ? ¿ Pa los catrines ? Si ahora nosotros vamos a ser los meros catrines . . . A ver, Pancracio, presta acá tu marrazo . . . ¡ Ricos . . . tales !* . . . Todo lo han de guardar debajo de siete llaves.

Hundió la punta de acero en la hendidura de un cajón y, haciendo palanca con el mango* rompió la chapa y levantó astillada la cubierta del escritorio.

Las manos de Anastasio Montañés, de Pancracio y de la Pintada se hundieron en el montón de cartas, estampas, fotografías y papeles desparramados por la alfombra.

Pancracio manifestó su enojo de no encontrar algo que le complaciera, lanzando al aire con la punta del guarache un retrato encuadrado, cuyo cristal se estrelló en el candelabro del centro.

Sacaron las manos vacías de entre los papeles, profiriendo insolencias.

Pero la Pintada, incansable, siguió descerrajando cajón por cajón, hasta no dejar hueco sin escudriñar.

No advirtieron el rodar silencioso de una pequeña caja

forrada de terciopelo gris, que fue a parar a los pies de Luis Cervantes.

Éste, que veía todo con aire de profunda indiferencia, mientras Demetrio, despatarrado sobre la alfombra, parecía dormir, atrajo con la punta del pie la cajita, se inclinó, rascóse un tobillo y con ligereza la levantó.

Se quedó deslumbrado: dos diamantes de aguas purísimas en una montadura de filigrana. Con prontitud la ocultó en el bolsillo.

Cuando Demetrio despertó, Luis Cervantes le dijo:

—Mi general, vea usted qué diabluras han hecho los muchachos. ¿ No sería conveniente evitarles esto ?*

—No, curro . . . ¡ Pobres ! . . . Es el único gusto que les queda después de ponerle la barriga a las balas.*

Sí, mi general pero siquiera que no lo hagan aquí . . . Mire usted, eso nos desprestigia, y lo que es peor, desprestigia nuestra causa . . .

Demetrio clavó sus ojos de aguilucho en Luis Cervantes. Se golpeó los dientes con las uñas de dos dedos y dijo:

—No se ponga colorado . . . ¡ Mire, a mí no me cuente !* . . . Ya sabemos que lo tuyo, tuyo, y lo mío, mío. A usted le tocó la cajita, bueno; a mí el reloj de repetición.

Y ya los dos en muy buena armonía, se mostraron sus "avances".

La Pintada y sus compañeros, entretanto, registraban el resto de la casa.

La Codorniz entró en la sala con una chiquilla de doce años, ya marcada con manchas cobrizas* en la frente y en los brazos. Sorprendidos los dos, se mantuvieron atónitos, contemplando los montones de libros sobre la alfombra, mesas y sillas, los espejos descolgados con sus vidrios rotos, grandes marcos de estampas y retratos destrozados, muebles y bibelots hechos pedazos. Con ojos ávidos, la Codorniz buscaba su presa, suspendiendo la respiración.

Afuera, en un ángulo del patio y entre el humo sofocante, el

Manteca cocía elotes, atizando las brasas con libros y papeles que alzaban vivas llamaradas.

—¡ Ah —gritó de pronto la Codorniz—, mira lo que me jallé ! . . . ¡ Qué sudaderos pa mi yegua ! . . .

Y de un tirón arrancó una cortina de peluche, que se vino al suelo con todo y galería sobre el copete finamente tallado de un sillón.

—¡ Mira, tú . . . cuánta vieja encuerada ! —clamó la chiquilla de la Codorniz, divertidísima con las láminas de un lujoso ejemplar de la *Divina Comedia**—. Ésta me cuadra y me la llevo.

Y comenzó a arrancar los grabados que más llamaban su atención. Demetrio se incorporó y tomó asiento al lado de Luis Cervantes. Pidió cerveza, alargó una botella a su secretario, y de un solo trago apuró la suya. Luego, amodorrado, entrecerró los ojos y volvió a dormir.

—Oiga —habló un hombre a Pancracio en el zaguán—, ¿ a qué hora se le puede hablar al general ?

—No se le puede hablar a ninguna; amaneció crudo —respondió Pancracio—. ¿ Qué quiere ?

—Que me venda uno de esos libros que están quemando.

—Yo mesmo se los puedo vender.

—¿ A cómo los da ?*

Pancracio, perplejo, frunció las cejas:

—Pos los que tengan monitos, a cinco centavos, y los otros . . . se los doy de pilón si me merca todos.

El interesado volvió por los libros con una canasta pizcadora.

—¡ Demetrio, hombre, Demetrio, despierta ya —gritó la Pintada—, ya no duermas como puerco gordo ! ¡ Mira quién está aquí ! . . . ¡ El güero Margarito ! ¡ No sabes tú todo lo que vale este güero !

—Yo lo aprecio a usted mucho, mi general Macías, y vengo a decirle que tengo mucha voluntad y me gustan mucho sus modales. Así es que, si no lo tiene a mal, yo me paso a su brigada.

—¿ Qué grado tiene ? —inquirió Demetrio.

—Capitán primero, mi general.

—Véngase, pues . . . Aquí lo hago mayor.

El güero Margarito era un hombrecillo redondo, de bigotes retorcidos, ojos azules muy malignos que se le perdían entre los carrillos y la frente cuando se reía. Ex mesero del Delmónico de Chihuahua,* ostentaba ahora tres barras de latón amarillo, insignias de su grado en la División del Norte.

El güero colmó de elogios a Demetrio y a sus hombres, y con esto bastó para que una caja de cervezas se vaciara en un santiamén.

La Pintada apareció de pronto en medio de la sala, luciendo un espléndido traje de seda de riquísimos encajes.

—¡ No más las medias se te olvidaron ! —exclamó el güero Margarito desternillándose de risa.

La muchacha de la Codorniz prorrumpió también en carcajadas.

Pero a la Pintada nada se le dio;* hizo una mueca de indiferencia, se tiró en la alfombra y con los propios pies hizo saltar las zapatillas de raso blanco, moviendo muy a gusto los dedos desnudos, entumecidos por la opresión del calzado, y dijo:

—¡ Epa, tú, Pancracio ! . . . Anda a traerme unas medias azules de mis "avances".

La sala se iba llenando de nuevos amigos y viejos compañeros de campaña. Demetrio, animándose, comenzaba a referir menudamente algunos de sus más notables hechos de armas.

—Pero ¿ qué ruido es ése ? —preguntó sorprendido por el afinar de cuerdas y latones en el patio de la casa.

—Mi general —dijo solemnemente Luis Cervantes—, es un banquete que le ofrecemos sus viejos amigos y compañeros para celebrar el hecho de armas de Zacatecas y el merecido ascenso de usted a general.

III

—Le presento a usted, mi general Macías, a mi futura —pronunció enfático Luis Cervantes, haciendo entrar al comedor a una muchacha de rara belleza.

Todos se volvieron hacia ella, que abría sus grandes ojos azules con azoro.

Tendría apenas catorce años; su piel era fresca y suave como un pétalo de rosa; sus cabellos rubios, y la expresión de sus ojos con algo de maligna curiosidad y mucho de vago temor infantil.

Luis Cervantes reparó en que Demetrio clavaba su mirada de ave de rapiña en ella y se sintió satisfecho.

Se le abrió sitio entre el güero Margarito y Luis Cervantes, enfrente de Demetrio.

Entre los cristales, porcelanas y búcaros de flores, abundaban las botellas de tequila.

El Meco entró sudoroso y renegando, con una caja de cervezas a cuestas.

—Ustedes no conocen todavía a este güero —dijo la Pintada reparando en que él no quitaba los ojos de la novia de Luis Cervantes—. Tiene mucha sal, y en el mundo no he visto gente más acabada que él.

Le lanzó una mirada lúbrica y añadió:

—¡ Por eso no lo puedo ver ni pintado !*

Rompió la orquesta una rumbosa marcha taurina.

Los soldados bramaron de alegría.

—¡ Qué menudo, mi general ! . . . Le juro que en mi vida he comido otro más bien guisado —dijo el güero Margarito, e hizo reminiscencias del Delmónico de Chihuahua.

—¿ Le gusta de veras, güero ? —repuso Demetrio—. Pos que le sirvan hasta que llene.

—Ése es mi mero gusto —confirmó Anastasio Montañés—, y eso es lo bonito; de que a mí me cuadra un guiso, como, como, hasta que lo eructo.

Siguió un ruido de bocazas y grandes tragantadas. Se bebió copiosamente.

Al final, Luis Cervantes tomó una copa de champaña y se puso de pie:

—Señor general . . .

—¡ Hum ! —interrumpió la Pintada—. Hora va de discurso,*

y eso es cosa que a mí me aburre mucho. Voy mejor al corral, al cabo ya no hay qué comer.

Luis Cervantes ofreció el escudo de paño negro con una aguilita de latón amarillo, en un brindis que nadie entendió, pero que todos aplaudieron con estrépito.

Demetrio tomó en sus manos la insignia de su nuevo grado y, muy encendido, la mirada brillante, relucientes los dientes, dijo con mucha ingenuidad:

—¿Y qué voy a hacer ahora yo con este zopilote?

—Compadre —pronunció trémulo y en pie Anastasio Montañés—, yo no tengo que decirle . . .

Transcurrieron minutos enteros; las malditas palabras no querían acudir al llamado del compadre Anastasio. Su cara enrojecida perlaba el sudor en su frente, costrosa de mugre. Por fin se resolvió a terminar su brindis:

—Pos yo no tengo que decirle . . . sino que ya sabe que soy su compadre . . .

Y como todos habían aplaudido a Luis Cervantes, el propio Anastasio, al acabar, dio la señal, palmoteando con mucha gravedad.

Pero todo estuvo bien y su torpeza sirvió de estímulo. Brindaron el Manteca y la Codorniz.

Llegaba su turno al Meco, cuando se presentó la Pintada dando fuertes voces de júbilo. Chasqueando la lengua, pretendía meter al comedor una bellísima yegua de un negro azabache.

—¡Mi "avance"! ¡Mi "avance"! —clamaba palmoteando el cuello enarcado del soberbio animal.

La yegua se resistía a franquear la puerta; pero un tirón del cabestro y un latigazo en el anca la hicieron entrar con brío y estrépito.

Los soldados, embebecidos, contemplaban con mal reprimida envidia la rica presa.

—¡Yo no sé qué carga esta diabla de Pintada que siempre nos gana los mejores "avances"!* —clamó el güero Margarito—. Así la verán desde que se nos juntó en Tierra Blanca.

—Epa, tú, Pancracio, anda a traerme un tercio de alfalfa pa mi yegua —ordenó secamente la Pintada.

Luego tendió la soga a un soldado.

Una vez más llenaron los vasos y las copas. Algunos comenzaban a doblar el cuello y a entrecerrar los ojos; la mayoría gritaba jubilosa.

Y entre ellos la muchacha de Luis Cervantes, que había tirado todo el vino en un pañuelo, tornaba de una parte a la otra sus grandes ojos azules, llenos de azoro.

—Muchachos —gritó de pie el güero Margarito, dominando con su voz aguda y gutural el vocerío—, estoy cansado de vivir y me han dado ganas ahora de matarme. La Pintada ya me hartó* . . . y este querubincito del cielo no arrienda siquiera a verme . . .

Luis Cervantes notó que las últimas palabras iban dirigidas a su novia, y con gran sorpresa vino a cuentas de que el pie que sentía entre los de la muchacha no era de Demetrio, sino del güero Margarito.

Y la indignación hirvió en su pecho.

—¡ Fíjense, muchachos —prosiguió el güero con el revólver en lo alto—; me voy a pegar un tiro en la merita frente!

Y apuntó al gran espejo del fondo, donde se veía de cuerpo entero.

—¡ No te buigas, Pintada! . . .

El espejo se estrelló en largos y puntiagudos fragmentos. La bala había pasado rozando los cabellos de la Pintada, que ni pestañeó siquiera.

IV

Al atardecer despertó Luis Cervantes, se restregó los ojos y se incorporó. Se encontraba en el suelo duro, entre los tiestos del huerto. Cerca de él respiraban ruidosamente, muy dormidos, Anastasio Montañés, Pancracio y la Codorniz.

Sintió los labios hinchados y la nariz dura y seca; se miró

sangre en las manos y en la camisa, e instantáneamente hizo memoria de lo ocurrido. Pronto se puso de pie y se encaminó hacia una recámara; empujó la puerta repetidas veces, sin conseguir abrirla. Mantúvose indeciso algunos instantes.

Porque todo era cierto; estaba seguro de no haber soñado. De la mesa del comedor se había levantado con su compañera, la condujo a la recámara; pero antes de cerrar la puerta, Demetrio, tambaleándose de borracho, se precipitó tras ellos. Luego la Pintada siguió a Demetrio, y comenzaron a forcejear. Demetrio, con los ojos encendidos como una brasa y hebras cristalinas en los burdos labios, buscaba con avidez a la muchacha. La Pintada, a fuertes empellones, lo hacía retroceder.

—¡ Pero tú qué ! . . . ¿ Tú qué ? . . . —ululaba Demetrio irritado.

La Pintada metió la pierna entre las de él, hizo palanca y Demetrio cayó de largo, fuera del cuarto.

Se levantó furioso.

—¡ Auxilio ! . . . ¡ Auxilio ! . . . ¡ Que me mata ! . . .

La Pintada cogía vigorosamente la muñeca de Demetrio y desviaba el cañón de su pistola.

La bala se incrustó en los ladrillos. La Pintada seguía berreando. Anastasio Montañés llegó detrás de Demetrio y lo desarmó.

Éste, como toro a media plaza, volvió sus ojos extraviados. Le rodeaban Luis Cervantes, Anastasio, el Manteca y otros muchos.

—¡ Infelices ! . . . ¡ Me han desarmado ! . . . ¡ Como si pa ustedes se necesitaran armas !

Y abriendo los brazos, en brevísimos instantes volteó de narices sobre el enladrillado al que alcanzó.

¿ Y después ? Luis Cervantes no recordaba más. Seguramente que allí se habían quedado bien aporreados y dormidos. Seguramente que su novia. por miedo a tanto bruto, había tomado la sabia providencia de encerrarse.

"Tal vez esa recámara comunique con la sala y por ella pueda entrar," pensó.

A sus pasos despertó la Pintada, que dormía cerca de Demetrio, sobre la alfombra y al pie de un confidente colmado de alfalfa y maíz donde la yegua negra cenaba.

—¿Qué busca? —preguntó la muchacha—. ¡Ah, sí; ya sé lo que quiere! . . . ¡Sinvergüenza! . . . Mire, encerré a su novia porque ya no podía aguantar a este condenado de Demetrio. Coja la llave, allí está sobre la mesa.

En vano Luis Cervantes buscó por todos los escondrijos de la casa.

—A ver, curro, cuénteme cómo estuvo eso de esa muchacha.

Luis Cervantes, muy nervioso, seguía buscando la llave.

—No coma ansia,* hombre, allá se la voy a dar. Pero cuénteme . . . A mí me divierten mucho estas cosas. Esa currita es igual a usté . . . No es pata rajada como nosotros.

—No tengo qué contar . . . Es mi novia y ya.

—¡Ja, ja, ja! . . . ¡Su novia y . . . no! Mire, curro, adonde usté va yo ya vengo. Tengo el colmillo duro.* A esa pobre la sacaron de su casa entre el Manteca y el Meco; eso ya lo sabía . . .; pero usté les ha de haber dado por ella . . . algunas mancuernillas chapeadas . . . alguna estampita milagrosa del Señor de la Villita . . . ¿Miento, curro? . . . ¡Que los hay, los hay! . . . ¡El trabajo es dar con ellos!* . . . ¿Verdad?

La Pintada se levantó a darle la llave; pero tampoco la encontró y se sorprendió mucho.

Estuvo largo rato pensativa.

De repente salió a toda carrera hacia la puerta de la recámara, aplicó un ojo a la cerradura y allí se mantuvo inmóvil hasta que su vista se hizo a la oscuridad del cuarto. De pronto, y sin quitar los ojos, murmuró:

—¡Ah, güero . . . jijo de un . . .! ¡Asómese no más,* curro!

Y se alejó, lanzando una sonora carcajada.

—¡Si le digo que en mi vida he visto hombre más acabado que éste!

Otro día por la mañana, la Pintada espió el momento en que el güero salía de la recámara a darle de almorzar a su caballo.

—¡ Criatura de Dios ! . . . ¡ Anda, vete a tu casa ! . . . ¡ Estos hombres son capaces de matarte ! . . . ¡ Anda, corre ! . . .

Y sobre la chiquilla de grandes ojos azules y semblante de virgen, que sólo vestía camisón y medias, echó la frazada piojosa del Manteca; la cogió de la mano y la puso en la calle.

—¡ Bendito sea Dios ! —exclamó—. Ahora sí . . . ¡ Cómo quiero yo a este güero !

V

Como los potros que relinchan y retozan a los primeros truenos de mayo, así van por la sierra los hombres de Demetrio.

—¡ A Moyahua, muchachos !

—A la tierra de Demetrio Macías.

—¡ A la tierra de don Mónico el cacique !

El paisaje se aclara, el sol asoma en una faja escarlata sobre la diafanidad del cielo.

Vanse destacando las cordilleras como monstruos alagartados, de angulosa vertebradura; cerros que parecen testas de colosales ídolos aztecas, caras de gigantes, muecas pavorosas y grotescas, que ora hacen sonreír, ora dejan un vago terror, algo como presentimiento de misterio.

A la cabeza de la tropa va Demetrio Macías con su Estado Mayor: el coronel Anastasio Montañés, el teniente coronel Pancracio y los mayores Luis Cervantes y el güero Margarito.

Siguen en segunda fila la Pintada y Venancio, que la galantea con muchas finezas, recitándole poéticamente versos desesperados de Antonio Plaza.*

Cuando los rayos del sol bordearon los pretiles del caserío, de cuatro en fondo y tocando los clarines, comenzaron a entrar a Moyahua.

Cantaban los gallos a ensordecer, ladraban con alarma los perros; pero la gente no dio señales de vida en parte alguna.

La Pintada azuzó su yegua negra y de un salto se puso codo a codo con Demetrio. Muy ufana, lucía vestido de seda y grandes arracadas de oro; el azul pálido del talle acentuaba el tinte aceitunado de su rostro y las manchas cobrizas de la avería.* Perniabierta, su falda se remangaba hasta la rodilla y se veían sus medias deslavadas y con muchos agujeros. Llevaba revólver al pecho y una cartuchera cruzada sobre la cabeza de la silla.

Demetrio también vestía de gala: sombrero galoneado, pantalón de gamuza con botonadura de plata y chamarra bordada de hilo de oro.

Comenzó a oírse el abrir forzado de las puertas. Los soldados, diseminados ya por el pueblo, recogían armas y monturas por todo el vecindario.

—Nosotros vamos a hacer la mañana a casa de don Mónico —pronunció con gravedad Demetrio, apeándose y tendiendo las riendas de su caballo a un soldado—. Vamos a almorzar con don Mónico . . . un amigo que me quiere mucho . . .

Su Estado Mayor sonríe con risa siniestra.

Y, arrastrando ruidosamente las espuelas por las banquetas, se encaminaron hacia un caserón pretencioso, que no podía ser sino albergue de cacique.

—Está cerrada a piedra y cal* —dijo Anastasio Montañés empujando con toda su fuerza la puerta.

—Pero yo sé abrir —repuso Pancracio abocando prontamente su fusil al pestillo.

—No, no —dijo Demetrio—; toca primero.

Tres golpes con la culata del rifle, otros tres y nadie responde. Pancracio se insolenta y no se atiene a más órdenes. Dispara, salta la chapa y se abre la puerta.

Vense extremos de faldas, piernas de niños, todos en dispersión hacia el interior de la casa.

—¡ Quiero vino ! . . . ¡ Aquí, vino ! . . . —pide Demetrio con voz imperiosa, dando fuertes golpes sobre la mesa.

—Siéntense, compañeros.

Una señora asoma, luego otra y otra, y entre las faldas negras aparecen cabezas de niños asustados. Una de las mujeres, temblando, se encamina hacia un aparador, sacando copas y botellas y sirve vino.

—¿ Qué armas tienen? —inquiere Demetrio con aspereza.

—¿ Armas? . . . —contesta la señora, la lengua hecha trapo—. ¿ Pero qué armas quieren ustedes que tengan unas señoras solas y decentes?

—¡ Ah, solas! . . . ¿ Y don Mónico? . . .

—No está aquí, señores . . . Nosotras sólo rentamos la casa . . . Al señor don Mónico no más de nombre lo conocemos.

Demetrio manda que se practique un cateo.

—No, señores, por favor . . . Nosotras mismas vamos a traerles lo que tenemos; pero, por el amor de Dios, no nos falten al respeto. ¡ Somos niñas solas y decentes!

—¿ Y los chamacos? —inquiere Pancracio brutalmente—. ¿ Nacieron de la tierra?

Las señoras desaparecen con precipitación y vuelven momentos después con una escopeta astillada, cubierta de polvo y de telarañas, y una pistola de muelles enmohecidas y descompuestas.

Demetrio se sonríe:

—Bueno, a ver el dinero . . .

—¿ Dinero? . . . Pero ¿ qué dinero quieren ustedes que tengan unas pobres niñas solas?

Y vuelven sus ojos suplicatorios hacia el más cercano de los soldados; pero luego los aprietan con horror: ¡ han visto al sayón que está crucificando a Nuestro Señor Jesucristo en el vía crucis de la parroquia!* . . . ¡ Han visto a Pancracio! . . .

Demetrio ordena el cateo.

A un tiempo se precipitan otra vez las señoras, y al instante vuelven con una cartera apolillada, con unos cuantos billetes de los de la emisión de Huerta.

Demetrio sonríe, y ya sin más consideración, hace entrar a su gente.

Como perros hambrientos que han olfateado su presa, la turba penetra, atropellando a las señoras, que pretenden defender la entrada con sus propios cuerpos. Unas caen desvanecidas, otras huyen; los chicos dan gritos.

Pancracio se dispone a romper la cerradura de un gran ropero, cuando las puertas se abren y de dentro salta un hombre con un fusil en las manos.

—¡ Don Mónico ! —exclaman sorprendidos.

—¡ Hombre, Demetrio ! . . . ¡ No me haga nada ! . . . ¡ No me perjudique ! . . . ¡ Soy su amigo, don Demetrio ! . . .

Demetrio Macías se ríe socarronamente y le pregunta si a los amigos se les recibe con el fusil en las manos.

Don Mónico, confuso, aturdido, se echa a sus pies, le abraza las rodillas, le besa los pies:

—¡ Mi mujer ! . . . ¡ Mis hijos ! . . . ¡ Amigo don Demetrio ! . . .

Demetrio, con mano trémula, vuelve el revólver a la cintura.

Una silueta dolorida ha pasado por su memoria. Una mujer con su hijo en los brazos, atravesando por las rocas de la sierra a medianoche y a la luz de la luna . . . Una casa ardiendo . . .

—¡ Vámonos ! . . . ¡ Afuera todos ! —clama sombríamente.

Su Estado Mayor obedece; don Mónico y las señoras le besan las manos y lloran de agradecimiento.

En la calle la turba está esperando alegre y dicharachera el permiso del general para saquear la casa del cacique.

—Yo sé muy bien dónde tienen escondido el dinero, pero no lo digo —pronuncia un muchacho con un cesto bajo el brazo.

—¡ Hum, yo ya sé ! —repone una vieja que lleva un costal de raspa para recoger "lo que Dios le quiera dar"—. Está en un altito; allí hay muchos triques y entre los triques una petaquilla con dibujos de concha . . . ¡ Allí mero está lo güeno !* . . .

—No es cierto —dice un hombre—; no son tan tarugos para dejar así la plata. A mi modo de ver, la tienen enterrada en el pozo en un tanate de cuero.

Y el gentío se remueve, unos con sogas para hacer sus fardos, otros con bateas; las mujeres extienden sus delantales o el extremo de sus rebozos, calculando lo que les puede caber. Todos, dando las gracias a Su Divina Majestad, esperan su buena parte de saqueo.

Cuando Demetrio anuncia que no permitirá nada y ordena que todos se retiren, con gesto desconsolado la gente del pueblo lo obedece y se disemina luego; pero entre la soldadesca hay un sordo rumor de desaprobación y nadie se mueve de su sitio.

Demetrio, irritado, repite que se vayan.

Un mozalbete de los últimos reclutados, con algún aguardiente en la cabeza, se ríe y avanza sin zozobra hacia la puerta.

Pero antes de que pueda franquear el umbral, un disparo instantáneo lo hace caer como los toros heridos por la puntilla.

Demetrio, con la pistola humeante en las manos, inmutable, espera que los soldados se retiren.

—Que se le pegue fuego a la casa —ordenó a Luis Cervantes cuando llegan al cuartel.

Y Luis Cervantes, con rara solicitud, sin transmitir la orden, se encargó de ejecutarla personalmente.

Cuando dos horas después la plazuela se ennegrecía de humo y de la casa de don Mónico se alzaban enormes lenguas de fuego, nadie comprendió el extraño proceder del general.

VI

Se habían alojado en una casona sombría, propiedad del mismo cacique de Moyahua.

Sus predecesores en aquella finca habían dejado ya su rastro vigoroso en el patio, convertido en estercolero; en los muros, desconchados hasta mostrar grandes manchones de adobe crudo; en los pisos, demolidos por las pezuñas de las bestias; en el huerto, hecho un reguero de hojas marchitas y ramajes secos. Se tropezaba, desde el entrar, con pies de muebles, fondos y respaldos de sillas, todo sucio de tierra y bazofia.

A las diez de la noche, Luis Cervantes bostezó muy aburrido

y dijo adiós al güero Margarito y a la Pintada, que bebían sin descanso en una banca de la plaza.

Se encaminó al cuartel. El único cuarto amueblado era la sala. Entró, y Demetrio, que estaba tendido en el suelo, los ojos claros y mirando al techo, dejó de contar las vigas y volvió la cara.

—¿ Es usted, curro? . . . ¿ Qué trae?* . . . Ande, entre, siéntese.

Luis Cervantes fue primero a despabilar la vela, tiró luego de un sillón sin respaldo y cuyo asiento de mimbres había sido sustituido con un áspero cotense. Chirriaron las patas de la silla y la yegua prieta de la Pintada bufó, se removió en la sombra, describiendo con su anca redonda y tersa una gallarda curva.

Luis Cervantes se hundió en el asiento y dijo:

—Mi general, vengo a darle cuenta de la comisión* . . . Aquí tiene . . .

—¡ Hombre, curro . . . si yo no quería eso! . . . Moyahua casi es mi tierra . . . ¡ Dirán que por eso anda uno aquí! . . . —respondió Demetrio mirando el saco apretado de monedas que Luis le tendía.

Éste dejó el asiento para venir a ponerse en cuclillas al lado de Demetrio. Tendió un sarape en el suelo y sobre él vació el talego de hidalgos relucientes como ascuas de oro.

—En primer lugar, mi general, esto lo sabemos sólo usted y yo . . . Y por otra parte, ya sabe que al buen sol hay que abrirle ventana* . . . Hoy nos está dando de cara; pero ¿ mañana? . . . Hay que ver siempre adelante. Una bala, el reparo de un caballo, hasta un ridículo resfrío . . . ¡ y una viuda y unos huérfanos en la miseria! . . . ¿ El Gobierno? ¡ Ja, ja, ja! . . . Vaya usted con Carranza, con Villa o con cualquiera otro de los jefes principales y hábleles de su familia . . . Si le responden con un puntapié . . . donde usted ya sabe, diga que le fue de perlas* . . . Y hacen bien, mi general; nosotros no nos hemos levantado en armas para que un tal Carranza o un tal Villa lleguen a presidentes de la República; nosotros peleamos en defensa de los sagrados derechos del pueblo, pisoteados por el vil cacique . . . Y así como ni Villa, ni Carranza, ni ningún otro han de venir a pedir nuestro consentimiento para pagarse los servicios que le están prestando a la patria, tampoco nosotros tenemos necesidad de pedirle licencia a nadie.

Demetrio se medio incorporó, tomó una botella cerca de su cabecera, empinó y luego, hinchando los carrillos, lanzó una bocanada a lo lejos.

—¡ Qué pico largo es usted, curro !

Luis sintió un vértigo. La cerveza regada parecía avivar la fermentación del basurero donde reposaban: un tapiz de cáscaras de naranjas y plátanos, carnosas cortezas de sandía, hebrosos núcleos de mangos y bagazos de caña, todo revuelto con hojas enchiladas de tamales* y todo húmedo de deyecciones.

Los dedos callosos de Demetrio iban y venían sobre las brillantes monedas a cuenta y cuenta.

Repuesto ya, Luis Cervantes sacó un botecito de fosfatina Fallières y volcó dijes, anillos, pendientes y otras muchas alhajas de valor.

—Mire, mi general; si, como parece, esta bola va a seguir, si la Revolución no se acaba, nosotros tenemos ya lo suficiente para irnos a brillarla una temporada fuera del país —Demetrio meneó la cabeza negativamente—. ¿ No haría usted eso ? . . . Pues ¿ a qué nos quedaríamos ya ? . . . ¿ Qué causa defenderíamos ahora ?

—Eso es cosa que yo no puedo explicar, curro; pero siento que no es cosa de hombres* . . .

—Escoja, mi general —dijo Luis Cervantes mostrando las joyas puestas en fila.

—Déjelo todo para usted . . . De veras, curro . . . ¡ Si viera que no le tengo amor al dinero ! . . . ¿Quiere que le diga la verdad ? Pues yo, con que no me falte el trago y con traer una chamaquita que me cuadre, soy el hombre más feliz del mundo.

—¡ Ja, ja, ja ! . . . ¡ Qué mi general ! . . . Bueno, ¿ y por qué se aguanta a esa sierpe de la Pintada?

—Hombre, curro, me tiene harto;* pero así soy. No me animo a decírselo . . . No tengo valor para despacharla a . . . Yo soy así, ése es mi genio. Mire, de que me cuadra una mujer, soy tan boca de palo,* que si ella no comienza . . ., yo no me animo a nada —y suspiró—. Ahí está Camila, la del ranchito . . . La muchacha es fea; pero si viera cómo me llena el ojo* . . .

—El día que usted quiera, nos la vamos a traer, mi general.

Demetrio guiñó los ojos con malicia.

—Le juro que se la hago buena,* mi general . . .

—¿De veras, curro? . . . Mire, si me hace esa valedura, pa usté es el reló con todo y leopoldina de oro, ya que le cuadra tanto.

Los ojos de Luis Cervantes resplandecieron. Tomó el bote de fosfatina, ya bien lleno, se puso en pie y, sonriendo, dijo:

—Hasta mañana, mi general . . . Que pase buena noche.

VII

—¿Yo qué sé? Lo mismo que ustedes saben. Me dijo el general: "Codorniz, ensilla tu caballo y mi yegua mora. Vas con el curro a una comisión." Bueno, así fue: salimos de aquí a mediodía y, ya anocheciendo, llegamos al ranchito. Nos dio posada la tuerta María Antonia . . . Que cómo estás tanto,* Pancracio . . . En la madrugada me despertó el curro: "Codorniz, Codorniz, ensilla las bestias. Me dejas mi caballo y te vuelves con la yegua del general otra vez para Moyahua. Dentro de un rato te alcanzo." Y ya estaba el sol alto cuando llegó con Camila en la silla. La apeó y la montamos en la yegua mora.

—Bueno, y ella, ¿qué cara venía poniendo? —preguntó uno.

—¡Hum, pos no le paraba la boca de tan contenta! . . .

—¿Y el curro?

—Callado como siempre; igual a como es él.

—Yo creo —opinó con mucha gravedad Venancio— que si

Camila amaneció en la cama de Demetrio, sólo fue por una equivocación. Bebimos mucho . . . ¡ Acuérdense ! . . . Se nos subieron los espíritus alcohólicos a la cabeza y todos perdimos el sentido.

—¡ Qué espíritus alcohólicos ni qué !* . . . Fue cosa convenida entre el curro y el general.

—¡ Claro ! Pa mí el tal curro no es más que un . . .

—A mí no me gusta hablar de los amigos en ausencia —dijo el güero Margarito—; pero sí sé decirles que de dos novias que le he conocido, una ha sido para . . . mí y la otra para el general . . .

Y prorrumpieron en carcajadas.

Luego que la Pintada se dio cuenta cabal de lo sucedido, fue muy cariñosa a consolar a Camila.

—¡ Pobrecita de ti, platícame cómo estuvo eso !

Camila tenía los ojos hinchados de llorar.

—¡ Me mintió, me mintió ! . . . Fue al rancho y me dijo: "Camila, vengo no más por ti. ¿ Te sales conmigo ?" ¡ Hum, dígame si yo no tendría ganas de salirme con él ! De quererlo,* lo quero y lo requero . . . ¡ Míreme tan encanijada sólo por estar pensando en él ! Amanece y ni ganas del metate* . . . Me llama mi mama al almuerzo, y la gorda se me hace trapo en la boca* . . . ¡ Y aquella pinción !* . . . ¡ Y aquella pinción ! . . .

Y comenzó a llorar otra vez, y para que no se oyeran sus sollozos se tapaba la boca y la nariz con un extremo del rebozo.

—Mira, yo te voy a sacar de esta apuración. No seas tonta, ya no llores. Ya no pienses en el curro . . . ¿ Sabes lo que es ese curro ? . . . ¡ Palabra ! . . . ¡ Te digo que no más para eso lo trae el general ! . . . ¡ Qué tonta ! . . . Bueno, ¿ quieres volver a tu casa ?

—¡ La Virgen de Jalpa me ampare ! . . . ¡ Me mataría mi mama a palos !

—No te hace nada. Vamos haciendo una cosa. La tropa tiene

que salir de un momento a otro; cuando Demetrio te diga que te prevengas para irnos, tú le respondes que tienes muchas dolencias de cuerpo, y que estás como si te hubieran dado de palos, y te estiras y bostezas muy seguido. Luego te tientas la frente y dices: "Estoy ardiendo en calentura." Entonces yo le digo a Demetrio que nos deje a las dos, que yo me quedo a curarte y que luego que estés buena nos vamos a alcanzarlo. Y lo que hacemos es que yo te pongo en tu casa buena y sana.

VIII

Ya el sol se había puesto y el caserío se envolvía en la tristeza gris de sus calles viejas y en el silencio de terror de sus moradores, recogidos a muy buena hora, cuando Luis Cervantes llegó a la tienda de Primitivo López a interrumpir una juerga que prometía grandes sucesos. Demetrio se emborrachaba allí con sus viejos camaradas. El mostrador no podía contener más gente. Demetrio, la Pintada y el güero Margarito habían dejado afuera sus caballos; pero los demás oficiales se habían metido brutalmente con todo y cabalgaduras. Los sombreros galoneados de cóncavas y colosales faldas se encontraban en vaivén constante; caracoleaban las ancas de las bestias, que sin cesar removían sus finas cabezas de ojazos negros, narices palpitantes y orejas pequeñas. Y en la infernal alharaca de los borrachos se oía el resoplar de los caballos, su rudo golpe de pezuñas en el pavimento y, de vez en vez, un relincho breve y nervioso.

Cuando Luis Cervantes llegó, se comentaba un suceso banal. Un paisano, con un agujerito negruzco y sanguinolento en la frente, estaba tendido boca arriba en medio de la carretera. Las opiniones, divididas al principio, ahora se unificaban bajo una justísima reflexión del güero Margarito. Aquel pobre diablo que yacía bien muerto era el sacristán de la iglesia. Pero, ¡ tonto! . . . la culpa había sido suya . . . ¿ Pues a quién se le ocurre, señor, vestir pantalón, chaqueta y gorrita ? ¡ Pancracio no puede ver un catrín enfrente de él !

Ocho músicos "de viento", las caras rojas y redondas como soles, desorbitados los ojos, echando los bofes por los latones* desde la madrugada, suspenden su faena al mandato de Cervantes.

—Mi general —dijo éste abriéndose paso entre los montados—, acaba de llegar un propio de urgencia. Le ordenan a usted que salga inmediatamente a perseguir a los orozquistas.

Los semblantes, ensombrecidos un momento, brillaron de alegría.

—¡ A Jalisco, muchachos ! —gritó el güero Margarito dando un golpe seco sobre el mostrador.

—¡ Aprevénganse, tapatías de mi alma, que allá voy !* —gritó la Codorniz arriscándose el sombrero.

Todo fue regocijo y entusiasmo. Los amigos de Demetrio, en la excitación de la borrachera, le ofrecieron incorporarse a sus filas. Demetrio no podía hablar de gusto. "¡ Ah, ir a batir a los orozquistas ! . . . ¡ Habérselas al fin con hombres de veras ! . . . ¡ Dejar de matar federales como se matan liebres o guajolotes !"

—Si yo pudiera coger vivo a Pascual Orozco —dijo el güero Margarito—, le arrancaba la planta de los pies y lo hacía caminar veinticuatro horas por la sierra . . .

—¿ Qué, ése fue el que mató al señor Madero ? —preguntó el Meco.

—No —repuso el güero con solemnidad—; pero a mí me dio una cachetada cuando fui mesero del Delmónico en Chihuahua.

—Para Camila, la yegua mora —ordenó Demetrio a Pancracio, que estaba ya ensillando.

—Camila no se puede ir —dijo la Pintada con prontitud.

—¿ Quién te pide a ti tu parecer ? —repuso Demetrio con aspereza.

—¿ Verdá, Camila, que amaneciste con mucha dolencia de cuerpo y te sientes acalenturada ahora ?

—Pos yo . . ., pos yo . . ., lo que diga don Demetrio . . .

—¡ Ah, qué guaje ! . . . Di que no, di que no . . . —pronunció a su oído la Pintada con gran inquietud.

—Pos es que ya le voy cobrando voluntá . . ., ¿ lo cree ? . . . —contestó Camila también muy quedo.

La Pintada se puso negra y se le inflamaron los carrillos; pero no dijo nada y se alejó a montar la yegua que le estaba ensillando el güero Margarito.

IX

El torbellino del polvo, prolongado a buen trecho a lo largo de la carretera, rompíase bruscamente en masas difusas y violentas, y se destacaban pechos hinchados, crines revueltas, narices trémulas, ojos ovoides, impetuosos, patas abiertas y como encogidas al impulso de la carrera. Los hombres, de rostro de bronce y dientes de marfil, ojos flameantes, blandían los rifles o los cruzaban sobre las cabezas de las monturas.

Cerrando la retaguardia, y al paso, venían Demetrio y Camila; ella trémula aún, con los labios blancos y secos; él malhumorado por lo insulso de la hazaña. Ni tales orozquistas, ni tal combate.* Unos cuantos federales dispersos, un pobre diablo de cura con un centenar de ilusos, todos reunidos bajo la vetusta bandera de "Religión y Fueros".* El cura se quedaba allí bamboleándose, pendiente de un mezquite, y en el campo, un reguero de muertos que ostentaban en el pecho un escudito de bayeta roja y un letrero: "¡ Detente ! ¡ El Sagrado Corazón de Jesús está conmigo !"

—La verdá es que yo ya me pagué hasta de más mis sueldos atrasados —dijo la Codorniz mostrando los relojes y anillos de oro que se había extraído de la casa cural.

—Así siquiera pelea uno con gusto —exclamó el Manteca entreverando insolencias entre cada frase—. ¡ Ya sabe uno por qué arriesga el cuero !

Y cogía fuertemente con la misma mano que empuñaba las riendas un reluciente resplandor que le había arrancado al

Divino Preso* de la iglesia.

Cuando la Codorniz, muy perito en la materia, examinó codiciosamente el "avance" del Manteca, lanzó una carcajada solemne:

—¡ Tu resplandor es de hoja de lata! . . .

—¿ Por qué vienes cargando con esa roña? —preguntó Pancracio al güero Margarito, que llegaba de los últimos con un prisionero.

—¿ Saben por qué? Porque nunca he visto bien a bien la cara que pone un prójimo cuando se le aprieta una reata en el pescuezo.

El prisionero, muy gordo, respiraba fatigado; su rostro estaba encendido, sus ojos inyectados y su frente goteaba. Lo traían atado de las muñecas y a pie.

—Anastasio, préstame tu reata; mi cabestro se revienta con este gallo . . . Pero, ahora que lo pienso mejor, no . . . Amigo federal, te voy a matar de una vez; vienes penando mucho. Mira, los mezquites están muy lejos todavía y por aquí no hay telégrafo siquiera para colgarte de algún poste.

Y el güero Margarito sacó su pistola, puso el cañón sobre la tetilla izquierda del prisionero y paulatinamente echó el gatillo atrás.

El federal palideció como cadáver, su cara se afiló y sus ojos vidriosos se quebraron.* Su pecho palpitaba tumultuosamente y todo su cuerpo se sacudía como por un gran calosfrío.

El güero Margarito mantuvo así su pistola durante segundos eternos. Y sus ojos brillaron de un modo extraño, y su cara regordeta, de inflados carrillos, se encendía en una sensación de suprema voluptuosidad.

—¡ No, amigo federal! —dijo lentamente retirando el arma y volviéndola a su funda—, no te quiero matar todavía . . . Vas a seguir como mi asistente . . . ¡ Ya verás si soy hombre de mal corazón!

Y guiñó malignamente sus ojos a sus inmediatos.

El prisionero había embrutecido; sólo hacía movimientos de

deglución; su boca y su garganta estaban secas.

Camila, que se había quedado atrás, picó el ijar de su yegua y alcanzó a Demetrio:

—¡ Ah, qué malo es el hombre ese Margarito! . . . ¡ Si viera lo que viene haciendo con un preso!

Y refirió lo que acababa de presenciar.

Demetrio contrajo las cejas, pero nada contestó.

La Pintada llamó a Camila a distancia.

—Oye, tú, ¿ qué chismes le trais a Demetrio? . . . El güero Margarito es mi mero amor . . . ¡ Pa que te lo sepas! . . . Y ya sabes . . . Lo que haiga con él, hay conmigo.* ¡ Ya te lo aviso! . . .

Y Camila, muy asustada, fue a reunirse con Demetrio.

X

La tropa acampó en una planicie, cerca de tres casitas alineadas que, solitarias, recortaban sus blancos muros sobre la faja púrpura del horizonte. Demetrio y Camila fueron hacia ellas.

Dentro del corral, un hombre en camisa y calzón blanco, de pie, chupaba con avidez un gran cigarro de hoja; cerca de él, sentado sobre una losa, otro desgranaba maíz, frotando mazorcas entre sus dos manos, mientras que una de sus piernas, seca y retorcida, remataba en algo como pezuña de chivo, se sacudía a cada instante para espantar a las gallinas.

—Date priesa, Pifanio —dijo el que estaba parado—; ya se metió el sol y todavía no bajas al agua a las bestias.

Un caballo relinchó fuera y los dos hombres alzaron la cabeza azorados.

Demetrio y Camila asomaban tras la barda del corral.

—No más quiero alojamiento para mí y para mi mujer —les dijo Demetrio tranquilizándolos.

Y como les explicara que él era el jefe de un cuerpo de ejército que iba a pernoctar en las cercanías, el hombre que estaba en pie, y que era el amo, con mucha solicitud los hizo entrar. Y corrió por un apaste de agua y una escoba, pronto a barrer y regar el mejor rincón de la troje para alojar decentemente a tan honorables huéspedes.

—Anda, Pifanio; desensilla los caballos de los señores.

El hombre que desgranaba se puso trabajosamente en pie. Vestía unas garras de camisa y chaleco, una piltrafa de pantalón, abierto en dos alas, cuyos extremos, levantados, pendían de la cintura.

Anduvo, y su paso marcó un compás grotesco.*

—Pero ¿ puedes tú trabajar, amigo ? —le preguntó Demetrio sin dejarlo quitar las monturas.

—¡ Pobre —gritó el amo desde el interior de la troje—, le falta la juerza ! . . . ¡ Pero viera qué bien desquita el salario ! . . . ¡ Trabaja dende que Dios amanece ! . . . ¡ Qué ha que se metió el sol . . ., y mírelo, no para todavía !*

Demetrio salio con Camila a dar una vuelta por el campamento. La planicie, de dorados barbechos, rapada hasta de arbustos, se dilataba inmensa en su desolación. Parecían un verdadero milagro los tres grandes fresnos enfrente de las casitas, sus cimas verdinegras, redondas y ondulosas, su follaje rico, que descendía hasta besar el suelo.

—¡ Yo no sé qué siento por acá que me da tanta tristeza ! —dijo Demetrio.

—Sí —contestó Camila—; lo mismo a mí.

A orillas de un arroyuelo, Pifanio estaba tirando rudamente de la soga de un bimbalete. Una olla enorme se volcaba sobre un montón de hierba fresca, y a las postreras luces de la tarde cintilaba el chorro de cristal desparramándose en la pila. Allí bebían ruidosamente una vaca flaca, un caballo matado y un burro.

Demetrio reconoció al peón cojitranco y le preguntó:

—¿ Cuánto ganas diario, amigo ?

—Diez y seis centavos, patrón . . .

Era un hombrecillo rubio, escrofuloso, de pelo lacio y ojos zarcos. Echó pestes del patrón, del rancho y de la perra suerte.

—Desquitas bien el sueldo, hijo —le interrumpió Demetrio con mansedumbre—. A reniega y reniega, pero a trabaja y trabaja.*

Y volviéndose a Camila.

—Siempre hay otros más pencos que nosotros los de la sierra, ¿verdad?

—Sí —contestó Camila.

Y siguieron caminando.

El valle se perdió en la sombra y las estrellas se escondieron. Demetrio estrechó a Camila amorosamente por la cintura, y quién sabe qué palabras susurró a su oído.

—Sí —contestó ella débilmente.

Porque ya le iba cobrando "voluntá".

Demetrio durmió mal, y muy temprano se echó fuera de la casa.

"A mí me va a suceder algo", pensó.

Era un amanecer silencioso y de discreta alegría. Un tordo piaba tímidamente en el fresno; los animales removían las basuras del rastrojo en el corral; gruñía el cerdo su somnolencia. Asomó el tinte anaranjado del sol, y la última estrellita se apagó.

Demetrio, paso a paso, iba al campamento.

Pensaba en su yunta: dos bueyes prietos, nuevecitos, de dos años de trabajo apenas, en sus dos fanegas de labor bien abonadas. La fisonomía de su joven esposa se reprodujo fielmente en su memoria: aquellas líneas dulces y de infinita mansedumbre para el marido, de indomables energías y altivez* para el extraño. Pero cuando pretendió reconstruir la imagen de su hijo, fueron vanos todos sus esfuerzos; lo había olvidado.

Llegó al campamento. Tendidos entre los surcos, dormían los soldados, y revueltos con ellos, los caballos echados, caída la cabeza y cerrados los ojos.

—Están muy estragadas las remudas, compadre Anastasio; es bueno que nos quedemos a descansar un día siquiera.

—¡ Ay, compadre Demetrio ! . . . ¡ Qué ganas ya de la sierra ! Si viera* . . . ¿ a que no me lo cree ? . . . pero naditita que me jallo por acá* . . . ¡ Una tristeza y una murria ! . . . ¡ Quién sabe qué le hará a uno falta ! . . .

—¿ Cuántas horas se hacen de aquí a Limón ?

—No es cosa de horas: son tres jornadas muy bien hechas,* compadre Demetrio.

—¡ Si viera ! . . . ¡ Tengo ganas de ver a mi mujer !

No tardó mucho la Pintada en ir a buscar a Camila:

—¡ Újule, újule ! . . . Sólo por eso que ya Demetrio te va a largar. A mí, a mí mero me lo dijo . . . Va a traer a su mujer de veras . . . Y es muy bonita, muy blanca . . . ¡ Unos chapetes ! . . . Pero si tú no te queres ir, pue que hasta te ocupen:* tienen una criatura y tú la puedes cargar . . .

Cuando Demetrio regresó, Camila, llorando, se lo dijo todo.

—No le hagas caso a esa loca . . . Son mentiras, son mentiras . . .

Y como Demetrio no fue a Limón ni se volvió a acordar de su mujer, Camila estuvo muy contenta y la Pintada se volvió un alacrán.

XI

Antes de la madrugada salieron rumbo a Tepatitlán. Diseminados por el camino real y por los barbechos, sus siluetas ondulaban vagamente al paso monótono y acompasado de las caballerías, esfumándose en el tono perla de la luna en menguante, que bañaba todo el valle.

Se oía lejanísimo ladrar de perros.

—Hoy a mediodía llegamos a Tepatitlán, mañana a Cuquío, y luego . . ., a la sierra —dijo Demetrio.

—¿ No sería bueno, mi general —observó a su oído Luis Cervantes—, llegar primero a Aguascalientes ?

—¿ Qué vamos a hacer allá ?

—Se nos están agotando los fondos . . .

—¡ Cómo ! . . . ¿Cuarenta mil pesos en ocho días ?

—Sólo en esta semana hemos reclutado cerca de quinientos hombres, y en anticipos y gratificaciones se nos ha ido todo —repuso muy bajo Luis Cervantes.

—No; vamos derecho a la sierra . . . Ya veremos . . .

—Sí, a la sierra ! —clamaron muchos.

—¡ A la sierra ! . . . ¡ A la sierra ! . . . No hay como la sierra.

La planicie seguía oprimiendo sus pechos; hablaron de la sierra con entusiasmo y delirio, y pensaron en ella como en la deseada amante a quien se ha dejado de ver por mucho tiempo.

Clareó el día. Después, una polvareda de tierra roja se levantó hacia el oriente, en una inmensa cortina de púrpura incendiada.

Luis Cervantes templó la brida de su caballo y esperó a la Codorniz.

—¿ En qué quedamos,* pues, Codorniz ?

—Ya le dije, curro: doscientos por el puro reló . . .

—No, yo te compro a bulto: relojes, anillos y todas las alhajitas. ¿ Cuánto ?

Bilimbique villista de dos caritas

La Codorniz vaciló, se puso descolorido; luego dijo con ímpetu:

—Deque dos mil papeles por todo.

Pero Luis Cervantes se dejó traicionar; sus ojos brillaron con tan manifiesta codicia, que la Codorniz volvió sobre sus pasos* y exclamó pronto:

—No, mentiras,* no vendo nada . . . El puro reló, y eso porque ya debo los doscientos pesos a Pancracio, que anoche me ganó otra vez.

Luis Cervantes sacó cuatro flamantes billetes de "dos caritas"* y los puso en manos de la Codorniz.

—De veras —le dijo—, me intereso al lotecito . . . Nadie te dará más de lo que yo te dé.

Cuando comenzó a sentirse el sol, el Manteca gritó de pronto:

—Güero Margarito, ya tu asistente quiere pelar gallo. Dice que ya no puede andar.

El prisionero se había dejado caer, exhausto, en medio del camino.

—¡ Calla! —clamó el güero Margarito retrocediendo—. ¿ Conque ya te cansaste, simpático? ¡ Pobrecito de ti! Voy a comprar un nicho de cristal para guardarte en una rinconera de mi casa, como Niño Dios. Pero es necesario llegar primero al pueblo, y para esto te voy a ayudar.

Y sacó el sable y descargó sobre el infeliz repetidos golpes.

—A ver la reata, Pancracio —dijo luego, brillantes y extraños los ojos.

Pero como la Codorniz le hiciera notar que ya el federal no movía ni pie ni mano, dio una gran carcajada y dijo:

—¡ Qué bruto soy! . . . ¡ Ahora que lo tenía enseñado a no comer! . . .

—Ahora sí, ya llegamos a Guadalajara chiquita* —dijo Venancio descubriendo el caserío risueño de Tepatitlán, suavemente recostado en una colina.

Entraron regocijados; a las ventanas asomaban rostros sonrosados y bellos ojos negros.

Las escuelas quedaron convertidas en cuarteles. Demetrio se alojó en la sacristía de una capilla abandonada.

Después los soldados se desperdigaron, como siempre, en busca de "avances", so pretexto de recoger armas y caballos.

Por la tarde, algunos de los de la escolta de Demetrio estaban tumbados en el atrio de la iglesia rascándose la barriga. Venancio, con mucha gravedad, pecho y espaldas desnudos, espulgaba su camisa.

Un hombre se acercó a la barda, pidiendo la venia de hablar al jefe.

Los soldados levantaron la cabeza, pero ninguno le respondió.

—Soy viudo, señores; tengo nueve criaturas y no vivo más que de mi trabajo . . . ¡ No sean ingratos con los pobres ! . . .

—Por mujer no te apures, tío —dijo el Meco, que con un cabo de vela se embadurnaba los pies—; ai traimos a la Pintada, y te la pasamos al costo.

El hombre sonrió amargamente.

—No más que tiene una maña —observó Pancracio, boca arriba y mirando el azul del cielo—: apenas mira un hombre, y luego luego se prepara.

Rieron a carcajadas; pero Venancio, muy grave, indicó la puerta de la sacristía al paisano.

Éste, tímidamente, entró y expuso a Demetrio su queja. Los soldados acababan de "limpiarlo". Ni un grano de maíz le habían dejado.

—Pos pa qué se dejan* —le respondió Demetrio con indolencia.

Luego el hombre insistió con lamentos y lloriqueos, y Luis Cervantes se dispuso a echarlo fuera insolentemente. Pero Camila intervino:

—¡ Ande, don Demetrio, no sea usté también mal alma; déle una orden pa que le devuelvan su maíz ! . . .

Luis Cervantes tuvo que obedecer; escribió unos renglones,

y Demetrio, al calce, puso un garabato.

—¡ Dios se lo pague, niña! . . . Dios se lo ha de dar de su santísima gloria* . . . Diez fanegas de maíz, apenas pa comer este año —clamó el hombre, llorando de agradecimiento. Y tomó el papel y a todos les besó las manos.

XII

Iban llegando ya a Cuquío, cuando Anastasio Montañés se acercó a Demetrio y le dijo:

—Ande, compadre, ni le he contado . . . ¡ Qué travieso es de veras el güero Margarito! ¿ Sabe lo que hizo ayer con ese hombre que vino a darle la queja de que le habíamos sacado su maíz para nuestros caballos? Bueno, pos con la orden que usté le dio fue al cuartel. "Sí, amigo, le dijo el güero; entra para acá; es muy justo devolverte lo tuyo. Entra, entra . . . ¿ Cuántas fanegas te robamos? . . . ¿ Diez? ¿ Pero estás seguro de que no son más que diez? . . . Sí, eso es; como quince, poco más o menos . . . ¿ No serían veinte? . . . Acuérdate bien . . . Eres muy pobre, tienes muchos hijos que mantener. Sí, es lo que digo, como veinte; ésas deben haber sido* . . . Pasa por acá; no te voy a dar quince, ni veinte. Tú no más vas contando . . . Una, dos, tres . . . Y luego que ya no quieras, me dice: ya." Y saca el sable y le ha dado una cintareada que lo hizo pedir misericordia.

La Pintada se caía de risa.

Y Camila, sin poderse contener, dijo:

—¡ Viejo condenado, tan mala entraña! . . . ¡ Con razón no lo puedo ver!

Instantáneamente se demudó el rostro de la Pintada.

—¿ Y a ti te da tos por eso?*

Camila tuvo miedo y adelantó su yegua.

La Pintada disparó la suya y rapidísima, al pasar atropellando a Camila, la cogió de la cabeza y le deshizo la trenza.

Al empellón, la yegua de Camila se encabritó y la muchacha

abandonó las riendas por quitarse los cabellos de la cara; vaciló, perdió el equilibrio y cayó en un pedregal, rompiéndose la frente.

Desmorecida de risa, la Pintada, con mucha habilidad, galopó a detener la yegua desbocada.

—¡ Ándale, curro, ya te cayó trabajo!* —dijo Pancracio luego que vio a Camila en la misma silla de Demetrio, con la cara mojada de sangre.

Luis Cervantes, presuntuoso, acudió con sus materiales de curación; pero Camila, dejando de sollozar, se limpió los ojos y dijo con voz apagada:

—¿ De usté? . . . ¡ Aunque me estuviera muriendo! . . . ¡ Ni agua! . . .

En Cuquío recibió Demetrio un propio.

—Otra vez a Tepatitlán, mi general —dijo Luis Cervantes pasando rápidamente sus ojos por el oficio—. Tendrá que dejar allí la gente, y usted a Lagos, a tomar el tren de Aguascalientes.

Hubo protestas calurosas; algunos serranos juraron que ellos no seguirían ya en la columna, entre gruñidos, quejas y rezongos.

Camila lloró toda la noche, y otro día, por la mañana, dijo a Demetrio que ya le diera licencia de volverse a su casa.

—¡ Si le falta voluntá!* . . . —contestó Demetrio hosco.

—No es eso, don Demetrio; voluntá se la tengo y mucha . . ., pero ya lo ha estado viendo . . . ¡ Esa mujer! . . .

—No se apure, hoy mismo la despacho a . . . Ya lo tengo bien pensado.

Camila dejó de llorar.

Todos estaban ensillando ya. Demetrio se acercó a la Pintada y le dijo en voz muy baja:

—Tú ya no te vas con nosotros.

—¿ Qué dices? —inquirió ella sin comprender.

—Que te quedas aquí o te largas adonde te dé la gana, pero no con nosotros.

—¿ Qué estás diciendo? —exclamó ella con asombro—.

¿ Es decir, que tú me corres ? ¡ Ja, ja, ja ! . . . ¿ Pues qué . . . tal serás tú si te andas creyendo de los chismes de ésa . . . !*

Y la Pintada insultó a Camila, a Demetrio, a Luis Cervantes y a cuantos le vinieron a las mientes, con tal energía y novedad, que la tropa oyó injurias e insolencias que no había sospechado siquiera.

Demetrio esperó largo rato con paciencia; pero como ella no diera trazas de acabar, con mucha calma dijo a un soldado:

—Echa fuera esa borracha.

—¡ Güero Margarito ! ¡ Güero de mi vida ! ¡ Ven a defenderme de éstos . . . ! ¡ Anda, güerito de mi corazón ! . . . ¡ Ven a enseñarles que tú eres hombre de veras y ellos no son más que unos hijos de . . . !

Y gesticulaba, pateaba y daba de gritos.

El güero Margarito apareció. Acababa de levantarse; sus ojos azules se perdían bajo unos párpados hinchados y su voz estaba ronca. Se informó del sucedido y, acercándose a la Pintada, le dijo con mucha gravedad:

—Sí, me parece muy bien que ya te largues mucho a la . . . ¡ A todos nos tienes hartos !*

El rostro de la Pintada se granitificó. Quiso hablar, pero sus músculos estaban rígidos.

Los soldados reían divertidísimos; Camila, muy asustada, contenía la respiración.

La Pintada paseó sus ojos en torno. Y todo fue en un abrir y cerrar de ojos; se inclinó, sacó una hoja aguda y brillante de entre la media y la pierna y se lanzó sobre Camila.

Un grito estridente y un cuerpo que se desploma arrojando sangre a borbotones.

—Mátenla —gritó Demetrio fuera de sí.

Dos soldados se arrojaron sobre la Pintada que, esgrimiendo el puñal, no les permitió tocarla.

—¡ Ustedes no, infelices ! . . . Mátame tú, Demetrio —se adelantó, entregó su arma, irguió el pecho y dejó caer los brazos.

Demetrio puso en alto el puñal tinto en sangre; pero sus ojos se nublaron, vaciló, dio un paso atrás.

Luego, con voz apagada y ronca, gritó:

—¡ Lárgate ! . . . ¡ Pero luego ! . . .

Nadie se atrevió a detenerla.

Se alejó muda y sombría, paso a paso.

Y el silencio y la estupefacción lo rompió la voz aguda y gutural del güero Margarito:

—¡ Ah, qué bueno ! . . . ¡ Hasta que se me despegó esta chinche !* . . .

XIII

En la medianía del cuerpo
una daga me metió,
sin saber por qué
ni por qué sé yo . . .
Él sí lo sabía,
pero yo no . . .

Y de aquella herida mortal
mucha sangre me salió,
sin saber por qué
ni por qué sé yo . . .
Él sí lo sabía,
pero yo no . . .

Caída la cabeza, las manos cruzadas sobre la montura, Demetrio tarareaba con melancólico acento la tonadilla obsesionante.

Luego callaba; largos minutos se mantenía en silencio y pesaroso.

—Ya verá cómo llegando a Lagos le quito esa murria, mi general. Allí hay muchachas bonitas para darnos gusto —dijo el güero Margarito.

—Ahora sólo tengo ganas de ponerme una borrachera —contestó Demetrio.

Y se alejó otra vez de ellos, espoleando su caballo, como si quisiera abandonarse todo a su tristeza.

Después de muchas horas de caminar, hizo venir a Luis Cervantes:

—Oiga, curro, ahora que lo estoy pensando, ¿ yo qué pitos voy a tocar a Aguascalientes ?*

—A dar su voto, mi general, para Presidente provisional de la República.

—¿ Presidente provisional ? . . . Pos entonces, ¿ qué . . . tal es, pues, Carranza ?* . . . La verdad, yo no entiendo estas políticas . . .

Llegaron a Lagos. El güero apostó a que esa noche haría reír a Demetrio a carcajadas.

Arrastrando las espuelas, las chivarras caídas abajo de la cintura, entró Demetrio a "El Cosmopolita", con Luis Cervantes, el güero Margarito y sus asistentes.

—¿ Por qué corren, curros ?. . . ¡ No sabemos comer gente !* —exclamó el güero.

Los paisanos, sorprendidos en el mismo momento de escapar, se detuvieron; unos, con disimulo, regresaron a sus mesas a seguir bebiendo y charlando, y otros, vacilantes, se adelantaron a ofrecer sus respetos a los jefes.

—¡ Mi general ! . . . ¡ Mucho gusto ! . . . ¡ Señor mayor ! . . .

—¡ Eso es ! . . . Así me gustan los amigos, finos y decentes —dijo el güero Margarito.

—Vamos, muchachos —agregó sacando su pistola jovialmente—; ahí les va un buscapiés para que lo toreen.*

Una bala rebotó en el cemento, pasando entre las patas de las mesas y las piernas de los señoritos, que saltaron asustados como dama a quien se le ha metido un ratón bajo la falda.

Pálidos, sonríen para festejar debidamente al señor mayor. Demetrio despliega apenas sus labios, mientras que el acompañamiento lanza carcajadas a pierna tendida.

—Güero —observa la Codorniz—, a ése que va saliendo le prendió la avispa;* mira cómo cojea.

El güero, sin parar mientes ni volver siquiera la cara hacia el herido, afirma con entusiasmo que a treinta pasos de distancia y al descubrir* le pega a un cartucho de tequila.

—A ver, amigo, párese —dice al mozo de la cantina. Luego, de la mano lo lleva a la cabecera del patio del hotel y le pone un cartucho lleno de tequila en la cabeza.

El pobre diablo resiste, quiere huir, espantado, pero el güero prepara su pistola y apunta.

—¡ A tu lugar . . . tasajo ! O de veras te meto una calientita.*

El güero se vuelve a la pared opuesta, levanta su arma y hace puntería.

El cartucho se estrella en pedazos, bañando de tequila la cara del muchacho, descolorido como un muerto.

—¡ Ahora va de veras ! —clama, corriendo a la cantina por un nuevo cartucho, que vuelve a colocar sobre la cabeza del mancebo.

Torna a su sitio, da una vuelta vertiginosa sobre los pies, y al descubrir, dispara.

Sólo que ahora se ha llevado una oreja en vez del cartucho.

Y apretándose el estómago de tanto reír, dice al muchacho:

—Toma, chico, esos billetes. ¡ Es cualquier cosa !* Eso se quita con tantita árnica y aguardiente . . .

Después de beber mucho alcohol y cerveza, habla Demetrio:

—Pague, güero . . . Ya me voy . . .

—No traigo ya nada, mi general; pero no hay cuidado por eso . . . ¿ Qué tanto se te debe, amigo ?

—Ciento ochenta pesos, mi jefe —responde amablemente el cantinero.

El güero salta prontamente el mostrador, y en dos manotadas derriba todos los frascos, botellas y cristalería.

—Ai le pasas le cuenta a tu padre Villa, ¿ sabes ?

Y sale dando estrepitosas carcajadas.

—Oiga, amigo, ¿ dónde queda el barrio de las muchachas? —pregunta tambaleándose de borracho, a un sujeto pequeño, correctamente vestido, que está cerrando la puerta de una sastrería.

El interpelado se baja de la banqueta atentamente para dejar libre el paso. El güero se detiene y lo mira con impertinencia y curiosidad:

—Oiga, amigo, ¡ qué chiquito y qué bonito es usted! . . . ¿ Cómo que no?* . . . ¿ Entonces yo soy mentiroso? . . . Bueno, así me gusta . . . ¿ Usted sabe bailar los enanos?* . . . ¿ Que no sabe? . . . ¡ Resabe! . . . ¡ Yo lo conocí a usted en un circo! ¡ Le juro que sí sabe y muy rebién! . . . ¡ Ahora lo verá! . . .

El güero saca su pistola y comienza a disparar hacia los pies del sastre, que, muy gordo y muy pequeño, a cada tiro da un saltito.

—¿ Ya ve cómo sí sabe bailar los enanos?

Y echando los brazos a espaldas de sus amigos, se hace conducir hacia el arrabal de gente alegre, marcando su paso a balazos en los focos de las esquinas, en las puertas y en las casas del poblado. Demetrio lo deja y regresa al hotel, tarareando entre los dientes:

En la medianía del cuerpo
una daga me metió,
sin saber por qué
ni por qué sé yo . . .

XIV

Humo de cigarro, olor penetrante de ropas sudadas, emanaciones alcohólicas y el respirar de una multitud; hacinamiento peor que el de un carro de cerdos. Predominaban los de sombrero tejano, toquilla de galón y vestidos de kaki.

—Caballeros, un señor decente me ha robado mi petaca en la estación de Silao . . . Los ahorros de toda mi vida de trabajo. No tengo para darle de comer a mi niño.

La voz era aguda, chillona y plañidera; pero se extinguía a corta distancia en el vocerío que llenaba el carro.

—¿Qué dice esa vieja? —preguntó el güero Margarito entrando en busca de un asiento.

—Que una petaca . . . que un niño decente . . . —respondió Pancracio, que ya había encontrado las rodillas de unos paisanos para sentarse.

Demetrio y los demás se abrían paso a fuerza de codos. Y como los que soportaban a Pancracio prefirieran abandonar los asientos y seguir de pie, Demetrio y Luis Cervantes los aprovecharon gustosos.

Una señora que venía parada desde Irapuato con un niño en brazos sufrió un desmayo. Un paisano se aprontó a tomar en sus manos a la criatura. El resto no se dio por entendido: las hembras de tropa ocupaban dos o tres asientos cada una con maletas, perros, gatos y cotorras. Al contrario, los de sombrero tejano rieron mucho de la robustez de muslos y laxitud de pechos de la desmayada.

—Caballeros, un señor decente me ha robado mi petaca en la estación de Silao . . . Los ahorros de toda mi vida de trabajo . . . No tengo ahora ni para darle de comer a mi niño . . .

La vieja habla de prisa y automáticamente, suspira y solloza. Sus ojos, muy vivos, se vuelven de todos lados. Y aquí recoge un billete, y más allá otro. Le llueven en abundancia. Acaba una colecta y adelanta unos cuantos asientos:

—Caballeros, un señor decente me ha robado mi petaca en la estación de Silao . . .

El efecto de sus palabras es seguro e inmediato.

—¡Un señor decente! ¡Un señor decente que se roba una petaca! ¡Eso es incalificable! Eso despierta un sentimiento de indignación general. ¡Oh, es lástima que ese señor decente no esté a la mano para que lo fusilen siquiera cada uno de los generales que van allí!

—Porque a mí no hay cosa que me dé tanto coraje como un curro ratero —dice uno, reventando de dignidad.

—¡Robar a una pobre señora!

—¡Robar a una infeliz mujer que no puede defenderse!

Y todos manifiestan el enternecimiento de su corazón de palabras y de obra: una insolencia para el ladrón y un bilimbique de cinco pesos para la víctima.

—Yo, la verdad les digo, no creo que sea malo matar, porque cuando uno mata lo hace siempre con coraje; ¿pero robar? . . . —clama el güero Margarito.

Todos parecen asentir ante tan graves razones; pero, tras breve silencio y momentos de reflexión, un coronel aventura su parecer:

—La verdá es que todo tiene sus "asigunes".* ¿Para qué es más que la verdá? La purita verdá es que yo he robao . . . y si digo que todos los que venemos aquí hemos hecho lo mesmo, se me afigura que no echo mentiras . . .

—¡Hum, pa las máquinas de coser que yo me robé en México! —exclamó con ánimo un mayor—. Junté más de quinientos pesos, con ser que vendí hasta a* cincuenta centavos máquina.

—Yo me robé en Zacatecas unos caballos tan finos, que dije acá para mí: "Lo que es de este hecho ya te armaste,* Pascual Mata; no te vuelves a apurar por nada en los días que de vida te quedan" —dijo un capitán desmolado y ya blanco de canas—. Lo malo fue que mis caballos le cuadraron a mi general Limón y él me los robó a mí.

—¡Bueno! ¡A qué negarlo, pues! Yo también he robado —asintió el güero Margarito—; pero aquí están mis compañeros que digan cuánto he hecho de capital.* Eso sí, mi gusto es gastarlo todo con las amistades. Para mí es más contento ponerme una papalina con todos los amigos que mandarles un centavo a las viejas de mi casa . . .

El tema del "yo robé", aunque parece inagotable, se va extinguiendo cuando en cada banca aparecen tendidos de naipes, que atraen a jefes y oficiales como la luz a los mosquitos.

Las peripecias del juego pronto lo absorben todo y caldean el ambiente más y más; se respira el cuartel, la cárcel, el lupanar y hasta la zahurda.

Y dominando el barullo general, se escucha, allá en el otro carro:

—Caballeros, un señor decente me ha robado mi petaca . . .

Las calles de Aguascalientes se habían convertido en basureros. La gente de kaki se removía, como las abejas a la boca de una colmena, en las puertas de los restaurantes, fonduchos y mesones, en las mesas de comistrajos y puestos al aire libre, donde al lado de una batea de chicharrones rancios se alzaba un montón de quesos mugrientos.

El olor de las frituras abrió el apetito de Demetrio y sus acompañantes. Penetraron a fuerza de empellones a una fonda, y una vieja desgreñada y asquerosa les sirvió en platos de barro huesos de cerdos nadando en un caldillo claro de chile y tres tortillas correosas y quemadas. Pagaron dos pesos por cada uno, y al salir Pancracio aseguró que tenía más hambre que antes de haber entrado.

—Ahora sí —dijo Demetrio—: vamos a tomar consejo de mi general Natera.

Y siguieron una calle hacia la casa que ocupaba el jefe norteño.

Un revuelto y agitado grupo de gentes les detuvo el paso en una bocacalle. Un hombre que se perdía entre la multitud clamaba en sonsonete y con acento uncioso algo que parecía un rezo. Se acercaron hasta descubrirlo. El hombre, de camisa y calzón blanco, repetía: "Todos los buenos católicos que recen con devoción esta oración a Cristo Crucificado se verán libres de tempestades, de pestes, de guerras y de hambres . . ."

—Éste sí que la acertó* —dijo Demetrio sonriendo.

El hombre agitaba en alto un puñado de impresos y decía:

—Cincuenta centavos la oración a Cristo Crucificado, cincuenta centavos . . .

Luego desaparecía un instante para levantarse de nuevo con

un colmillo de víbora, una estrella de mar, un esqueleto de pescado. Y con el mismo acento rezandero, ponderaba las propiedades medicinales y raras virtudes de cada cosa.

La Codorniz, que no le tenía fe a Venancio, pidió al vendedor que le extrajera una muela; el güero Margarito compró un núcleo negro de cierto fruto que tiene la propiedad de librar a su poseedor tan bien del rayo como de cualquier "malhora", y Anastasio Montañés una oración a Cristo Crucificado, que cuidadosamente dobló y con gran piedad guardó en el pecho.

—¡ Cierto como hay Dios, compañero; sigue la bola! ¡ Ahora Villa contra Carranza! —dijo Natera.

Y Demetrio, sin responderle, con los ojos muy abiertos, pedía más explicaciones.

—Es decir —insistió Natera—, que la Convención* desconoce a Carranza como Primer Jefe y va a elegir un presidente provisional de la República . . . ¿ Entiende, compañero?

Demetrio inclinó la cabeza en señal de asentimiento.

—¿ Qué dice de eso, compañero? —interrogó Natera.

Demetrio se alzó de hombros.

—Se trata, a lo que parece, de seguir peleando. Bueno, pos a darle;* ya sabe, mi general, que por mi lado no hay portillo.*

—Bien, ¿ y de parte de quién se va a poner?*

Demetrio, muy perplejo, se llevó las manos a los cabellos y se rascó breves instantes.

—Mire, a mí no me haga preguntas, que no soy escuelante . . . La aguilita que traigo en el sombrero usté me la dio . . . Bueno, pos ya sabe que no más me dice: "Demetrio, haces esto y esto . . . ¡ y se acabó el cuento!"*

TERCERA PARTE

I

"*El Paso, Tex., mayo* 16 *de* 1915.

Muy estimado Venancio:

Hasta ahora puedo contestar su grata de enero del corriente año debido a que mis atenciones profesionales absorben todo mi tiempo. Me recibí en diciembre pasado, como usted lo sabe. Lamento la suerte de Pancracio y del Manteca; pero no me extraña que después de una partida de naipes se hayan apuñalado. ¡ Lástima: eran unos valientes! Siento en el alma no poder comunicarme con el güero Margarito para hacerle presente mi felicitación más calurosa, pues el acto más noble y más hermoso de su vida fue ése . . . ¡ el de suicidarse!

Me parece difícil, amigo Venancio, que pueda usted obtener el título de médico que ambiciona tanto aquí en los Estados Unidos, por más que haya reunido suficiente oro y plata para comprarlo. Yo le tengo estimación, Venancio, y creo que es muy digno de mejor suerte. Ahora bien, me ocurre una idea que podría favorecer nuestros mutuos intereses y las ambiciones justas que usted tiene por cambiar de posición social. Si usted y yo nos asociáramos, podríamos hacer un negocio muy bonito. Cierto que por el momento yo no tengo fondos de reserva, porque todo lo he agotado en mis estudios y en mi recepción; pero cuento con algo que vale mucho más que el dinero: mi conocimiento perfecto de esta plaza, de sus necesidades y de los negocios seguros que pueden emprenderse. Podríamos establecer un restaurante netamente mexicano, apareciendo usted como el propietario y repartiéndonos las utilidades a fin de cada mes. Además, algo relativo a lo que tanto nos interesa: su cambio de esfera social. Yo me acuerdo que usted toca bastante bien la guitarra, y creo fácil, por medio de mis recomendaciones y de los conocimientos musicales de usted, conseguirle el ser admitido* como miembro de la Salvation Army, sociedad respetabilísima que le daría a usted mucho carácter.

No vacile, querido Venancio; véngase con los fondos y podemos hacernos ricos en muy poco tiempo. Sírvase dar mis recuerdos afectuosos al General, a Anastasio y demás amigos.

Su amigo que lo aprecia, *Luis Cervantes.*"

Venancio acabó de leer la carta por centésima vez, y, suspirando, repitió su comentario:

—¡ Este curro de veras que la supo hacer !*

—Porque lo que yo no podré hacerme entrar en la cabeza —observó Anastasio Montañés— es eso de que tengamos que seguir peleando . . . ¿ Pos no acabamos ya con la Federación ?

Ni el general ni Venancio contestaron; pero aquellas palabras siguieron golpeando en sus rudos cerebros como un martillo sobre el yunque.

Ascendían la cuesta, al tranco largo de sus mulas, pensativos y cabizbajos. Anastasio, inquieto y terco, fue con la misma observación a otros grupos de soldados, que reían de su candidez. Porque si uno trae un fusil en las manos y las cartucheras llenas de tiros, seguramente que es para pelear. ¿ Contra quién ? ¿ En favor de quiénes ? ¡ Eso nunca le ha importado a nadie !

La polvareda ondulosa e interminable se prolongaba por las opuestas direcciones de la vereda, en un hormiguero de sombreros de palma, viejos kakis mugrientos, frazadas musgas y el negrear movedizo de las caballerías.

La gente ardía de sed. Ni un charco, ni un pozo, ni un arroyo con agua por todo el camino. Un vaho de fuego se alzaba de los blancos eriales de una cañada, palpitaba sobre las crespas cabezas de los huizaches y las glaucas pencas de los nopales. Y como una mofa, las flores de los cactos se abrían frescas, carnosas y encendidas las unas, aceradas y diáfanas las otras.

Tropezaron al mediodía con una choza prendida a los riscos de la sierra; luego, con tres casucas regadas sobre las márgenes de un río de arena calcinada; pero todo estaba silencioso y abandonado. A la proximidad de la tropa, las gentes se escurrían a ocultarse en las barrancas.

Demetrio se indignó:

—A cuantos descubran escondidos o huyendo, cójanlos y me los traen —ordenó a sus soldados con voz desafinada.

—¡ Cómo! . . . ¿ Qué dice? —exclamó Valderrama sorprendido—. ¿ A los serranos? ¿ A estos valerosos que no han imitado a las gallinas que ahora anidan en Zacatecas y Aguascalientes? ¿ A los hermanos nuestros que desafían las tempestades adheridas a sus rocas como la madrepeña? ¡ Protesto! . . . ¡ Protesto! . . .

Hincó las espuelas en los ijares de su mísero rocín y fue a alcanzar al general.

—Los serranos —le dijo con énfasis y solemnidad— son carne de nuestra carne y huesos de nuestros huesos . . . "Os ex ossibus meis et caro de carne mea"* . . . Los serranos están hechos de nuestra madera . . . De esta madera firme con la que se fabrican los héroes . . .

Y con una confianza tan intempestiva como valiente, dio un golpe con su puño cerrado sobre el pecho del general, que sonrió con benevolencia.

¿ Valderrama, vagabundo, loco y un poco poeta, sabía lo que decía?

Cuando los soldados llegaron a una ranchería y se arremolinaron con desesperación en torno de casas y jacales vacíos, sin encontrar una tortilla dura, ni un chile podrido, ni unos granos de sal para ponerle a la tan aborrecida carne fresca de res, ellos, los hermanos pacíficos, desde sus escondites, impasibles los unos con la impasibilidad pétrea de los ídolos aztecas, más humanos los otros, con una sórdida sonrisa en sus labios untados y ayunos de barba, veían cómo aquellos hombres feroces, que un mes antes hicieran retemblar de espanto sus míseros y apartados solares, ahora salían de sus chozas, donde las hornillas estaban apagadas y las tinajas secas, abatidos, con la cabeza caída y humillados como perros a quienes se arroja de su propia casa a puntapiés.

Pero el general no dio contraorden y unos soldados le llevaron a cuatro fugitivos bien trincados.

II

—¿ Por qué se esconden ustedes? —interrogó Demetrio a los prisioneros.

—No nos escondemos, mi jefe; seguimos nuestra vereda.

—¿ Adónde?

—A nuestra tierra . . . Nombre de Dios, Durango.

—¿ Es éste el camino de Durango?

—Por los caminos no puede transitar gente pacífica ahora. Usted lo sabe, mi jefe.

—Ustedes no son pacíficos; ustedes son desertores. ¿ De dónde vienen? —prosiguió Demetrio observándolos con ojo penetrante.

Los prisioneros se turbaron, mirándose perplejos sin encontrar pronta respuesta.

—¡ Son carranclanes! —notó uno de los soldados.

Aquello devolvió instantáneamente la entereza a los prisioneros. No existía más para ellos el terrible enigma que desde el principio se les había formulado con aquella tropa desconocida.

—¿ Carrancistas nosotros? —contestó uno de ellos con altivez—. ¡ Mejor puercos! . . .

—La verdad, sí, somos desertores —dijo otro—; nos le cortamos a mi general Villa de este lado de Celaya,* después de la cuereada que nos dieron.

—¿ Derrotado el general Villa? . . . ¡ Ja!, ¡ ja!, ¡ ja! . . .

Los soldados rieron a carcajadas.

Pero a Demetrio se le contrajo la frente como si algo muy

EL PRIMERO EN INFORMAR

EL PUEBLO

DIARIO DE LA MAÑANA

VALE 5 CVS.
A bordo de los Ferrocarriles
PRECIO DOBLE

AÑO II.-TOMO II. | Para anuncios y remitidos, ocurra a nuestro Departamento de Publicidad. | H. Veracruz, Viernes 16 de Abril de 1915 | Registrado como artículo de segunda clase en la Admon. de Correos de Veracruz, el 3 de Diciembre de 1914 | NUMERO 193

ENVUELTO EN LOS FULGORES DE LA GLORIA, EL ESTANDARTE DE LA LEGALIDAD ONDEA ORGULLOSO SOBRE LAS TRINCHERAS DE LA NEFANDA REACCION

EL JEFE SUPREMO DEL CONSTITUCIONALISMO EXCLAMA: "CON LA VICTORIA DE HOY QUEDA VENCIDA LA REACCION"

El General Obregón soporta el impulso bravío del asalto, dentro de la ciudad de Celaya, ocupados todos los puntos dominantes y las entradas por las tropas de Infantería, parte de la Caballería y los Artilleros que formaban compacto círculo de defensa. Soberbio botín de guerra con 30 cañones y 5,000 rifles, toda la impedimenta de los de Chihuahua. 14,000 bajas entre muertos y heridos de los reaccionarios

¡VIVA EL EJERCITO CONSTITUCIONALISTA!

La causa constitucionalista, la del pueblo, la que devolverá sus derechos a los ciudadanos, ha triunfado.

Las bayonetas revolucionarias brillan gloriosamente en los ensangrentados campos de Celaya, después de haber infligido formidable derrota al traidor Doroteo Arango (alias) Francisco Villa y a sus fuerzas, que pretendieron posesionarse de la importante plaza guanajuatense.

El Cuerpo de Ejército del Noroeste, a las órdenes del general de división Alvaro Obregón, supo castigar como se merecen a los enemigos. Los derrotó y les persigue tenazmente por los puntos donde se dispersaran, a efecto de aniquilarlos.

TRES DIAS DE COMBATE

No obstante la dura derrota que sufrieron los reaccionarios hace pocos días en los campos de Celaya, donde Francisco Villa dió las espaldas a las fuerzas defensoras del derecho, bien pronto pudieron rehacerse y recibir considerables refuerzos de la zona donde dominan, y con ellos pusieron sitio al Cuartel General de las Operaciones. El General en Jefe, don Alvaro Obregón, que conocía los planes del traidor, permaneció a la expectativa hasta el día [illegible] de los corrientes, a las seis de la mañana, en que, al ser atacado, se vió obligado a romper sus fuegos.

Y el combate bien pronto se generalizó en una línea de veinte kilómetros, y poco a poco fué extendiéndose, hasta alcanzar doscientos kilómetros cuadrados. Los dragones villistas, como de costumbre, hacían formidables cargas de caballería sobre las posiciones de los revolucionarios; pero en todos sus asaltos fueron rechazados con energía.

Así permanecieron nuestras fuerzas, hasta que, por órdenes del general Obregón, tomaron la ofensiva, que dió por resultado que fueran derrotados los traidores, ayer, a la una y media de la tarde, saliendo violentamente la caballería para perseguirles y capturarles los trenes con impedimenta que pudieron sacar del campo de la lucha.

PARTE OFICIAL

Pocos momentos después de obtenido el triunfo, seguramente cuando aún las bandas guerreras tocaban dianas sobre el teatro de la lucha, el ciudadano Primer Jefe de la Revolución, don Venustiano Carranza, recibió el parte oficial que rendía el General en Jefe de las Operaciones.

El importante mensaje dice así:

"Cuartel General en Celaya, Abril 15 de 1915.
Primer Jefe del E. C., Venustiano Carranza.
Faros, Veracruz.—(Urgente).

Satisfáceme comunicar a usted que en una extensión de más de doscientos kilómetros cuadrados, que ocupó el campo donde se libra la batalla y que están tintos en sangre de traidores, el Ejército de Operaciones que me honro en comandar, acaba de izar el estandarte de la Legalidad. Doroteo Arango (alias) Francisco Villa, con cuarenta y dos de sus llamados generales y con más de 30,000 (treinta mil) hombres de las tres armas, tuvo la audacia de atacar la plaza defendida por nosotros, abriendo su fuego a las 6 a. m. del día 13. Al iniciarse el ataque, ordené que una columna de 6,000 (seis mil) caballos, que comanda el C. General Cesáreo Castro, saliera de esta ciudad y se colocara en un punto conveniente, a nuestra retaguardia, para movilizarla en el momento oportuno, en tanto que con las infanterías de la División, al mando del C. General de División Benjamín G. Hill, el resto de las caballerías y la artillería al mando del C. Coronel Maximiliano Kloss, ordené el círculo de defensa, dejándome sitiar.

El enemigo generalizó desde luego su ataque, extendiéndose el círculo en una extensión de veinte kilómetros. Los asaltos eran continuos y desesperados, entrando en actividad todas las unidades que traía a su mando Doroteo Arango, prolongándose así el combate por espacio de 38 (treinta y ocho) horas, al cabo de las cuales ordené que la columna de caballería de reserva, al mando de los generales Fortunato Maycotte, Alejo G. González, Porfirio González, Martín Triana y Jesús Novoa, efectuara un movimiento sobre el flanco izquierdo del enemigo, cargando con todo su efectivo contra él, disponiendo a la vez que los generales López, Espinosa, Norzagaray, Gavira y Jaime, que se encontraban en el círculo de defensa, hicieran un movimiento envolvente sobre el flanco derecho del enemigo, a la vez que los generales Ríos y Manzo, que con las infanterías que cubrían nuestra ala derecha forzaran el flanco izquierdo de la infantería enemiga, e hicieran el avance por el frente de la cadena de tiradores que se había batido durante todo el combate.

Mientras tanto, el general Laveaga, con la primera Brigada de Infantería de Sonora, cubría la mitad de nuestro frente y parte de nuestra ala izquierda. Dicho movimiento, desde que se inició, empezó a desorientar al enemigo por completo. Las cargas de caballería que dábamos sobre su flanco y frente, comenzaron a determinar su derrota, emprendiendo la fuga a la 1 y 15 p. m., cuando ya nuestros soldados estaban sobre sus trincheras, cargando sobre ellos hasta causarles el más completo destrozo.

Hánse recogido ya del campo más de treinta cañones en perfecto estado, con sus respectivas municiones de parque y ganado para los mismos; alrededor de cinco mil maussers, como ocho mil prisioneros, gran número de caballos, monturas y demás pertrechos. Nuestras columnas de caballería persiguen aún a los restos de la columna enemiga, y tengo esperanzas de que capturen los trenes y demás elementos que pudo llevarse el enemigo en su huída.

Hasta estos momentos, estimo que las bajas del enemigo pasan de catorce mil, entre muertos, heridos, prisioneros y dispersos. Las bajas nuestras no llegan a doscientas, entre muertos y heridos, contándose entre estos últimos un coronel y un oficial de mi Estado Mayor.

No hago especial mención de ninguna de las tres armas de nuestro ejército, porque todas ellas estuvieron por igual a la altura de las circunstancias.

En nombre de este Ejército de Operaciones, felicito a usted por este nuevo triunfo.

Respetuosamente.— El General en Jefe, **ALVARO OBREGON.**"

LA REACCION VENCIDA

Al anterior mensaje, contestó el C. Primer Jefe en los siguientes términos:

De Faros, Veracruz, abril 15 de 1915.
Señor General Alvaro Obregón.—Celaya. Gto.

Acabo de recibir el mensaje de usted, en que me comunica el brillante triunfo alcanzado hoy en las inmediaciones de esa ciudad sobre las fuerzas de la reacción, capitaneadas por Francisco Villa. Felicito a usted y ejército bajo su mando, por la importante victoria obtenida en favor de nuestra causa, y por ser el ejército de su mando el primero que en nuestras luchas por la libertad, ha vencido en una batalla al ejército más numeroso y de mayores elementos que se ha puesto frente a los ejércitos del pueblo que han luchado por sus derechos y por su libertad. Con la victoria de hoy, queda vencida la reacción, y espero que muy pronto terminará esta guerra que tantos sacrificios y tanta sangre de buenos hijos ha costado a la nación. Con pena me he impuesto de las pérdidas que hemos tenido. Saludo a usted muy afectuosamente.

(Firmado) **V. CARRANZA.**

REGOCIJO POPULAR

La buena nueva bien pronto cundió por todos los ámbitos de la capital y la noticia fué confirmada cuando se escucharon los primeros repiques.

El edificio de Faros, residencia del ciudadano Primer Jefe, se vió inundado de personas que ansiosas iban a recabar detalles sobre el triunfo.

A las seis de la tarde y por disposición de la Jefatura de Armas, las bandas guerreras y de viento de la guarnición salieron a recorrer las calles del puerto, a cuyos acordes se unió el pueblo y comenzó a lanzar vivas al Supremo Jefe, al general Obregón y al Ejército Constitucionalista, así como repetidos mueras para Doroteo Arango y los suyos.

Después de las siete de la noche, una compacta multitud llegó al edificio de Faros, aclamando a don Venustiano Carranza, quien salió a corresponder el saludo, acompañado de los generales Ignacio L. Pesqueira, Subsecretario de Guerra y Marina; Cándido Aguilar, Gobernador del Estado; licenciado Jesús Urueta, Subsecretario de Relaciones Exteriores; teniente coronel don Juan Barragán, Jefe del Estado Mayor, y don Gerzayn Ugarte.

Desde un automóvil hablaron varios oradores, unos en representación del pueblo y otros a nombre de la Casa del Obrero Mundial y del Partido Nacionalista Democrático.

El primer orador, señor Lino Sánchez, de la Brigada "Lealtad," pidió al ciudadano Primer Jefe que les concediese armas y parque "para ir a quitar de México—dijo—al femenino Ignacio de la Torre y Mier, quien no merece por ningún motivo tener el gobierno de aquella ciudad, y entregárselo como único representante del pueblo."

A petición de los manifestantes, habló al pueblo el licenciado Jesús Urueta, quien declaró que para tener consolidadas nuestras libertades, es necesario administrar justicia, una de las bases principales para conseguir la paz, y exhortó a los presentes para que jurasen luchar por el triunfo de los ideales encarnados en el constitucionalismo.

Por último, hizo uso de la palabra el señor Adolfo León Osorio, siendo aplaudido, al igual que los otros oradores.

Durante los intermedios, se tocó nuestro himno patrio.

Cuando abandonó el balcón principal el ciudadano Primer Jefe, recibió las felicitaciones de los señores Ministros de Gobernación y Hacienda, Subsecretario de Justicia, Oficial Mayor de la Secretaría de Gobernación, general Federico Montes, coronel Francisco Urquizo, don Roberto V. Pesqueira, licenciado Miguel Limón Uriarte y otras distinguidas personas.

UNA FELICITACION

El triunfo de las armas constitucionalistas comandadas por el general Alvaro Obregón, han señalado con tinte sangriento la agonía de la reacción. El constitucionalismo, arrollando ayer a Huerta y hoy a Villa, marca en las páginas gloriosas de la historia, que los hombres honrados y los principios sanos siempre triunfarán, a pesar de la fuerza y el oro.

El C. Primer Jefe del Ejército Constitucionalista, paladín del Derecho, ha visto por fin coronados sus esfuerzos; los vengadores de la justicia y del honor han visto cumplidos sus anhelos y el pueblo, lleno de entusiasmo, el que ha dado su sangre generosa, por conquistar sus libertades, arrolló de una vez para siempre a sus malditos opresores.

Vayan pues, sinceras nuestras felicitaciones al C. Primer Jefe del Ejército Constitucionalista, don Venustiano Carranza, al meritísimo general Alvaro Obregón y a todos los campeones que, con él, supieron destrozar a la Reacción.

H. Veracruz, 15 de abril de 1915.

Antonio PALACIOS ROJI.—C. B. VILCHIS.—Guillermo PASTORIZA.—Manuel LARA.

INVITACION AL PUEBLO

El conocido propagandista Adolfo León Osorio está haciendo los preparativos necesarios para una imponente manifestación popular, que tendrá lugar hoy en la noche, en honor del ciudadano Primer Jefe, como representante del Ejército Constitucionalista, por el brillante triunfo alcanzado ayer en los campos de Celaya.

El punto de reunión es frente al monumento a Juárez, a las ocho de la noche, y, por nuestro conducto, se hace atenta invitación al pueblo veracruzano.

- NUESTRO FOLLETIN -

Hoy comenzamos a publicar la interesante obra denominada "Recuerdos Históricos de la Ciudad de Veracruz y Costas de Sotavento, del Estado, durante las campañas de Tres Años, La Intervención y El Imperio," escrita por el mayor don Sebastián I. Campos, ilustre veterano testigo de culminantes hechos, que dan lustre y gloria a nuestra nacionalidad.

[illegible]

La obra forma e ilustra la historia de la defensa de Veracruz, esa Termópilas donde Leónidas no sucumbió, y de la guerra de Intervención en Sotavento, esa Esparta de la que no trazó Alejandro jamás.

La edición de este libro, [illegible] estaba agotada. [illegible] de su publicación.

LA NOTICIA EN ORIZABA

ORIZABA, 15 (6 p. m.) En estos momentos celebra jubilosa la ciudad, con repiques de campanas y otras manifestaciones de alegría, el triunfo de las fuerzas constitucionalistas contra las hordas de Villa, en el combate habido al norte de Celaya.

Las bandas de música recorren la población, que prorrumpe en constantes vivas a México, al Primer Jefe y al valiente Ejército Constitucionalista.

El Corresponsal,
Mauro M. CRUZ.

DEMOSTRACIONES DE JUBILO EN PUEBLA

PUEBLA, abril 15.—Con motivo del triunfo alcanzado por el general Alvaro Obregón sobre las fuerzas de Villa, organizóse una manifestación monstruo que recorrió toda la ciudad. Esta manifestación la presidían el general Francisco Coss y su Estado Mayor, el señor Gustavo Espinosa Mireles, Secretario del Primer Jefe; el general Abraham Zepeda y otros jefes.

Durante la manifestación, la multitud entusiasmada, vitoreó al Primer Jefe y al general Obregón por la victoria de las armas constitucionalistas, llevando los manifestantes un estandarte dando noticia del descalabro de Villa. Detrás marchaban numerosos coches y autos con los funcionarios del Gobierno.

Las campanas de la catedral y demás iglesias fueron echadas a vuelo en señal de regocijo, y en toda la ciudad reina una inmensa animación, pues todos los habitantes celebran con júbilo el triunfo de los revolucionarios sobre la reacción.

EL CORRESPONSAL.

ASUNTOS INTERESANTES

EN 2a. PLANA.

Fué acordado el establecimiento de una Academia de Bibliografía en esta Capital.

EN 2a. PLANA.

Huerta en casa de Wilson.—Felipe Angeles al desnudo.—El suicidio de Valenti.—Lo del día.

CON LOS JORNALEROS NO PODRAN CELEBRARSE CONTRATOS VERBALES

El Gobierno del Estado expidió una importante circular recordando esa disposición

Del Gobierno del Estado hemos recibido una circular, fechada el 19 de marzo del año actual, y dirigida a los Presidentes de las Juntas de Administración Civil, en la que se prohibe a los propietarios o administradores de fincas agrícolas o industriales, celebrar contratos verbales con los jornaleros.

Esta circular ha sido enviada nuevamente a las autoridades municipales, y dice así:

"El C. Gobernador y Comandante Militar del Estado dispone que haga usted conocer a los propietarios o administradores de fincas agrícolas o industriales en esa jurisdicción, la estricta prohibición del Gobierno del Estado de celebrar contratos verbales con los jornaleros, colonos o arrendatarios, y así mismo el requisito de revisión de los que por escrito tengan a la fecha celebrados, para que sean sancionados por este mismo Gobierno.

A este efecto y previa la propia censura de usted, recogerá cada contrato de los [illegible], remitiéndolo a este Gobierno [illegible] de los jornaleros, colonos, arrendatarios y operarios en general.

Lo que comunico a usted para su conocimiento y demás fines.

Constitución y Reformas. H. Veracruz, a 19 de marzo de 1915.

El Secretario General Interino, L. SANCHEZ PONTON.

EN TODA la República, excepción de los ferrocarriles, este periódico vale CINCO CENTAVOS

La batalla de Celaya

negro hubiera pasado por sus ojos.

—¡ No nace todavía el hijo de la . . . que tenga que derrotar a mi general Villa! —clamó con insolencia un veterano de cara cobriza con una cicatriz de la frente a la barba.

Sin inmutarse, uno de los desertores se quedó mirándolo fijamente, y dijo:

—Yo lo conozco a usted. Cuando tomamos Torreón, usted andaba con mi general Urbina.* En Zacatecas venía ya con Natera y allí se juntó con los de Jalisco . . . ¿ Miento ?

El efecto fue brusco y definitivo. Los prisioneros pudieron entonces dar una detallada relación de la tremenda derrota de Villa en Celaya.

Se les escuchó en un silencio de estupefacción.

Antes de reanudar la marcha se encendieron lumbres donde asar carne de toro. Anastasio Montañés, que buscaba leños entre los huizaches, descubrió a lo lejos y entre las rocas la cabeza tusada del caballuco de Valderrama.

—¡ Vente ya, loco, que al fin no hubo pozole !* . . . —comenzó a gritar.

Porque Valderrama, poeta romántico, siempre que de fusilar se hablaba, sabía perderse lejos y durante todo el día.

Valderrama oyó la voz de Anastasio y debió haberse convencido de que los prisioneros habían quedado en libertad, porque momentos después estaba cerca de Venancio y de Demetrio.

—¿ Ya sabe usted las nuevas ? —le dijo Venancio con mucha gravedad.

—No sé nada.

—¡ Muy serias ! ¡ Un desastre ! Villa derrotado en Celaya por Obregón. Carranza triunfando por todas partes. ¡ Nosotros arruinados !

El gesto de Valderrama fue desdeñoso y solemne como de emperador:

—¿ Villa ? . . . ¿ Obregón ? . . . ¿ Carranza ? . . . ¡ X . . . Y . . .

Z . . . ! ¿ Qué se me da a mí ?* . . . ¡ Amo la Revolución como amo al volcán que irrumpe ! ¡Al volcán porque es volcán; a la Revolución porque es Revolución ! . . . Pero las piedras que quedan arriba o abajo, después del cataclismo, ¿ qué me importan a mí ? . . .

Y como al brillo del sol de mediodía reluciera sobre su frente el reflejo de una blanca botella de tequila, volvió grupas y con el alma henchida de regocijo se lanzó hacia el portador de tamaña maravilla.

—Le tengo voluntá a ese loco —dijo Demetrio sonriendo—, porque a veces dice unas cosas que lo ponen a uno a pensar.

Se reanudó la marcha, y la desazón se tradujo en un silencio lúgubre. La otra catástrofe venía realizándose callada, pero indefectiblemente. Villa derrotado era un dios caído. Y los dioses caídos ni son dioses ni son nada.

Cuando la Codorniz habló, sus palabras fueron fiel trasunto del sentir común:

—¡ Pos hora sí, muchachos . . . cada araña por su hebra !* . . .

III

Aquel pueblecillo, a igual que congregaciones, haciendas y rancherías, se había vaciado en Zacatecas y Aguascalientes.

Por tanto, el hallazgo de un barril de tequila por uno de los oficiales fue acontecimiento de la magnitud del milagro. Se guardó profunda reserva, se hizo mucho misterio para que la tropa saliera otro día, a la madrugada, al mando de Anastasio Montañés y de Venancio; y cuando Demetrio despertó al son de la música, su Estado Mayor, ahora integrado en su mayor parte por jóvenes ex federales, le dio la noticia del descubrimiento, y la Codorniz, interpretando los pensamientos de sus colegas, dijo axiomáticamente:

—Los tiempos son malos y hay que aprovechar, porque "si hay días que nada el pato, hay días que ni agua bebe".*

La música de cuerda tocó todo el día y se le hicieron honores solemnes al barril; pero Demetrio estuvo muy triste, "sin saber por qué, ni por qué sé yo", repitiendo entre dientes y a cada instante su estribillo.

Por la tarde hubo peleas de gallos. Demetrio y sus principales jefes se sentaron bajo el cobertizo del portalillo municipal, frente a una plazuela inmensa, poblada de yerbas, un quiosco vetusto y podrido y las casas de adobe solitarias.

—¡ Valderrama! —llamó Demetrio, apartando con fastidio los ojos de la pista—. Venga a cantarme *El enterrador*.

Pero Valderrama no le oyó, porque en vez de atender a la pelea monologaba extravagante, mirando ponerse el sol tras de los cerros, diciendo con voz enfática y solemne gesto:

—"¡ Señor, Señor, bueno es que nos estemos aquí! . . . Levantaré tres tiendas, una para ti, otra para Moisés y otra para Elías."*

—¡ Valderrama! —volvió a gritar Demetrio—. Cántame *El enterrador*.

—Loco, te habla mi general —lo llamó más cerca uno de los oficiales.

Y Valderrama, con su eterna sonrisa de complacencia en los labios, acudió entonces y pidió a los músicos una guitarra.

—¡ Silencio! —gritaron los jugadores.

Valderrama dejó de afinar. La Codorniz y el Meco soltaban ya en la arena un par de gallos armados de largas y afiladísimas navajas. Uno era retinto, con hermosos reflejos de obsidiana; el otro, giro, de plumas como escamas de cobre irisado a fuego.

La lucha fue brevísima y de una ferocidad casi humana.* Como movidos por un resorte, los gallos se lanzaron al encuentro. Sus cuellos crespos y encorvados, los ojos como corales, erectas las crestas, crispadas las patas, un instante se mantuvieron sin tocar el suelo siquiera, confundidos sus plumajes, picos y garras en uno solo; el retinto se desprendió y fue lanzado patas arriba más allá de la raya. Sus ojos de cinabrio se apagaron, cerráronse lentamente sus párpados coriáceos, y sus plumas esponjadas se estremecieron convulsas en un charco de sangre.

Valderrama, que no había reprimido un gesto de violenta indignación, comenzó a templar. Con los primeros acentos graves se disipó su cólera. Brillaron sus ojos como esos ojos donde resplandece el brillo de la locura. Vagando su mirada por la plazoleta, por el ruinoso quisco, por el viejo caserío, con la sierra al fondo y el cielo incendiado como techo, comenzó a cantar.

Supo darle tanta alma a su voz y tanta expresión a las cuerdas de su vihuela, que, al terminar, Demetrio había vuelto la cara para que no le vieran los ojos.

Pero Valderrama se echó en sus brazos, lo estrechó fuertemente y, con aquella confianza súbita que a todo el mundo sabía tener en un momento dado, le dijo al oído:

—¡ Cómaselas ! . . . ¡ Esas lágrimas son muy bellas !

Demetrio pidió la botella y se la tendió a Valderrama.

Valderrama apuró con avidez la mitad, casi de un sorbo; luego se volvió a los concurrentes y, tomando una actitud dramática y su entonación declamatoria, exclamó con los ojos rasos:

—¡ Y he ahí cómo los grandes placeres de la Revolución se resolvían en una lágrima ! . . .

Después siguió hablando loco, pero loco del todo, con las yerbas empolvadas, con el quiosco podrido, con las casas grises, con el cerro altivo y con el cielo inconmensurable.

IV

Asomó Juchipila a lo lejos, blanca y bañada de sol, en medio del frondaje, al pie de un cerro elevado y soberbio, plegado como turbante.

Algunos soldados, mirando las torrecillas de Juchipila, suspiraron con tristeza. Su marcha por los cañones era ahora la marcha de un ciego sin lazarillo;* se sentía ya la amargura del éxodo.

—¿ Ese pueblo es Juchipila ? —preguntó Valderrama.

Valderrama, en el primer período de la primera borrachera del día, había venido contando las cruces diseminadas por caminos y veredas, en las escarpaduras de las rocas, en los vericuetos de los arroyos, en las márgenes del río. Cruces de madera negra recién barnizada, cruces forjadas con dos leños, cruces de piedras en montón, cruces pintadas con cal en las paredes derruidas, humildísimas cruces trazadas con carbón sobre el canto de las peñas. El rastro de sangre de los primeros revolucionarios de 1910, asesinados por el gobierno.

Ya a la vista de Juchipila, Valderrama echa pie a tierra, se inclina, dobla la rodilla y gravemente besa el suelo.

Los soldados pasan sin detenerse. Unos ríen del loco y otros le dicen alguna cuchufleta.

Valderrama, sin oír a nadie, reza su oración solemnemente:

—¡ Juchipila, cuna de la Revolución de 1910,* tierra bendita, tierra regada con sangre de mártires, con sangre de soñadores . . . de los únicos buenos ! . . .

—Porque no tuvieron tiempo de ser malos —completa la frase brutalmente un oficial ex federal que va pasando.

Valderrama se interrumpe, reflexiona, frunce el ceño, lanza una sonora carcajada que resuena por las peñas, monta y corre tras el oficial a pedirle un trago de tequila.

Soldados mancos, cojos, reumáticos y tosigosos dicen mal de Demetrio. Advenedizos de banqueta causan alta con barras de latón en el sombrero, antes de saber siquiera cómo se coge un fusil, mientras que el veterano fogueado en cien combates, inútil ya para el trabajo, el veterano que comenzó de soldado raso, soldado raso es todavía.

Y los pocos jefes que quedan, camaradas viejos de Macías, se indignan también porque se cubren las bajas del Estado Mayor con señoritines de capital, perfumados y peripuestos.

—Pero lo peor de todo —dice Venancio— es que nos estamos llenando de ex federales.

El mismo Anastasio, que de ordinario encuentra muy bien hecho todo lo que su compadre Demetrio hace, ahora, en causa común con los descontentos, exclama:

—Miren, compañeros, yo soy muy claridoso . . . y yo le digo a mi compadre que si vamos a tener aquí a los federales siempre, malamente andamos* . . . ¡ De veras ! ¿ A que no me lo creen ? . . . Pero yo no tengo pelos en la lengua,* y por vida de la madre que me parió, que se lo digo a mi compadre Demetrio.

Y se lo dijo. Demetrio lo escuchó con mucha benevolencia, y luego que acabó de hablar, le contestó:

—Compadre, es cierto lo que usted dice. Malamente andamos: los soldados hablan mal de las clases, las clases de los oficiales y los oficiales de nosotros . . . Y nosotros estamos ya pa despachar a Villa y a Carranza a la . . . a que se diviertan solos* . . . Pero se me figura que nos está sucediendo lo que a aquel peón de Tepatitlán. ¿ Se acuerda, compadre ? No paraba de rezongar de su patrón, pero no paraba de trabajar tampoco. Y así estamos nosotros: a reniega y reniega y a mátenos y mátenos* . . . Pero eso no hay que decirlo, compadre . . .

—¿ Por qué, compadre Demetrio ? . . .

—Pos yo no sé . . . Porque no . . . ¿ ya me entiende ? Lo que ha de hacer es dármele ánimo a la gente.* He recibido órdenes de regresar a detener una partida que viene por Cuquío. Dentro de muy poquitos días tenemos que darnos un encontronazo con los carranclanes, y es bueno pegarles ahora hasta por debajo de la lengua.*

Valderrama, el vagabundo de los caminos reales, que se incorporó a la tropa un día, sin que nadie supiera a punto fijo cuándo ni en dónde, pescó algo de las palabras de Demetrio, y como no hay loco que coma lumbre,* ese mismo día desapareció como había llegado.

V

Entraron a las calles de Juchipila cuando las campanas de la iglesia repicaban alegres, ruidosas, y con aquel su timbre peculiar que hacía palpitar de emoción a toda la gente de los cañones.

—Se me figura, compadre, que estamos allá en aquellos tiempos cuando apenas iba comenzando la revolución, cuando llegábamos a un pueblito y nos repicaban mucho, y salía la gente a encontrarnos con músicas, con banderas, y nos echaban muchos vivas y hasta cohetes nos tiraban —dijo Anastasio Montañés.

—Ahora ya no nos quieren —repuso Demetrio.

—¡ Sí, como vamos ya de "rota batida" !* —observó la Codorniz.

—No es por eso . . . A los otros tampoco los pueden ver ni en estampa.

—Pero ¿ cómo nos han de querer, compadre ?

Y no dijeron más.

Desembocaban en una plaza, frente a la iglesia octogonal, burda y maciza, reminiscencia de tiempos coloniales.

La plaza debía haber sido jardín, a juzgar por sus naranjos escuetos y roñosos, entreverados entre restos de bancas de hierro y madera.

Volvió a escucharse el sonoro y regocijante repique. Luego, con melancólica solemnidad, se escaparon del interior del templo las voces melifluas de un coro femenino. A los acordes de un guitarrón, las doncellas del pueblo cantaban los "Misterios".

—¿ Qué fiesta tienen ahora, señora ? —preguntó Venancio a una vejarruca que a todo correr se encaminaba hacia la iglesia.

—¡ Sagrado Corazón de Jesús !* —repuso la beata medio ahogándose.

Se acordaron de que hacía un año ya de la toma de Zacatecas. Y todos se pusieron más tristes todavía.

Igual a los otros pueblos que venían recorriendo desde Tepic, pasando por Jalisco, Aguascalientes y Zacatecas, Juchipila era una ruina. La huella negra de los incendios se veía en las casas destechadas, en los pretiles ardidos. Casas cerradas; y una que otra tienda que permanecía abierta era como por sarcasmo, para mostrar sus desnudos armazones, que recordaban los blancos esqueletos de los caballos diseminados por todos los caminos.

La mueca pavorosa del hambre estaba ya en las caras terrosas de la gente, en la llama luminosa de sus ojos que, cuando se detenían sobre un soldado, quemaban con el fuego de la maldición.

Los soldados recorren en vano las calles en busca de comida y se muerden la lengua ardiendo de rabia. Un solo fonducho está abierto y en seguida se aprieta. No hay frijoles, no hay tortillas: puro chile picado y sal corriente. En vano los jefes muestran sus bolsillos reventando de billetes o quieren ponerse amenazadores.

—¡ Papeles, sí ! . . . ¡ Eso nos han traído ustedes ! . . . ¡ Pos eso coman ! . . . —dice la fondera, una viejota insolente, con una enorme cicatriz en la cara, quien cuenta que "ya durmió en el petate del muerto para no morirse de un susto".*

Y en la tristeza y desolación del pueblo, mientras cantan las mujeres en el templo, los pajarillos no cesan de piar en las arboledas, ni el canto de las currucas deja de oírse en las ramas secas de los naranjos.

VI

La mujer de Demetrio Macías, loca de alegría, salió a encontrarlo por la vereda de la sierra, llevando de la mano al niño.

¡ Casi dos años de ausencia !

Se abrazaron y permanecieron mudos; ella embargada por los sollozos y las lágrimas.

Demetrio, pasmado, veía a su mujer envejecida, como si diez o veinte años hubieran transcurrido ya. Luego miró al niño, que clavaba en él sus ojos con azoro. Y su corazón dio un vuelco cuando reparó en la reproducción de las mismas líneas de acero de su rostro y en el brillo flamante de sus ojos. Y quiso atraerlo y abrazarlo; pero el chiquillo, muy asustado, se refugió en el regazo de la madre.

—¡ Es tu padre, hijo ! . . . ¡ Es tu padre ! . . .

El muchacho metía la cabeza entre los pliegues de la falda y se mantenía huraño.

Demetrio, que había dado su caballo al asistente, caminaba a pie y poco a poco con su mujer y su hijo por la abrupta vereda de la sierra.

—¡ Hora sí, bendito sea Dios que ya veniste! . . . ¡ Ya nunca nos dejarás! ¿ Verdad? ¿Verdad que ya te vas a quedar con nosotros? . . .

La faz de Demetrio se ensombreció.

Y los dos estuvieron silenciosos, angustiados.

Una nube negra se levantaba tras la sierra, y se oyó un trueno sordo. Demetrio ahogó un suspiro. Los recuerdos afluían a su memoria como una colmena.*

La lluvia comenzó a caer en gruesas gotas y tuvieron que refugiarse en una rocallosa covacha.

El aguacero se desató con estruendo y sacudió las blancas flores de San Juan,* manojos de estrellas prendidos en los árboles, en las peñas, entre la maleza, en los pitahayos y en toda la serranía.

Abajo, en el fondo del cañón y a través de la gasa de la lluvia, se miraban las palmas rectas y cimbradoras; lentamente se mecían sus cabezas angulosas y al soplo del viento se desplegaban en abanicos. Y todo era serranía: ondulaciones de cerros que suceden a cerros, más cerros circundados de montañas y éstas encerradas en una muralla de sierra de cumbres tan altas que su azul se perdía en el zafir.

—¡ Demetrio, por Dios! . . . ¡ Ya no te vayas! . . . ¡ El corazón me avisa que ahora te va a suceder algo! . . .

Y se deja sacudir de nuevo por el llanto.

El niño, asustado, llora a gritos, y ella tiene que refrenar su tremenda pena para contentarlo.

La lluvia va cesando; una golondrina de plateado vientre y alas angulosas cruza oblicuamente los hilos de cristal, de repente iluminados por el sol vespertino.

—¿ Por qué pelean ya, Demetrio?

Demetrio, las cejas muy juntas, toma distraído una piedrecita y la arroja al fondo del cañón. Se mantiene pensativo viendo el desfiladero, y dice:

—Mira esa piedra cómo ya no se para . . .

VII

Fue una verdadera mañana de nupcias. Había llovido la víspera toda la noche y el cielo amanecía entoldado de blancas nubes. Por la cima de la sierra trotaban potrillos brutos de crines alzadas y colas tensas, gallardos con la gallardía de los picachos que levantan su cabeza hasta besar las nubes.

Los soldados caminan por el abrupto peñascal contagiados de la alegría de la mañana. Nadie piensa en la artera bala que puede estarlo esperando más adelante. La gran alegría de la partida estriba cabalmente en lo imprevisto. Y por eso los soldados cantan, ríen y charlan locamente. En su alma rebulle el alma de las viejas tribus nómadas. Nada importa saber adónde van y de dónde vienen; lo necesario es caminar, caminar siempre, no estacionarse jamás; ser dueños del valle, de las planicies, de la sierra y de todo lo que la vista abarca.

Árboles, cactus y helechos, todo aparece acabado de lavar. Las rocas, que muestran su ocre como el orín las viejas armaduras, vierten gruesas gotas de agua transparente.

Los hombres de Macías hacen silencio un momento. Parece que han escuchado un ruido conocido: el estallar lejano de un cohete; pero pasan algunos minutos y nada se vuelve a oír.

—En esta misma sierra —dice Demetrio—, yo, sólo con veinte hombres, les hice más de quinientas bajas a los federales . . . ¿ Se acuerda, compadre Anastasio ?

Y cuando Demetrio comienza a referir aquel famoso hecho de armas, la gente se da cuenta del grave peligro que va corriendo. ¿ Conque si el enemigo, en vez de estar a dos días de camino todavía, les fuera resultando escondido entre las malezas de aquel formidable barranco, por cuyo fondo se han aventurado ? Pero ¿ quién sería capaz de revelar su miedo ? ¿ Cuándo los hombres de Demetrio dijeron: "Por aquí no caminamos" ?

Y cuando comienza un tiroteo lejano, donde va la vanguardia, ni siquiera se sorprenden ya. Los reclutas vuelven grupas en desenfrenada fuga buscando la salida del cañón.

Una maldición se escapa de la garganta seca de Demetrio:

—¡ Fuego ! . . . ¡ Fuego sobre los que corran ! . . .

—¡ A quitarles las alturas ! —ruge después como una fiera.

Pero el enemigo, escondido a millaradas, desgrana sus ametralladoras*, y los hombres de Demetrio caen como espigas cortadas por la hoz.

Demetrio derrama lágrimas de rabia y de dolor cuando Anastasio resbala lentamente de su caballo, sin exhalar una queja, y se queda tendido, inmóvil. Venancio cae a su lado, con el pecho horriblemente abierto por la ametralladora, y el Meco se desbarranca y rueda al fondo del abismo. De repente Demetrio se encuentra solo. Las balas zumban en sus oídos como una granizada. Desmonta, arrástrase por las rocas hasta encontrar un parapeto, coloca una piedra que le defienda la cabeza y, pecho a tierra, comienza a disparar.

El enemigo se disemina, persiguiendo a los raros fugitivos que quedan ocultos entre los chaparros.

Demetrio apunta y no yerra un solo tiro . . . ¡ Paf ! . . . ¡ Paf ! . . . ¡ Paf ! . . .

Su puntería famosa lo llena de regocijo; donde pone el ojo pone la bala. Se acaba un cargador y mete otro nuevo. Y apunta . . .

El humo de la fusilería no acaba de extinguirse. Las cigarras entonan su canto imperturbable y misterioso; las palomas cantan con dulzura en las rinconadas de las rocas; ramonean apaciblemente las vacas.

La sierra está de gala; sobre sus cúspides inaccesibles cae la niebla albísima como un crespón de nieve sobre la cabeza de una novia.

Y al pie de una resquebrajadura enorme y suntuosa como pórtico de vieja catedral, Demetrio Macías, con los ojos fijos para siempre, sigue apuntando con el cañón de su fusil . . .

Escenario de *Los de Abajo*

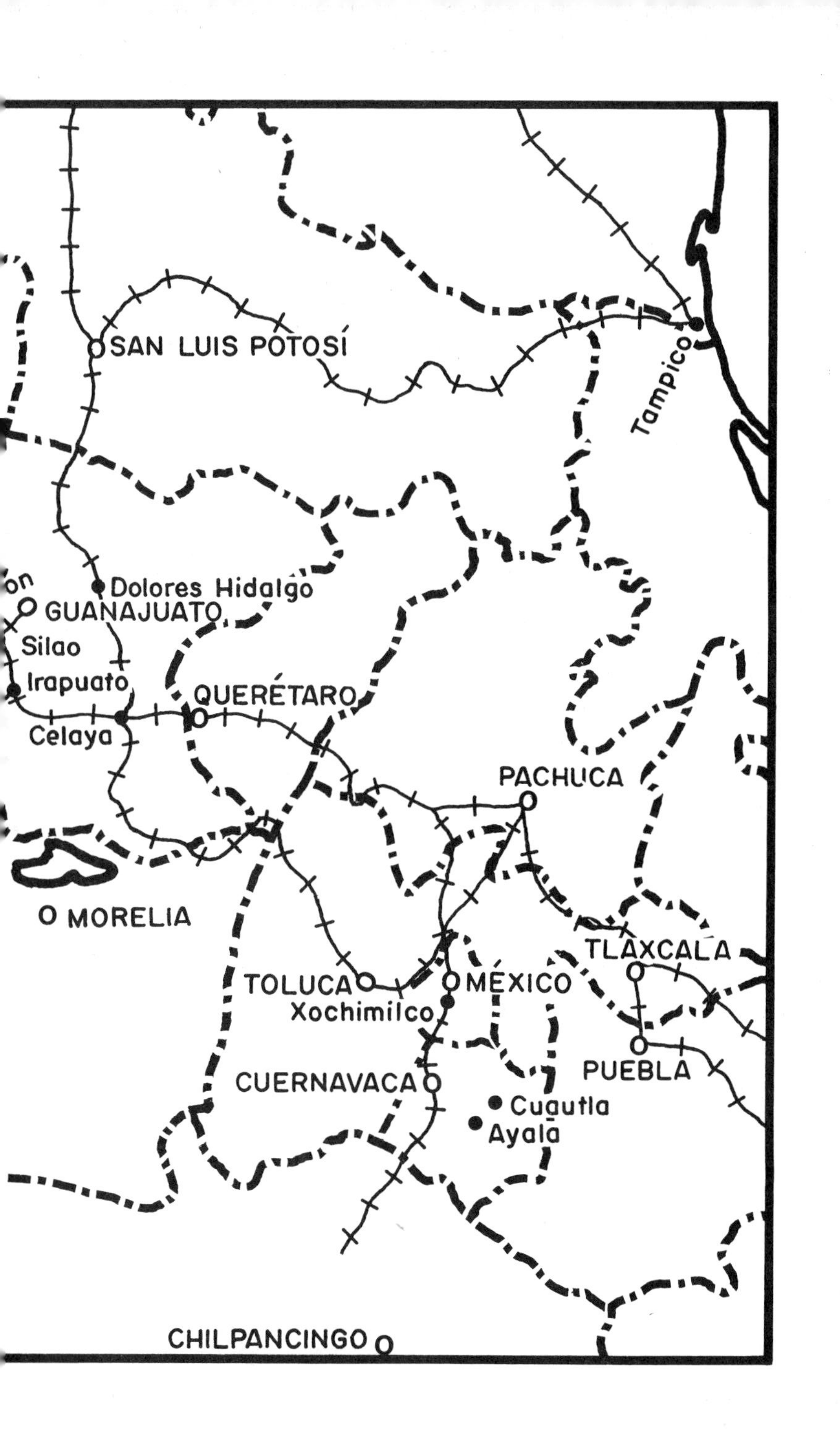

SAN LUIS POTOSÍ
Tampico
Dolores Hidalgo
GUANAJUATO
Silao
Irapuato
QUERÉTARO
Celaya
PACHUCA
O MORELIA
TLAXCALA
TOLUCA
MÉXICO
Xochimilco
PUEBLA
CUERNAVACA
Cuautla
Ayala
CHILPANCINGO

México

ESTADOS
BAJA CALIFORNIA DEL NORTE
SONORA
Columbus
El Paso
Ojinaga
Cananea
CHIHUAHUA
Chihuahua
Guaymas
BAJA CALIFORNIA DEL SUR
Parral
SINALOA
Torréon
DURANGO
Culiacán
Durango
Mazatlán
16
Guadalajara
15
MÉXICO
ESCALA
200 100 0 200 400
km

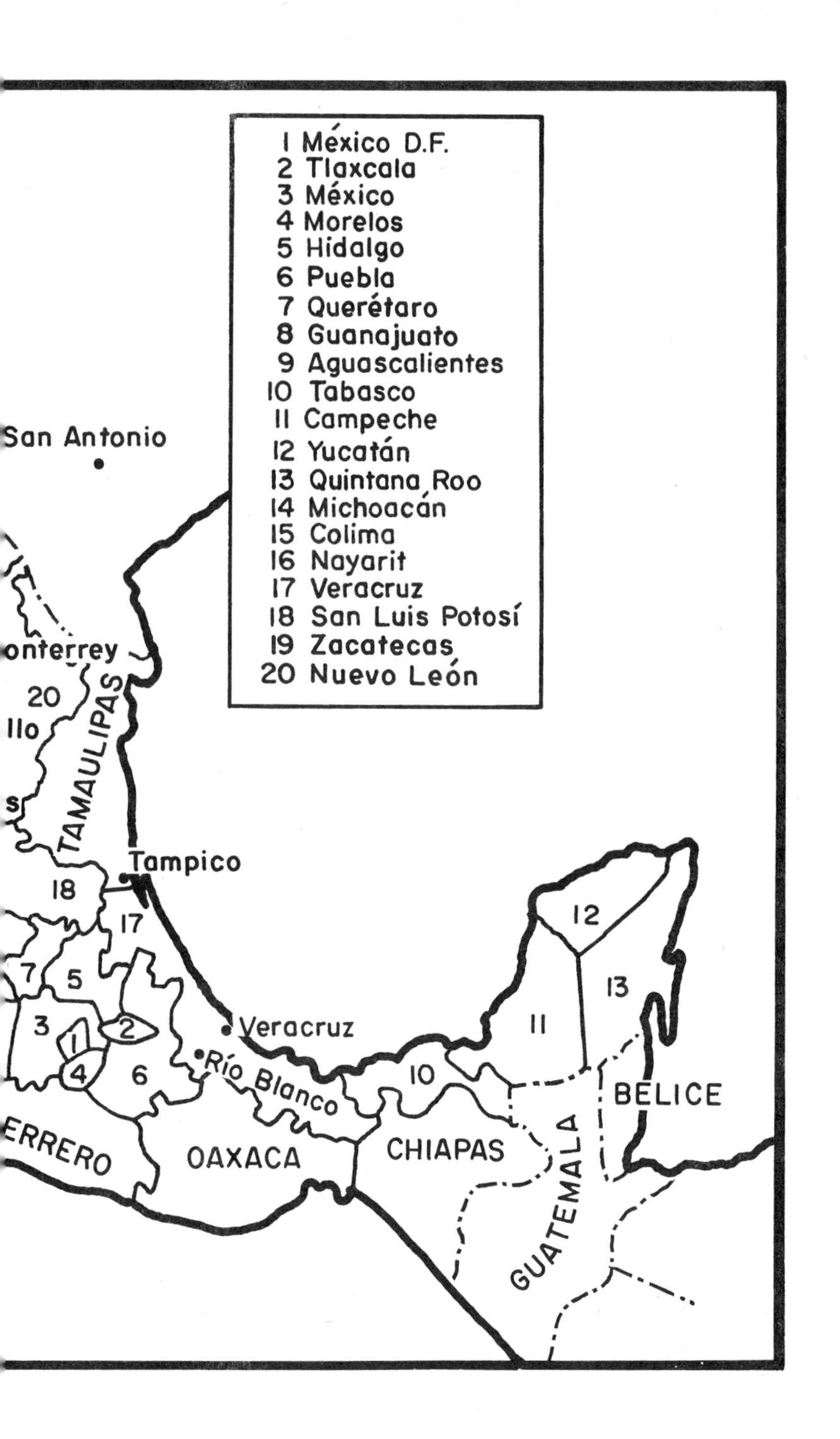
1 México D.F.
2 Tlaxcala
3 México
4 Morelos
5 Hidalgo
6 Puebla
7 Querétaro
8 Guanajuato
9 Aguascalientes
10 Tabasco
11 Campeche
12 Yucatán
13 Quintana Roo
14 Michoacán
15 Colima
16 Nayarit
17 Veracruz
18 San Luis Potosí
19 Zacatecas
20 Nuevo León
San Antonio
onterrey
TAMAULIPAS
Tampico
Veracruz
Río Blanco
ERRERO
OAXACA
CHIAPAS
GUATEMALA
BELICE

NOTES

The figures refer to pages. See preceding maps for Mexican place names. Historical characters not commented upon here are mentioned in the Introduction.

73. **tres tortillas en taco:** The Mexican *tortilla* is a round flat cake made of corn- (maize-) flour. Traditionally it is baked on an earthenware griddle called a *comal.* It frequently replaces bread as the staple feature of the nation's diet. A *taco* is a *tortilla* folded over, usually containing a filling of *picadillo* (chopped-up meat, highly seasoned with chile, etc.) or *frijoles* and chiles.

    por sí o por no: 'just in case'.

74. **¡Pero con una! . . .:** 'What the hell!'

    ¿Qué les debía . . . Palomo?: 'What harm did my poor Palomo ever do you?'

    Bueno, para mí . . . ¡plin!: 'So what?'

75. **¡Mira no más . . . morderlo!:** 'Just look at the rosy cheeks that dark-skinned beauty's got. A lovely pair of ripe apples to have a nibble at!'

    ¡Que vaya mucho a . . . ¡plin!: 'He can go to hell! And if he doesn't like it, too bad! He can lump it!'

    Es mi gusto. ¡Figúrate!: 'They're for you. I mean it!'

    ¿Y qué le hace . . .? Es mi gusto: 'So what? I enjoy it.'

    ¿Cómo que no?: 'You won't?'

76. **—¡Madre mía de Jalpa!:** 'Holy Virgin of Jalpa!' The Virgin of Jalpa was particularly venerated locally.

    —¡Seguro que no les tocaba todavía!: 'It seems their hour has not yet come!'

    se nos vienen encima: 'they'll be tracking us down'.

78. **¿voy que no me lo crees?:** 'you don't believe me?'

79. **hasta entonces:** 'only then'.

80. **¡Hijo de . . . pura calabaza!:** *Calabaza* is slang for head. 'Son of a bitch! How's that? Right in the nut!'

81. **en actitud de torear a los federales:** 'as if he were a bull-fighter and the federal troops bulls'.

cruzaban sendas apuestas: 'they laid bets with one another'.

83. **El judío errante y El sol de mayo:** "The Wandering Jew" and "The May Sun", written respectively by the French novelist Eugène Sue (1804-1857) and a Mexican, Juan Antonio Mateos (1831-1913).

84. **—Está haciendo sereno:** 'The dew is falling'.

85. **—¡Con un . . .! ¡Ya estás moliendo!:** 'What the . . .! You're all on edge again!'

86. **"Carranzo":** Anastasio's mispronunciation of Carranza's name is the first of numerous indications that many of the revolutionary soldiers had no idea for whom or for what they were really fighting.

—¡Quién sabe qué mitote trai!: 'Goodness knows what sort of a yarn he's got up his sleeve', or 'Goodness knows what he's up to.' *Mitotear* (Mex.) in the school context means 'to tell (tales)'.

Pero eso no le hace . . . no arrebaten: 'No matter, we'll find it all out in due course provided you aren't in too much of a hurry'.

87. **¿quién jijos de un . . . es usté?:** 'who the hell are you?'

—¡Mi qué cara pone! . . . ¿Pa qué son tantos brincos?: 'Just look at his face! Why waste time?'

88. **dio con sus huesos quebrantados:** 'he lay his weary bones'.

latrofacciosos: 'thieving rebels'. A word coined by Azuela from *latro-ladrones* and *facciosos*, terms of abuse for the rebels used by the *porfirista* and *huertista* press.

Ello tan claro así: 'It was so clear'.

89. **se hizo acreedor a la confianza:** 'won the confidence'.

mi Madre Santísima de Guadalupe: The Virgin of Guadalupe is Mexico's patron saint. According to tradition she appeared to an Indian, Juan Diego, and for this reason is particularly venerated in a country with a high proportion of Indian blood.

charlatán hasta por los codos: 'who couldn't stop talking', cf. **hablar por los codos,** 'to talk the hind leg off a donkey'.

90. **asesino:** Victoriano Huerta, because of his responsibility for the assassination of Francisco Madero and Pino Suárez, president and vice-president respectively, on the night of the 22nd of February 1913.

91. **me dieron fríos:** 'I had a fever'.

92. **La Codorniz . . . lo confiesa:** Another example of this trick is to be found in *Hijo de hombre*, the magnificent novel by the Paraguayan novelist Augusto Roa Bastos, published in 1960.

cuánto requisito! . . . Yo lo quemaba y ya: 'What a lot of fuss! I'd shoot him and have done with it.' Note the colloquial use of the imperfect tense instead of the conditional.

¿y eso es como a modo de qué?: 'what on earth does all that mean?'

93. **—Me late que no viene a eso que usté teme:** 'I guess he didn't come here to do what you suspect' (i.e. 'to kill you').

ténganlo a una vista: 'keep an eye on him'.

¡cuánta curiosidá pa todo!: 'how particular you are about everything!'

94. **¡Pos cuando ni yo miro nada!:** 'Well I can't see any!'

habiendo quien cabalgara . . . a la cola: 'there are even some riding decrepit old mares, galled from withers to tail.'

la federación: Huerta's government.

lo que es ahora: 'this time'.

pos si yo creiba . . . la lengua: 'I thought you'd lost your tongue.'

95. **A ver si ansina cai:** 'Then perhaps he might fall for you.'

—¡Pior! . . . Ésa será usté: 'That's right! Just the sort of thing you would do!'

amaneció echada: 'is broody this morning.'

96. **¿Cómo amanecieron?:** 'How are you all this morning?'

—Ña Dolores . . . tía Matías: 'Dolores went off last night to the *cofradía*. Apparently they came to fetch her to go and help tía Matías's girl out of her "trouble" ' (i.e. to deliver her baby).

Cofradía (Mex.), hamlet; it does not have here the Spanish meaning of a religious or trade association.

97. **—¡No, qué tío Nazario . . . los federales condenados!:** 'Tío Nazario be blowed (nonsense)! It was those ruddy federal troops, damn 'em!' The first phrase, in the form *¡qué . . . ni qué . . . !*, is a Mexican phrase used to indicate disagreement.

aún le quedaba mucho calor encerrado: 'he was still running a high temperature.'

98. **¡pero qué dotor ni qué naa eres tú!:** 'but you're not a doctor by a long chalk!' The phrase is a variation of the *qué . . . ni qué . . . !* noted on page 97.

—¡Siquiera! . . . Pior que tú corriste: 'You're a fine one to talk! You were worse, you ran away'.

99. **—!Que se me hace . . .!:** 'It seems to me . . .!'.

100. **¡Tiene tal facilidad, que todo sería un juego!:** 'You're so gifted, it'll be child's play!'

Luisito por aquí y Luisito por allí: 'It was all Luisito this and Luisito that.'
se encendió como un madroño: 'turned as red as a beetroot'.

101. **La Adelita:** One of the most famous of the songs to emerge during the Revolution and live. It was particularly popular with the troops of Pancho Villa's *División del Norte*. The real identity of Adelita, if any, is much debated. Some maintain she was a heroic young nurse, Adela Velarde Pérez.

¿A que no me adivinas pa qué?: 'I'll bet you can't guess why.'

Ai tienes nomás: 'Just take for example'.

el viejo e porra: 'the old fool'.

qué pliegue . . . ¡Estése quieto!: 'what a hefty clout I gave him! Hey, hands off! Cool off!'

102. **Y que me doy . . . curro?:** 'And I shook him off, slipped from his grasp and dashed off as fast as my legs would carry me. What do you think of that, *curro*?'

¿Que no te ha dao coraje por eso, curro?: 'Doesn't the mere thought of it make you angry, *curro*?'

103. **—¡Moza de mi vida!:** 'My luck is in!'

—!Cómo cree que . . . curro!: 'You can take my word for it, *curro*, I'm not really keen on gambling!'

104. **nadien me ha mentao . . . mi lugar:** 'no one has mentioned (insulted) my relations (by such expressions as *Jijo de . . . !*). I want people to look up to and respect me.'

¡A poco son los mochos!: 'I'll bet it's the federal troops!'

¡Qué pueden traer que no lleven!: A common term of contempt. Here, 'We'll give 'em more than they bargained for' or 'They won't know what hit 'em.'

a los federales . . . los pantalones": 'the federal troops are about to be caught "with their pants down".'

es el Requiescat in pace de Huerta: 'is the R.I.P. (end) of Huerta.' See also the *corrido* in the Appendix on page 220. Regrettably the restrained behaviour of Villa's troops implied in two verses was far from the truth.

105. **¿Qué cree que uno anda aquí por su puro gusto?:** 'You surely don't imagine we're in this for the sheer love of it?'

todas las encomiendas: 'all the other things you've got to get.'

y se deja . . . el trago: 'one bends the elbow a bit (has a drink) and it goes to one's head'.

usté no tiene la sangre de horchata: 'you've got good red blood in your veins'. Lit. it's not made of *horchata*, a milky-looking drink made from *chufas*.

¡les dice su justo precio!: 'you tell 'em where they get off!'

107. **y en eso paró todo:** 'and that's the end of the matter.'
y uno es lebroncito . . . le pele los ojos: 'and you're naturally a bit hot-headed and don't like being ordered around.'

el difuntito: Juan Rulfo, the contemporary Mexican novelist and short story writer, has one very fine story, *Diles que no me maten*, in which such avoidance of punishment by isolation did not work out. It is included in his collection *El llano en llamas* México, Fondo de Cultura Económica, 1953.

¡Ni siquiera vio correr el gallo!: A phrase from the cock-fighting ring. One cock is defeated either by death or by (cowardly) flight. Here, perhaps, 'It never even came to a fight' or 'He didn't wait to see the feathers fly.'

Una escupida . . . pare usté de contar: 'I spat in his beard (face) to teach him to mind his own business, and that was that (the end of the matter).'

Pues con eso . . . a la Federación: 'And for that he considered he had reason enough to bring the whole federal government down on me.'

Félix o Felipe Díaz, ¡qué sé yo!: 'Félix or Felipe Díaz, or some such name!' Demetrio's confusion over names and facts was typical of the ignorance of many of the revolutionaries and country people generally. The person murdered with Madero was Pino Suárez, his vice-president. Félix Díaz, nephew of Porfirio, led one of the revolts *against* Madero. See the *corrido* in the Appendix on page 219. John Reed quotes the following incident illustrating the same ignorance:

> Just for fun I asked a trooper with a photo button of Madero pinned to his coat who that was.
>
> "Pues ¿ quién sabe, señor ?" he replied. "My captain told me he was a great saint. I fight because it is not so hard as to work."

108. **unos cuantos millones de pesos:** The whole preceding passage reflects the disappointment of many ex-Madero supporters with his actions once in power. It is probable that the so-called "*apóstol*" would sooner or later have been removed by disillusioned revolutionaries had not the reactionary Huerta arranged his assassination.

—¡Luisito ha dicho una verdad como un templo!: 'Luisito has put his finger right on it (has said a mouthful)!'

109. **lo que a mí no se me alcanza:** 'what I can't understand'.

Crispín Robles: very minor leader of a *constitucionalista* group.

Parece a manera . . . la cartilla: 'It seems incredible to me that this *curro* should have to come here and explain things to us before we know what's what.'

110. **lo que es yo:** 'as for me'.

111. **¿Y si yo no te he hablado?:** Note the colloquial use of the perfect tense for the conditional perfect.

112. **se bebió muy buen mezcal:** 'plenty of mescal was drunk.'

"en la cama . . . a los amigos": 'when one's (ill) in bed or in prison one knows who one's real friends are.' (A friend in need is a friend indeed.)

113. **¡Ya pareces hechicera! . . . no se acabe:** 'You look like nothing on earth (lit. like an old hag or witch). Come on, don't make such a fuss! You'll soon get over it.' The last sentence is actually a *refrán*, the equivalent of 'Time is a great healer.'

—A mi hija le han hecho mal de ojo: 'They've cast the evil eye on my daughter.'

114. **mi mujer . . . otro hijo:** 'my wife claims that we have another child.'

115. **Carrera Torres:** a minor *constitucionalista* general.

116. **—¡Este curro ya tuvo miedo!:** 'This *curro's* afraid!' The preterite is used to suggest, 'He has had a fright at the thought of prompt involvement in real fighting.'

No va a ser hora: 'It won't be long'.

118. **se lo puso en ancas:** 'hauled him up behind him.'

todo es que . . . voltearse: 'to a man they'd willingly change sides'.

A mi hermano . . . y aquí lo train: 'They bloody well drafted my brother and brought him here.'

119. **la Escuela de Aspirantes:** The cadets of this army training school were involved in the events of the *Decena Trágica* and the mutual bombardment of the *Palacio Nacional* and the *Ciudadela*. See Introduction.

Hónrome . . . el superior conocimiento de usted: 'Sir, I have the honour to inform you'. Azuela here parodies the pompous, bureaucratic jargon of military communiqués.

123. **si la malicio, no te digo nada:** 'if I had realised what you'd do, I wouldn't have told you.' Note the colloquial use of the present tense for imperfect subjunctive and conditional perfect.

125. **cuando uno suele encontrarla:** 'when one's lucky enough to meet one'.

El País and El Regional: Both were conservative, Catholic newspapers opposed to the Revolution, in Mexico City and Guadalajara respectively.

126. **la vida instantánea de una línea que se contrae:** 'the fleeting expression made by a facial wrinkle'.

127. **amanecieron algunos muertos:** 'there were a few corpses'. **los gorrudos:** 'the big-hats'. This nickname was originally applied to federal troops during the régime of Porfirio Díaz on account of the képis they wore. Here, during the post–1910 period, it was applied very appropriately to the revolutionary troops because of their large *sombreros*.

129. **Pa un rato . . . ¡Y mi' qué rato!:** 'They're all right for a while! And what a time it is!'

¡Mal ajo pa ellas!: 'Blast 'em!'

el Águila azteca: According to Aztec legend the migratory tribe was told that it would settle down where it found an eagle, perched on a nopal cactus with a snake in its talons. This place was Tenochtitlán, the site of Mexico City, and the eagle, serpent and nopal appear on the flag of Mexico.

130. **Ciudad Juárez . . . Torreón:** See Introduction for a brief outline of Villa's early campaigns.

de generación en generación: Villa was a legend in his lifetime amongst many of the underprivileged, though after his decisive defeat at Celaya (April 1915) his reputation suffered somewhat. He figures with Zapata as one of the official heroes of the Revolution. The latter's attitude to personal wealth could hardly have been more different from that of Villa, the price of whose "retirement" was a 25,000 acre estate at Canutillo, near Parral (Chihuahua), which he was granted by President de la Huerta in July 1920. Neither that side of his character, nor the side which tolerated Rodolfo Fierro's sanguinary cruelties, coincides with the Robin Hood image of him which most *corridos* portray. It was primarily his unscrupulousness and ambition which brought about the split in the revolutionary ranks and united Obregón and Carranza in opposition to him. See illustration on page 221. Concerning Rodolfo Fierro, see *The Eagle and the Serpent* by Martín Luis Guzmán, Part VII, Chapter 2.

que si usted le cae bien a mi general Villa: 'if General Villa takes a liking to you'.

131. **comestibles para que reviente el que quiera:** 'enough food to fill every stomach to bursting point.'

gringo: here, of course, a 'Yank'. In many parts of Spanish America the meaning is much wider, indicating anyone of Anglo-Saxon origin and even just a person whose native tongue is not Spanish.

se me hace que: 'it seems to me that'.

Lo que es pa mí: 'So far as I'm concerned'.

¡Yo, qué soldado . . . lo cree?: 'I wasn't cut out to be a soldier or anything like it! But listen, even though you see me in this ragged state . . . You don't believe me?'

135. **maldito lo que:** 'I'll be damned if'.

136. **como si . . . de trapo:** 'as if his legs had turned to cotton wool' (lit. rag).

137. **echaban tamaña lengua:** 'their tongues were hanging out.'

¡Están dados! (Mex.): 'It's a gift', 'They've had it', or some such expression. The phrase comes from the casting of *dados* (dice).

La comieron los muy . . . 'The fools, they fell for it.'

A mí se me jue uno de los meros copetones: 'One of their top brass got away from me'.

No más . . . en la mantilla: 'The gold braid on his epaulettes and cape didn't 'alf shine.'

El muy burro: 'Like an ass'.

¡Pero apenas . . . a bala y bala!: 'But hardly had he given me the chance to get round the corner, when he started blasting away at me!'

¡Hora voy yo!: 'Now it's my turn!'

138. **me la pagó:** 'got it (in the neck).'

—A la orden: 'Yes' (in answer to the question above).

139. **—¡Diablo de Pintada tan lista!:** 'You crafty she-devil, Pintada!'

¡Ya quieres estrenar general!: 'You want a general's scalp now, do you?'

140. **a la más vieja de tu casa:** 'your old bitch of a mother'.

—Es muy malo . . . sus corajes: 'Bottling up one's anger is a bad habit, bad for the constitution.'

Estaban de pleito: 'There was a fight.'

No cumplí mi antojo: 'I didn't get what I wanted'.

141. **—Ya van muy colgadas las cabrillas:** 'The Pleiades are very low in the sky'.

¡Ricos . . . tales!: 'Bloody rich people!'

haciendo palanca con el mango: 'pressing down with the hilt' (lit. 'using the hilt as a lever').

142. **¿No sería conveniente evitarles esto?:** 'Wouldn't it be a good idea to stop 'em behaving like this?'

después de ponerle la barriga a las balas: i.e. being under fire.

¡Mire, a mí no me cuente!: 'Come off it, you can't pull a fast one on me like that!'

manchas cobrizas: See note to page 151.

143. **Divina Comedia:** Dante's famous poem written in the fourteenth century.

—¿A cómo los da?: 'What are you asking for them?'

144. **Delmónico de Chihuahua:** a famous restaurant there.

Pero a la Pintada nada se le dio: 'But la Pintada couldn't care less'.

145. **! . . . no lo puedo ver ni pintado!:** 'I can't stand the sight of him!' (lit. 'not even a picture of him').

Hora va de discurso: 'This is where they start speech-making'.

146. **—¡Yo no sé . . . los mejores "avances"!:** 'I can't figure out how it is that this crafty devil of a Pintada always manages to get her hands on the best loot before we do!'

147. **La Pintada ya me hartó:** 'I've had enough of La Pintada'.

149. **—No coma ansia:** 'Don't get so upset'.

adonde usté va . . . colmillo duro: 'Come off it. I'm not wet behind the ears.'

¡Que los hay . . . dar con ellos!: 'There are people like that around if you know where to find them.'

¡Asómese no más . . .!: 'Just wait till you come out of there . . .!'

150. **Antonio Plaza:** A popular Mexican poet of the 1860s and 1870s.

151. **las manchas cobrizas de la avería:** 'the coppery blotches caused by syphilis.' *Avería* (Mex.) in this sense is now an obsolete slang term.

—Está cerrada a piedra y cal: 'It's tight shut.'

152. **el vía crucis de la parroquia:** In many parishes the events of the first Good Friday are re-enacted.

153. **¡Allí mero está lo güeno!:** 'That's where the best stuff is!'

155. **¿Qué trae?:** 'What's up?'

vengo a darle cuenta de la comisión: 'I've come to report on how your orders have been carried out.'

al buen sol hay que abrirle la ventana: 'Make hay while the sun shines.'

diga que le fue de perlas: 'you can consider yourself lucky.'

156. **tamales:** a widely known and widely varying Mexican dish made basically of maize flour, filled with meat, dried fruit, etc. Highly spiced, it is served wrapped in a maize or banana leaf.

no es cosa de hombres: 'it wouldn't be right.'

157. **me tiene harto:** 'I've had enough of her'.

de que me cuadra . . . boca de palo: 'if a woman takes my fancy I'm so tongue-tied'.

me llena el ojo: 'she takes my fancy.'

se la hago buena: 'I'll make a good job of it'.

Que cómo estás tanto: 'She asked after you'.

158. **—¡Qué espíritus alcohólicos ni qué:** 'Spirits be damned!

De quererlo: 'As for loving him'.

Amanece y ni ganas del metate: 'At dawn I didn't feel like grinding the corn (on the *metate*).' Hand grinding of the day's supply of corn used to be a woman's first chore of the day.

la gorda se me hace trapo en la boca: 'the tortilla would taste like a rag in my mouth.'

¡Y aquella pinción!: 'Life's not worth living!'

160. **echando los bofes por los latones:** 'blowing away like mad through their brass instruments' ('puffing their lungs out').

—¡Aprevénganse . . . allá voy!: 'Get ready, my Jalisco beauties, I'm coming!' The women of Jalisco are traditionally famous for their beauty. See verse 4 of *La cucaracha* in the Appendix.

161. **Ni tales orozquistas, ni tal combate:** 'There was no sign of Orozco's troops nor of a fight.'

"Religión y Fueros": This catch phrase was the battle cry of Catholic extremists in the mid-nineteenth century revolting against Liberal governments. The *Guerra de la Reforma* resulted from the anti-clerical provisions of the 1857 Constitution. *Fueros* in Mexico tends to refer specifically to the right of the clergy to hold special ecclesiastical courts, rather than the more generalized Spanish meaning of special privileges of a variety of kinds.

162. **Divino Preso:** a statue of the Divine Prisoner, i.e. Jesus Christ, behind bars in a small cell, a common feature of Mexican churches.

sus ojos vidriosos se quebraron: A complicated untranslatable image. His eyes were glassy and thus broke like glass when they lost all their sparkle as he turned as pale as a corpse.

163. **Lo que haiga con él, hay conmigo:** 'If you want to pick a quarrel with him, you've got one with me too.'

164. **y su paso marcó un compás grotesco:** 'and the gait by which he progressed was a real sight.'

¡Pero viera qué bien . . . no para todavía!: 'But just see how well he earns his living! He works from crack of dawn! The sun set some time ago, and look at him, he's still at it!'

165. **A reniega . . . y trabaja:** 'You grumble like hell but still go on working.'

de indomables energías y altivez: 'so amazingly self-confident and proud'.

166. **Si viera:** 'If you only knew'.

pero naditita que me jallo por acá: 'nothing seems right to me here.'

muy bien hechas: 'very long'.

pue que hasta te ocupen: 'they might even give you a job'.

167. **—¿En qué quedamos . . .?:** 'What about it . . .?'

volvió sobre sus pasos: 'changed his mind'.

mentiras: 'I was only joking'.

flamantes billetes de "dos caritas": 'crisp new notes with "two faces" '. These notes, issued by Villa, portrayed Madero on the left hand side and Abraham González, governor of Chihuahua, on the right. See illustration on page 167.

168. **Guadalajara chiquita:** a popular name given to Tepatitlán.

169. **—Pos ¿pa qué se dejan?:** 'Well, why should they leave you any?'

170. **Dios se lo ha de dar de su santísima gloria:** 'May God reward you with a place in the glories of heaven.'

ésas deben haber sido: 'that's what it must have been.'

—¿Y a ti te da tos por eso?: 'And what the hell's it got to do with you?'

171. **ya te cayó trabajo:** 'here's a job for you.'

—¡Si le falta voluntá!: 'If you don't like me!'

172. **tal serás tú . . . de ésa:** 'you must be daft if you believe that bitch's tales.'

me parece . . . nos tienes hartos!: 'you'd better get to hell out of it. We're all sick to death of you!'

173. **¡Hasta que se me despegó esta chinche!:** 'At last I'm rid of that lousy bitch!'

174. **¿yo qué pitos voy a tocar a Aguascalientes?:** 'what on earth am I supposed to be going to Aguascalientes for?'

¿qué . . . tal es, pues, Carranza?: 'well, who is this guy Carranza, anyway?'

¡No sabemos comer gente!: 'We won't eat you!'

ahí les va . . . toreen: 'there's a nice squib for you to dodge' (like a nimble bullfighter).

175. **le prendió la avispa:** 'got stung'.
al descubrir: 'taking only a potshot'.

O de veras te meto una calientita: 'Or I'll let you have one that'll really make things hot for you.'

¡Es cualquier cosa!: 'It's nothing to worry about!'

176. Cómo que no?: 'You're not?'

los enanos: lit. a dance game played by children squatting down.

178. —La verdá es . . . "asigunes": 'The fact is that it all depends on the circumstances.'

con ser que vendí hasta a: 'even though I sold at as little as'.

Lo que es . . . ya te armaste: 'You've made yourself a fortune with this one job.

cuánto he hecho de capital: 'how much of it I have left.'

179. —Éste sí que la acertó: 'He's got the right idea.'

180. la Convención: the Convention of Aguascalientes. At this meeting in the Morelos Theatre, Carranza was turned down as president. A compromise candidate, Eulalio Gutiérrez, was elected. Nicknamed *el presidente accidental*, he was the first of a series of rival presidents put up by the *convencionistas* against Carranza. See Introduction.

Bueno, pos a darle: 'Right then, let's get cracking'.

por mi lado no hay portillo: 'as far as I'm concerned, it's O.K. by me.'

¿y de parte de quién se va a poner?: 'and whose side are you going to be on?'

¡y se acabó el cuento!: 'and that's all there is to it!'

182. conseguirle el ser admitido: 'to get you accepted'.

la supo hacer: 'knew how to fix things' ('has got his head screwed on the right way').

183. "Os ex ossibus meis et caro de carne mea": 'Bone of my bone and flesh of my flesh', from the Latin text of Genesis ii. 23.

184. Celaya: The two battles of Celaya (6–15 April 1915) were the beginning of the end for Villa. See Introduction, the *corrido* on page 222 in the Appendix, and the illustration on page 185 taken from a *carrancista* paper in Veracruz.

186. Urbina: Tomás Urbina, *villista* general eventually killed by Rodolfo Fierro on Villa's orders.

no hubo pozole: *pozole* (Mex.) is a stew made, in Jalisco at any rate, by boiling up a pig's head with spiced maize until it froths. Here, by extension, 'there was no bloodshed.'

187. ¿Qué se me da a mí?: 'What's that to me?'

¡ . . . cada araña por su hebra!: lit. 'each spider must spin his own web!' ('each man for himself').

si hay días . . . ni agua bebe: 'if there are days when the duck can swim, there are some when he can't even find enough water for a drink'. A common proverb: 'Make hay while the sun shines'.

188. —"¡Señor, Señor . . . otra para Elías": the quotation is from the Transfiguration in Matthew xvii. 5.

de una ferocidad casi humana: n.b. the particularly telling effect of this metaphor, where the ferocity of animals is compared with that of humanity rather than vice versa; cf. 'they fought like tigers'.

189. lazarillo: 'guide'. The word comes from the eponymous hero of the famous Spanish picaresque novel *Lazarillo de Tormes*, first published in 1554.

190. —¡Juchipila, cuna de la Revolución de 1910: The beginning of the Revolution is usually dated from an incident in Puebla. There, on November 18th, a pro-Madero group led by Aquiles Serdán was besieged and almost annihilated by *porfirista* troops and police. Azuela explains his reference to Juchipila as the cradle of the Revolution thus:

> El único pueblo en la República que eligió un candidato a diputado antiporfirista, en el último período de ese gobierno. Fue rechazado en el Congreso y dio origen a la primera sangre vertida en esa lucha.

(In a letter dated April 16th, 1939 to Prof. Lawrence B. Kiddle, replying to queries by the addressee. Reprinted in Azuela, Mariano, *Epistolario y archivo* (ed. Beatrice Berler) México, Centro de Estudios Literarios, Universidad Nacional Autónoma de México, 1969, p.131).

191. malamente andamos: 'we're in a bad way.'

yo no tengo pelos en la lengua: 'I'm not afraid to call a spade a spade'.

Y nosotros estamos ya . . . a que se diviertan solos: 'And we are all on the point of sending both Villa and Carranza to hell to enjoy themselves together on their own.'

a reniega . . . y mátenos: 'we keep on grumbling and keep on killing.' N.b. this is an adaptation of the construction used on page 165 in connection with the *peón de Tepatitlán* just mentioned.

Lo que ha de hacer . . . a la gente: 'What we've got to do is to improve the morale of the men.'

es bueno . . . debajo de la lengua: 'now we've got to knock hell out of 'em!'

como no hay loco que coma lumbre: 'once bitten, twice shy' (i.e. Valderrama didn't wait to be told twice).

192. **como vamos ya de "rota batida":** 'as we're now a beaten army.'

Sagrado Corazón de Jesús: A movable feast in the Catholic calendar celebrated on the second Friday after Corpus Christi: June 11th, 1915.

193. **"ya durmió . . . de un susto":** 'she had already slept on the mat of the dead often enough for nothing else to frighten her.'

194. **como una colmena:** 'like bees to a beehive.'

las blancas flores de San Juan: 'dog-bane' (*Macrosiphonia hypolenca* of the genus Apocinaceae). A Mexican shrub up to a metre in height. The leaves are used for treating stomach upsets and inflammation of the eyes.

196. **desgrana sus ametralladoras:** 'open fire with their machine-guns'. The unusual choice of verb, *desgranar* (to remove, for example, corn from the maize cob, the staple diet of the Mexican people) is especially telling in conjunction with the final metaphor of the paragraph.

APPENDIX

Corridos and songs of the Mexican Revolution

CORRIDO DE LA DECENA TRÁGICA — *Samuel M. Lozano*

Voy a cantar un corrido
si me prestan su‿atención
de don Francisco‿I. Madero,
Félix Díaz y Mondragón.

En mil novecientos trece,
el día nueve de febrero,
Mondragón y Félix Díaz
traicionaron a Madero.

A las diez de la mañana,
todos violando las leyes,
en Santiago Tlaltelolco
dieron libertad a Reyes.

Desde‿allí se dirigieron
a la Penitenciaría
y‿emplazaron dos cañones,
libertando‿a Félix Díaz.

Ese nueve de febrero,
un domingo tan fatal,
los rebeldes avanzaron
al Palacio Nacional

Los soldados felicistas
querían palacio tomar,
pero fueron rechazados
por don Lauro del Villar.

En el asalto‿al palacio
esa trágica mañana
allí cayó muerto Reyes
frente‿a la puerta mariana.

La gente muy alarmada
corría muy despavorida
por temor de que las balas
les podrían quitar las vidas.

Muchas gentes perecieron
en la trágica decena,
víctimas de las metrallas
del Palacio‿y Ciudadela.

Dos enviados felicistas,
con cautela‿y con astucia,
a don Francisco‿I. Madero
le pidieron la renuncia.

Pretendiendo capturarlo,
Madero retrocedió
y sacando su pistola
de dos tiros los mató.

Don Aureliano Blanquet
le dijo‿al Sr. Madero:
—En nombre de Félix Díaz
es usted mi prisionero.

A Madero‿y Pino Suárez
con vileza criminal
en la noche dieron muerte
en Palacio Nacional.

Todos los muertos hallados
en Palacio‿y Ciudadela
fueron sus restos quemados
en los llanos de Balbuena.

El gobierno maderista
terminó con la traición
que tramó don Félix Díaz
con Blanquet y Mondragón.

CORRIDO DE LA TOMA DE ZACATECAS *Dominio público*

Ahora sí borracho Huerta
ya te late‿el corazón,
al saber que‿en Zacatecas
derrotaron a Barrón.

El día veintrés de junio,
hablo con los más presentes,
fue tomada Zacatecas
por las tropas insurgentes.

Al llegar Francisco Villa
sus medidas fue tomando
y‿a cada‿uno de sus puestos
bien los fue posesionando.

Ya tenían algunos días
que se‿estaban agarrando
cuando llegó‿el General
a ver qué‿estaba pasando.

Les dijo‿el General Villa:
—Con que‿está dura la plaza,
ya les traigo‿aquí‿unos gallos
que creo son de buena raza.

El veintidós dijo Villa,
ya después de‿examinar:
—Mañana‿a las diez del día
el ataque general.

Luego mandó que se fuera
cada quien a su lugar,
que‿a la siguiente mañana
todos tenían que pelear.

Al General Felipe‿Ángeles,
jefe de la‿artillería,
lo mandó‿a‿emplazar las piezas
con las que dispararía.

La seña que les dio Villa,
a todos en formación,
para‿empezar el combate,
fue‿un disparo de cañón.

El General Raúl Madero
con el Teniente Carrillo,
le pidió licencia a Villa
para‿atacar por El Grillo.

Al señor Rosalío‿Hernández
valiente como formal,
le tocó‿atacar los mochos
del Cerro de San Rafael.

Se metió por las Mercedes
el General Ceniceros,
con el General Rodríguez
como buenos compañeros.

Robles y Maclovio‿Herrera,
los dos con sus batallones,
entraron por la‿estación
persiguiendo‿a los pelones.

Les tocó‿atacar La Bufa
a Arrieta,‿Urbina‿y Natera,
pues allí tenían que verse
lo bueno por su bandera.

Al disparo de‿un cañón
como los tenían de‿acuerdo
empezó duro‿el combate
por lado derecho‿e‿izquierdo.

Pues el Coronel García
de la brigada Madero
se le miró bien pelear
porque fue de los primeros.

Estaban todas las calles
de muertos entapizadas,
lo mismo‿estaban los cerros
que parecían borregadas.

Andaban los federales
que ya no‿hallaban que‿hacer,
pidiendo‿enaguas prestadas
pa' vestirse de mujer.

Retrato ecuestre de Francisco Villa (Leopoldo Méndez)

Lástima de generales
de presillas y galones,
pues para nada les sirven
si son puros correlones.

Les decía‿el General Villa:
—¡Échenme‿al viejo Barrón!
Creo que todos me quedan
guangos como el pantalón.

Ese mismo día‿en la tarde
tan macizo les tupieron
que‿a las siete de la noche
casi todos se rindieron.

Ese mismo día‿en la tarde
entraron los maderistas
y‿a todo‿el pueblo contento
se le alegró‿el corazón.

Corrieron a las iglesias
a repicar las campanas
y por las calles las bandas
solemnizaban con dianas.

¡Ay! hermosa Zacatecas
mira como te dejaron,
la causa fue‿el viejo Huerta
y tanto rico malvado.

Quitaron ametralladoras,
buen número de cañones
se‿hallaron; un almacén
repleto de municiones.

Zacatecas fue saqueada
por los mismos federales,
no crean que los maderistas
le hayan hecho‿estos males.

Al salir ya los pelones
el martes por la mañana,
bombardearon la gran finca
que le nombraban La‿Aduana.

Debajo de‿esta gran finca
quedaron muchos pelones,
muchas armas y más parque
y‿otros veintidós cañones.

Le dijo Villa‿a Natera
cuando triunfó‿y vio el fin:
—¡Da la‿orden que‿'orita mismo
no me quede un gachupín!

—Pues la orden que les doy
la deben de respetar,
pues los que llegue a ver
los tendré que fusilar.

—¡Ah! —dijo‿el General Villa
el parte‿a Chihuahua, luego:
—¡Que tomamos Zacatecas,
pero fue a sangre‿y fuego!

Dos mil quinientos pelones
fueron los que se‿agarraron,
los llevaron a las filas
pero‿a ninguno mataron.

—¿Cómo‿estarás viejo Huerta?
¿Harás las petas más chuecas?
al saber que Pancho Villa
ha tomado‿a Zacatecas.

Ya te puedes componer
con toditos tus pelones.
¡No te vayas a‿asustar!
¡Espera los chicharrones!

CORRIDO DE LA TOMA DE CELAYA

Dominio público

En mil novecientos quince,
Jueves Santo‿en la mañana,
salió Villa de Torreón
a combatir a Celaya.

De Salamanca‿a‿Irapuato
se reconcentran los trenes,
ya llegaron los villistas
todos haciendo cuarteles.

Gritaba‿a los maquinistas
—¡No me dejen ni‿un vagón!
¡Vámonos pronto‿a Celaya
a combatir a‿Obregón!

Los querían descarrilar
cuando‿iban encarrerados,
pero Villa dio‿el ataque
con su‿escolta de dorados.

Por los lomos de los cerros
se miraban las trincheras,
eran las caballerías
de la gente de Contreras.

Desde‿el Molino Victoria
anteojo‿estaban echando
por dondequiera miraban
a carrancistas bajando.

En los llanos de‿Irapuato
se dieron otro agarrón,
ahí fue donde Pancho Villa
acabó su batallón.

Decía don Francisco Villa:
—No le temo‿a la metralla,
aunque sigan atacando
yo me quedo con Celaya.

Obregón decía‿a sus gentes:
—¡No tengan miedo‿a morir!
Lo que sí les aseguro
es volver a revivir.

Uno de‿ellos contestó:
—No‿es cierto mi general.
Mi papá murió‿en combate;
no volvió‿a resucitar.

—Pa' que pueda revivir
tiene que‿existir un plazo,
que‿al General Obregón
también le salga su brazo.

—De por aquí le mochamos
antes de que yo me vaya,
ahí después continuaremos
el combate de Celaya.

LA CUCARACHA
(Canción de la Revolución)

Dominio público

Estribillo:
La cucaracha, la cucaracha
ya no puede caminar
porque no tiene, porque le falta
marihuana que fumar.

Ya murió la cucaracha,
ya la llevan a‿enterrar,
entre cuatro zopilotes
y‿un ratón de sacristán.

Estribillo

Un panadero fue‿a misa;
no‿encontrando qué rezar,
le pidió‿a la Virgen pura
marihuana que fumar.

Estribillo

Un zapatero fue‿a misa;
no‿encontrando qué rezar,
andaba por todas partes:
—Zapatos que remendar.

Estribillo

Para sarapes Saltillo;
Chihuahua para soldados;
para mujeres Jalisco;
para‿amar toditos lados.

Estribillo

Con las barbas de Forey
voy a‿hacer un vaquerillo
pa' ponérselo‿al caballo
del valiente don Porfirio.

Estribillo

Con las barbas de Carranza
voy a‿hacer una toquilla
pa' ponérsela‿al sombrero
de su padre Pancho Villa.

Estribillo

Una cosa me da risa,
Pancho Villa sin camisa;
ya se van los carrancistas
porque vienen los villistas.

Estribillo

Necesito‿un automóvil
para‿hacer la caminata
al lugar donde mandó
a la Convención Zapata.

Estribillo

LA DECENA TRÁGICA
SAMUEL M. LOZANO
VOY A CAN - TAR UN CO - RRI DO SI ME PRES - TAN SU A - TEN - CIÓN DE DON
FRAN - CIS - CO I. MA DE RO FÉ LIX DÍAZ Y MON - DRA GÓN .... EN MIL NO - VE
CIEN - TOS TRECE ------- EL DÍA NUE - VE DE FE BRERO MON DRA GÓN Y FÉ - LIX
DÍA Z .... TRAICIO NA - RON A MA - DE - RO ....
3/4
CORRIDO DE LA TOMA DE ZACATECAS
VOY A CAN - TAR ES TOS VER - SOS DE TIN - TA TIE - NEN SUS LE - TRAS VOY A
CAN - TAR - LES A US - TE - DES LA TO MA DE ZA - CA - TE - CAS

LA TOMA DE CELAYA

EN MIL NO-VE-CIEN-TOS QUIN-CE JUE-VES SAN-TO EN LA MA-ÑA-NA, SA-LIÓ VI-LLA DE TO-
LA-MAN-CA A IRA-PUA-TO SE RE CON-CEN-TRAN LOS TRE-NES, YA LLE-GA-RON LOS VI
RRE-ÓN A COM-BA-TIR A CE-LA-YA
LLISTAS TO DOS HA-CIEN-DO-CUAR-TE-LES
DE SA
GRI-TA
BAA LOS MA-QUI-NIS-TAS NO ME DE-JEN NI UN VA-GÓ-N VÁ-MO-NOS PRON TO A CE
RÍAN DES-CA-RRI-LA-R CUAN-DO I-BAN EN-CA-RRE-RA-DOS PE-RO VILLA DIO EL A
LA-YA A COM-BA-TIR A O-BRE-GÓN —
TA-QUE CON SU ESCOL-TA DE DO-RA-DOS —
LOS QUE-

LA CUCARACHA

CANCIÓN DE LA REVOLUCIÓN

ARMONIZACIÓN DE VICENTE T. MENDOZA

VOCABULARY

This vocabulary covers only words in the text. It omits the following:

1. *Those more common words which a student might be expected to know, or might find easily in any standard dictionary.*

2. *most identical or easily recognisable cognates, such as those ending in* **-ión, -ismo, -dad,** *except where such cognates are deceptive;*

3. *past participles, even when used as adjectives, when the corresponding infinitive is present with the appropriate meaning;*

4. *regularly formed adverbs ending in* **-mente,** *when the corresponding adjective appears;*

5. *most normally formed, straightforward augmentatives and diminutives;*

6. *proper nouns.*

Genders of nouns are only given when this is not obvious from the word ending. When imitations of popular speech occur, their standard equivalent is given.

Abbreviations used: adj., adjective; *adv.*, adverb; *Am.*, Spanish-American; *Cast.*, Castilian; *cf.*, compare; *coll.*, colloquial; *dim.*, diminutive; *e.g.*, for example; *esp.*, especially; *etc.*, etcetera; *excl.*, excluding; *f.*, feminine; *fig.*, figurative; *Fr.*, French; *ger.*, gerund (present participle); *imperf.*, imperfect; *impers.*, impersonal; *lit.*, literally; *m.*, masculine; *Mex.*, Mexicanism; *mil.*, military; *pej.*, pejorative; *pl.*, plural; *poet.*, poetical; *pret.*, preterite; *q.v.*, which see; *reg.*, regionalism; *sing.*, singular; *subj.*, subjunctive.

---

abajito (de), just beyond, just below
abajo (de), below, under, down, on the ground, underneath; **¡—!,** down with (you)! **más —,** further down; **pa(ra) —,** down; **los de —,** those down below, *The Underdogs* (*as the title of the book*)
abanico: en —s, like fans
abarcar: todo lo que la vista abarca, all that the eye can see
abatido, dejected, dispirited
abierto, open, ripped open, wide apart
abismo, abyss
abnegación, self-sacrifice
abocar, to aim
abonado, fertilised
abotagado, swollen
abrazados, with their arms round one another
abrazar(se), to embrace
abrigar, to cover
abrigo, shelter
abrir(se), to open; break; pierce; whet (*appetite*); flap (*wings*); **—se paso,** make one's way; **—se sitio (lugar),** make room (for); **en un — y cerrar de ojos,** in a flash; (*m.*), opening
abrupto, steep
absorber, to take up (*time*), absorb
absorto, lost in thought

abstraído, lost in thought
abuelito, grandad
aburrir, to bore; **—se,** to be bored
acabado, accomplished, gifted, crafty; **— de lavar,** as if it had been recently washed
acabar, to finish; finish off, kill; **— con,** to finish off; **— de** to have just; to finish (*with pret. tense*); **—se,** to be exhausted, used up, be finished, finish
acalenturado, feverish
acanterado, stone
acá, here
aceitunado, olive (-coloured)
acémila, pack mule
acento, accent; tone; strain (*of song*)
acerado, prickly and sharp (*as steel*)
acercarse, to approach; take hold of
acero, steel; cold steel, knife
acertado, right
achinarse, to quiver
aclararse, to light up
acompañamiento, those present
acompañante (*m., f.*), companion
acompañar, to suit; accompany
acompasado, regular, rhythmical
acorde (*m.*), strain (*of guitar, etc.*)
acostado, lying down
acribillado (a), riddled (with)
actitud, act, attitude
acuchillar, to knife
acudir, to answer; turn up; appear; resort to
acuñar, to mint
acurrucarse, to squat
adelantar, to move on, spur on; **—se,** come (go) forward, advance
adelante: más —, later on
además, something else
adentro: — de = **dentro de,** in; **para sus —s,** to himself
aderezado, arranged
adherido, clinging
adobe (*m.*), adobe (*sun-dried mud and straw brick*)
adonde, where, wherever
adormilado, drowsy, sleepy
adusto, grim, sullen
advenedizo de banqueta, newcomer
advertir, to warn; notice
afectuoso, kind
afigurarse (*Mex.*), *cf. Cast.*, **figurarse,** to imagine, be sure; seem
afilado, sharpened
afilarse, to grow thin, become drawn
afinar, to tune; (*m.*), tuning
aflojar, to loosen
afluir, to flock
agarrar, to grab, grasp; (*Am.*), take; (*Mex.*), arrest, capture
agitar, to wave
aglomerarse, to crowd together
agotamiento, exhaustion
agotar, to spend; **—se,** be exhausted, run out
agradecido, grateful, indebted
agradecimiento, gratitude
agregar, to add
agrupar, to gather together
agua: de —s, sparkling (*of diamonds*); *n.b.* **la agua** *occurs twice, in imitation of popular speech*
aguacero, downpour, storm
aguantar(se), to put up with, stand
aguardentoso, alcoholic, sozzled
aguardiente (*m.*), alcohol, brandy, whisky
agüerado (*Mex.*), fairish; (*Mex.* **güero** *or* **huero** = *Cast. rubio*)
águila, eagle
aguilita, eagle (*insignia of rank of general*)
aguilucho, eagle
agujereado, with a bullet in
agujerear, to make a hole in
ahí, there
ahogar, to smother (*a groan*); suppress (*a sigh*); **—se,** be drowned; **medio ahogándose,** panting; **ahogándose en sollozos,** sobbing bitterly
ahora: — bien, now then
ahorcado, man executed by hanging
ahorros (*pl.*), savings
ahuecado, cut out of
ai = **ahí,** there, here; (*elsewhere untranslatable*)
airado, angrily
aire (*m.*), air; wind; attitude

airoplano = *aeroplano*, aircraft
airosamente, haughtily
aistá = **ahí está**
ajeno, oblivious
ala, wing (*of bird*); flap (*of material*); brim (*of hat*)
alacrán, scorpion; **volverse un —,** to be viciously furious
alagartado, stretched out, reclining
alargado, stretched out
alargar, to hand (over); thrust forward
alarido, shout
albazo: dar un —, to launch a surprise attack at dawn
albear, to bloom
albergue (*m.*), home
albísimo, very white
albor: los —es de la luna, moonlight
alborotado, dishevelled
alborozo: con —, happily
albur (*m.*), draw (*in cards*)
aletargar, to make (one) faint
algarabía, din, noise
alhaja, jewel
alharaca, din, row
alimentarse de, to live on
alineado, in a row
aliviado, better, recovered
alma, darling; soul; feeling; **mal —,** cruel; **en el —,** sincerely
almidonar: sin —, unstarched
almorzar, to have a meal (*Am. esp. breakfast*); **dar de — a,** feed
almuerzo, breakfast; lunch
alquería, farmhouse
alta: causar —, to join up, enlist; **dado de —,** having enlisted
alterarse, to get worried
altercado, quarrel
altiplanicie (*f.*), plateau
altito (*Mex.*), little attic (*dim. sing.* of *los altos*)
alumbrarse, to be lighted
alzar, to raise, send up; **— la cabeza,** look up; **—se,** to rise; **—se de hombros,** shrug one's shoulders
allá, there; all in good time; **— voy,** I'm coming to that; **los de —,** those over there; **más —** further on; **más — de,** beyond
amanecer, to dawn; be discovered at dawn; awake; (*m.*), dawn
amansar, to break in, tame
amargamente, bitterly
amargar, to embitter
amargura, bitterness
amarillento, yellowish
ambicionar, to covet, long for, want
ameno, pleasant, entertaining
ametralladora, machine-gun
aminorar, to die away
amistad, friend, friendship
amo, boss, master, owner
amodorrado, drowsy
amontonado, piled up
amontonamiento, pile
amor: mi mero —, my man
amoralidad, lack of all moral sense
amorosamente, affectionately
amoscado, annoyed, upset
ampararse, to shelter
amplio, broad
amueblado, furnished
anaranjado, orange
anca, haunch, croup, crupper (*of horse, etc.*)
andar, to be; go, walk; **¡Anda!, ¡Ande!,** Come on!, Go on!; **¡Andele!** (Mex.), Come on!; **— malo,** feel like nothing on earth
andrajo, rag
ángulo, corner
anguloso, angular; rugged
angustiado, sad, sorrowful
angustioso, nervous
anidar, to nest, roost
animarse, to feel livelier; pluck up courage; have the heart
ánimo: con —, enthusiastically
aniquilar, to annihilate, wipe out
anoche, last night
anquilosado, gnarled, twisted
ansiedad, eagerness
ansioso, eagerly, impatiently
ante, before; above; in view of, faced with
anticipo, (monetary) advance
antorcha, torch
anudar, to tie; **—se,** get a lump (*in the throat*)

añico: hacerse —s, to be dashed or ripped to pieces; **hecho —s,** broken and destroyed
apagado, faint, feeble; soft, quiet (*of sound or voice*)
apagar, to put out, extinguish; make dull; **—se,** grow dim, disappear
aparador, sideboard
aparato, article
apartado, isolated, lonely
apartar, to push aside; **— los ojos,** look away; **—se (de),** leave
aparte, aside; **— de,** except for
apaste (*m. Mex.*), bucket
apastito (*Mex.*), bowl
apear, to cut; help down (*off horse*); **—se,** dismount, get down
apenado, worried
apero, implement
apolillado, moth-eaten
aporreado, beaten up
apostar, to post (*sentry*); bet
aprebe = *apruebe,* taste
apreciar, to appreciate; realise; **que lo aprecia,** affectionate
aprender, to be able
apretado, stuffed, (very) full
apretar, to close, tighten; **—se,** hold; clasp; be full to overflowing
aprontarse, to get ready hurriedly
aproximar, to draw together
apuesta, bet
apuñalarse, to stab one another
apuración, difficult situation, trouble
apurar, to down (*drink*), empty, drain (*glass, etc.*); **—se,** worry
aquí, here; **he —,** just see what happens; **he — cómo,** this is how; **por —,** this way
arder, to burn; **— de sed,** die of thirst
ardilla, squirrel
arena, sand; arena (*cock pit*)
arista, edge
arma, firearm, gun, weapon,
armadura, armour
armamento, arms, armaments
armar, to arm; **—se,** to begin
armazón, shell (*of building*)
árnica, arnica (*used for treating bruises*)
arrabal de gente alegre, red light district
arracada, earring with pendant
arrancar, to rip off, pull off (down), tear out; **—se,** tear off (out)
arrastrar, to drag; **—se,** flow gently; drag oneself along, crawl
arrebatarse, to pour (tumble) out
arremolinarse, to mill (crowd) around
arrendar (*Mex.*), to turn around
arrepentirse, to change one's mind
arriba (de), above, on top, top; **¡—!,** up and at 'em!; **boca —,** on his back; **los de —,** top dogs, the establishment, upper crust; **patas —,** on its back
arribeño (*Mex.*), highlander (*term specifically applied by coastal dwellers to refer to those living on the central plateau*)
arriera (*Mex.*), *Aeccodoma, a specific type of ant, about a centimetre long and reddish in colour*
arriero, muleteer
arrimar, to fetch, put (near); **—se,** come (closer)
arriscar (*Am.*), to fold up
arrojar, to throw; belch (*smoke*); gush (*blood*); **—se sobre,** to rush, leap towards, fall upon
arruinado, finished
arrullado, lulled
artero, treacherous
asaltante (*m.*), attacker
ascendiente (*m.*), reputation, influence
ascenso, climbing; ascent; promotion
asco: tener — a, to hate the guts of
ascua, ember
asegurar, to assert, state, maintain; assure
asiento, seat, chair, place
asilenciarse, to fall silent
asir, to grab
asistente (*m.*), orderly, batman
asociarse, to become partners
asolar, to lay waste, be the scourge of

asomar(se), to appear, show (oneself)
aspecto, appearance
aspereza, impatience, annoyance; **con —,** harshly, sharply
áspero, rough
asqueroso, dirty, revolting looking
astillado, broken, splintered
astro (*poet.*), sun
atado, bound
atardecer, to set (*of sun*); **al —,** late in the afternoon
ataviarse, to dress up specially
atejonado (*Mex.*), squatting
atención, attention; (*pl.*), duties
atender, to pay attention
atenerse, to pay attention
atento, attentive, polite
aterciopelado, velvety
atizar, to poke, stoke (*fire*)
atole (*m. Mex.*), atole (*thick drink of maize flour, variously flavoured*)
atraer, to attract, pull, draw (someone) near; **— el sueño,** get to sleep
atrás, back, backwards, behind; **de días —,** for some days
atrasado, back
atreverse, to dare
atrio, atrium, paved porch or forecourt (*of church*)
atronar (*m.*), deafening noise
atropellar, to collide, brush aside
aturdir, to terrify, stun
augurar, to predict, expect
aullar, to howl, yell; **aúlla que aúlla,** went on moaning
aullido, yell
aurora, dawn
auxiliar (*m.*), assistant, underling
auxilio, assistance, help
avance (*m.*), advance; **"—"** (*Mex.*), loot
avanzar, to advance; (*Mex.*), loot
aventurar(se), to venture
avezado, used, accustomed
avidez: con —, greedily, eagerly, avidly
ávido, greedy, covetous
avinagrado, sour
avíos (*pl.*), tools, equipment
aviso, news
avivar, to speed up
axiomáticamente, sententiously, laconically
ayudante (*m.*), assistant; adjutant
ayuno de barba, beardless
azabache (*m.*), jet
azadón, large hoe, mattock
azorado, surprised, frightened
azoro (*Am.*), bewilderment; **con —,** apprehensively
azotar, to cause to resound
azotea, flat roof
azuloso, bluish
azuzar, to spur on

bache, (*m.*), puddle, mud hole
bagazo, bagasse (*cane-pulp after pressing*)
baja, casualty, loss
bajar, to lower; cool off (*temper*); get (go, come, reach) down; descend; **—se,** get down
bajo, low, under, softly, in view of
bajorrelieve (*m*). bas-relief
bala, bullet
balancearse, to flutter
balazo, bullet-wound, shot; **tirar el —,** to shoot
balbucir, to mutter
bambolearse, to sway
banca, bench, seat
bandera, banner, flag
bandido, bandit; **bandido-providencia,** bandit hero (*cf.*, Robin Hood)
bando, lock (*of hair*)
banqueta (*Mex.*), pavement
bañada, shower (*of lead, bullets*)
baraja (*Am.*), card (*cf. Cast. naipe*)
baranda, railing
barba, beard, chin
barbado, bearded
barbaridad, outrage; **¡Qué —!,** How frightful!
barbarie (*f.*), barbarism, barbarity
bárbaro: ¡Qué —!, He must be mad!
barbecho, uncultivated land
barda (*Mex.*), high hedge, fence or wall
barnizado, varnished

barra, bar or stripe (*on uniform, indicative of rank*)
barranca, precipice, ravine, gorge, canyon
barranco, ravine
barretón (*Mex.*), large crowbar
barriga, belly; **de — al sol,** on their backs
barril (*m.*), barrel
barrio: — de las muchachas, red light district
barro, earthenware
barrullo, chattering; din
barzón, strap of a yoke
basura, refuse
basurero, rubbish tip, pile of garbage
batea, tray
bayeta, flannel
bazofia, garbage
beata, devout woman
beber(se), to drink (up, down)
bellísimo, exceptional; magnificent
bendecir, to bless
bendición: echar una —, to bless
bendito, blessed
bermejo, reddish
berrear, to yell, bellow
berrinche (*m.*), rage
besar, to kiss; reach; touch
bestia, beast, horse, mount
bibelot (*m. Mex.* from *Fr.*), knick-knack
bien, well, well and truly; **— a —,** close to; **más —** = *mejor*, better
bigote (*m.*), moustache; **— borgoñón,** curly (*in the old Burgundian fashion*)
bilimbique (*m. Mex.*), (bank)note, bill
billete (*m.*), (bank)note, bill
bimbalete (*m. Mex.*), well sweep (*primitive device for raising water, cf. Cast. cigoñal*)
blanco, target; (*adj.*), white; **hacer —,** to aim, pick out a target
blandir, to brandish
blanquillo (*Mex.*), (hen's) egg (*cf. Cast. huevo*)
boa, boa-constrictor
boba, idiot
boca, entrance, doorway; mouth; **— arriba,** on his back; **de — en —,** from mouth to mouth
bocacalle (*f.*), street corner (*entrance*)
bocanada, mouthful
bocaza, chewing, gobbling
bocina: en —, like a speaking trumpet
bofetada, blow
bola (*Mex.*), revolution, fight, upheaval
bolita, round piece (*of something*)
bonito, pretty; fine, magnificent, nice, well
boquiabierto, open-mouthed
borbotar, to gush out
borbotón, bubbling, seething; swirling cloud of smoke; **a borbotones,** in gulps, in spurts
bordado, display, repertoire; (*adj.*), embroidered
bordear, to light up
borrachera, drunken spree, booze-up; drunkenness; **ponerse una —,** to get drunk
borrarse, to disappear; forget
borrico, donkey
bote, (*m.*), tin
botón, bud
botonadura, buttons
bramar, to roar, yell
brasa, live coal
bravo, brave; **toro —,** wild bull
brazo, arm; branch (*of tree*)
breña, rough, rocky, scrub-covered country
breve, short, brief, few; **en —,** soon
bribón, rasçal, rogue
brillante (*m.*), diamond; (*adj.*), shining
brillar, to shine; **—la,** live in style
brindar, to toast, make a toast
brindis (*m.*), toast
brío: entrar con —, to dash in
brioso, spirited, lively
bromear, to joke, make fun of
bromista, jokingly
bronce (*m.*), bronze
broncíneo, bronze
bronco, hefty, violent

brusco, sharp, sudden, unexpected, quick
bruto, brute, idiot; (*adj.*), wild
búcaro, flower vase
buen(o), good, well; **¡—!,** all right; **de buenas a primeras,** suddenly
bufanda, scarf
bufar, to snort
buigas = bullas (from **bullirse**)
bulto, figure, shape
bulla, hustle and bustle
bullirse, to move
burbuja, bubble
burdo, rough, coarse, primitive

cabal, quite right, clear(ly), precise(ly); **¡—!,** Hell! Gosh!
cabalgadura, horse, mount
cabalgar, to ride
caballería, cavalry; horse
caballeriza, stable
caballo: a —, on horseback; **uno de a —,** a man on horseback
caballuco, nag
cabecera, head of bed; end; pillow
cabecilla (*m.*), leader (*of group of bandits or rebels*)
cabellera, hair
cabestro, halter-rope
cabeza, head; horn, pommel (*of saddle*)
cabizbajo, dejected
cabo, corporal; end; stub (*of candle*); **al —,** after all; **al — de,** after
cabriola: hacer —s, to skip around, prance about
cacarizo (*Mex.*), pock-marked (*from smallpox, cf. Cast. cacarañado*)
cacique (*m.*), local political boss
caciquismo, political system and influence of caciques
cacto, cactus
cachetada (*Am.*), slap in the face (*cf. Cast. bofetada*)
caderas (*pl.*), hips
caer, to fall; fall upon, attack; **—se de risa,** shriek with laughter
cai = *cae*
caída, fall; **— la cabeza,** their heads resting on the ground, his head lowered
cal (*f.*), whitewash
calce (*m. Am*), bottom (*of document*)
calcinado, calcinated (*having been subjected to the fierce heat of the sun for millenia*)
caldear, to enliven
caldillo, light broth, soup
calentura, fever, temperature
calenturón, high fever (*temperature*)
calina, mist
calor (*m.*), warmth, heat; enthusiasm
calosfrío, chill
caluroso, hearty; angry, heated
calvo, bare
calzado, shoes, footwear
calzón, trousers; (*pl.*), trousers
callar(se), to shut up, keep quiet, be (remain) silent; **¡Calla!,** Well, what do you know!
calle (*f.*): **a media —,** in the middle of the street
callejero: perros —s, stray dogs
callejón, lane, alley
calloso, hard, horny
cambiar, to change; **— de chaqueta,** change sides; **— de opinión,** change one's mind
cambio, change; **en —,** on the other hand
camilla, stretcher
camino, journey, way, road; **— real,** highway, high-road
camisón (*Am.*), chemise
campanilla (*Mex. slang*), *lit.* uvula; (*here*) throat
camposanto, cemetery
cana, grey hair
canalla, swine; (*pl.*), rabble
canana, cartridge belt
canasta, basket
candidez, innocence, gullibility; ignorance
candil (*m.*), oil lamp
canoa, canoe
cantar, to sing; "sing" (confess); croak; crow; coo
cantáridas (*pl.*), *Cantharides,* Spanish fly (*a supposed aphrodisiac, poisonous when taken in excess*)

cántaro, pitcher
cantina (*Am.*), bar, saloon
cantinero, barman, saloon keeper
canto, song, chirruping; surface
caña, sugar-cane; reed
cañada, ravine, valley
cañón, canyon; barrel (*of firearm*)
capa dragona, military cloak with hood and tippet
capilla, chapel, church
capital (*m.*), capital, money; (*f.*), capital (*Mexico City*)
capitán, captain; **— primero,** captain 1st grade
capitancillo (—cito), *untranslatable pej. dim.* of **capitán**
capote (*m.*), cape, cloak
cara: dar de —, to shine in one's face
carabina, carbine, rifle
caracol (*m.*), spiral staircase
caracolear, to move to and fro (round and round)
carácter (*m.*), social prestige
¡Caramba!, Well I'll be blowed! Blimey!
carátula (*Mex.*), face (*of watch, cf. Cast. esfera*)
carcajada, peal of laughter; **a —s,** heartily, uproariously; **lanzar una —, lanzar (dar) —s,** to roar with laughter
carcomido, rough, eroded
carga, charge; weight
cargador (*Mex.*), clip or magazine of cartridges; round (*of ammunition*)
cargar, to load; (*Am.*), carry
carmín (*m*), red; rouge
carne (*f.*), meat, flesh; (*pl.*), flesh
carnero, sheep
carnicería, carnage, blood bath
carnoso, fleshy
carrancista (*m.*), supporter of Carranza
carranclán (*m.*), supporter of Carranza (*pej.*)
carrera, gallop; **a toda —,** at full speed; **hacer —,** to study for a career
carretón, cart
carrillo, cheek
carro, cart; truckload; (*Mex.*), railway carriage, railway waggon or truck (*cf. Cast. vagón*)
carruaje (*m.*), carriage; vehicle
cartuchera, cartridge belt
cartucho, cartridge, bullet; (*Mex.*), tall narrow glass containing approximately 60 grammes
cáscara, peel, skin (*of fruit*)
caserío, village, hamlet
caserón, large house
casona, large house
casuca, hovel, hut
cataplasma, poultice
cateo (*Am.*), search (*cf. Cast. registro*)
catrín (*Mex.*), well dressed, well-to-do member of the smart set
cáustico (*Am.*), blister plaster (*an irritant dressing for raising a blister, cf. Cast. vejigatorio*)
cazuela, casserole, earthenware dish
cecina: carne hecha —, jerked (dried and salted) beef
ceja, eyebrow; **contraer (fruncir, juntar, plegar) las —s,** to frown; **las —s muy juntas,** frowning
celuloide: (*Mex.*), **billetes de —,** illegally issued currency notes
cenar, to eat, feed; **echar de —,** feed (horses, etc.); **(algo) de —,** something to eat
ceniciento, ashen
centavo, cent (100 = 1 *peso*)
centenar (*m.*), hundred
centésimo, hundredth
centinela (*m.*), sentry; **de —,** on guard
ceñidor, sash, belt
ceñir, to fasten
ceño: plegar (fruncir) el —, to frown
cerca, near, nearby; **— de,** near(ly); (*f.*), fence
cercanías (*pl.*), neighbourhood, vicinity
cerquita, very near
cerradura, lock; key-hole
cerrar(se), to close, shut; bring up (the rear); heal (*of a wound*)

cerrojo: correr el —, to open and close the bolt (*of a rifle, in order to place a round in the breach*)
cervatillo, fawn
cerveza, beer
cicatriz (*f.*), scar
cicatrizar, to heal
ciencia, knowledge, skill; **a — cierta,** for sure
cierto: — que, it's a fact that
cigarra, cicada
cigarro, cigar, cigarette; **— de hoja,** cigarette made from corn (maize) husks
cima, top (*of tree, mountain*), summit (*of ridge, mountain*)
cimbrador, swaying
cinabrio: de —, vermilion
cinta, stripe
cintareada, blow with the flat of a sword or sabre
cintilar, to sparkle
cinturón, (money) belt
circundado de, surrounded by
circunvecino, surrounding
cirujano, surgeon
clamar, to call out, yell, cry out (for); order; exclaim
clarear: — el alba, — el día, to dawn
claridad, light
claridoso (*Mex.*), blunt, frank
clarín (*m.*), bugle, trumpet
clarito, very clearly
claro, clear(ly); full; bright; wide open; **¡—!,** of course!; **sacar en —,** to understand
clase (*f.*), kind; non-commissioned officers
clavar, to nail; confine (to bed, chair, etc.); fix; **— la mirada (los ojos) en,** to stare at
cobertizo, roof
cobrar voluntá(-ad) a alguien, to become fond of (get to like) someone
cobrizo, coppery, copper-coloured
cocimiento, dose, (*medicinal*) draught, potion
codicia, greed, cupidity
codo, elbow; **— a — con,** beside
cohete (*m.*), (signal) rocket; (*pl.*), fireworks
cojear, to limp
cojitranco, lame
colación: traer a —, to bring up, mention, refer to
colecta, collection
colega (*m.*), colleague
cólera, anger
cólico, colic; upset stomach; **con el —,** her inside's aching
colmar, to stuff; pack; heap
colmena, beehive
colmillo, fang
colorado: ponerse —, to blush
coloso, giant
comadre (*f.*), gossip; local woman
comandante (*m.*), chief
comentar, to talk about, discuss
comentario, comment
comer(se), to eat; swallow, fall for; **de —, qué —,** something to eat, food; **¡Cómaselas!,** Gulp them down!
comevacas (*m. Mex.*), *lit.* cattle rustler (*pej. term applied to revolutionaries of all historical periods in Mexico*)
comisario, chief of police
comisión, job
comistrajos (*pl.*), odds and ends of scrappy food
como, as (if), like; about; so as; whatever; rather; **¿cómo?,** how? what?; **¿— que no?,** you won't?; **¿A cómo . . .?,** How much . . .?
comodidades (*pl.*), comfort, well-being
compa (*m.*), mate (*abbreviation of* **compadre**)
compadecido, generous
compadre (*m.*), mate, pal
compañero, companion; comrade (in arms)
compartir, to share
compasivo, friendly, kindly
complacer, to please
compuesto, related
comunicar (con), to lead (into); **—se con,** get in touch with
con: — que, (and) so, (so) then, if, whether; **— que** + subj., as long

as; ¡ — **un . . . !**, what the hell . . . !
conceder, to grant
concurrentes (*m. pl.*), those present
concurrir, to attend
concha, tortoise-shell
condenado, wretch; villain; so-and-so; (*adj.*), damned, bloody, ruddy
condensado, summed up
condescendiente, polite
conducir, to lead; carry
confesar, to hear confession; **—se** confess
confianza, familiarity
confidente (*m.*), sofa
confundir(se), to fuse
confuso, confused
congeniar, to get along (with one another)
congregación, hamlet, small community
conmover, to move
conocer, to know, get to know; meet; recognise; sleep, lie (with)
conque, so; what
conseguir, to succeed in, manage to; get hold of
consejero, adviser
consejo: tomar el — de, to consult
consentimiento, permission
consideración: sin más —, without more ado
considerar, to be considerate
constituir, to make up
consuelo, joy; **sentir —,** to feel better
contagiados de, infected (inspired) by
contar, to tell, recount; count; suffer (*casualties*); **— con,** have (at one's disposal)
contener, to hold; **—se,** restrain oneself, control one's feelings
contenido, contents
contentar, to calm; **—se,** be content
contento, happy, contented; **es más —,** it's much more fun
continente (*m.*), manner; appearance
contorno, outline
contraer: — las cejas, to frown; **—se,** wrinkle; **—se la frente,** to frown
contraorden (*f.*), counterorder
contraseña, countersign, password
conveniente, good idea, advisable
convenir: nos conviene, it would be a good idea for us
convulso, convulsively; convulsed, contorted (*with fury*)
copa, glass; drink; crown (*of hat*)
copete (*m.*), decorative top to back of a chair, finial
copeteado (*Mex.*), stuffed full of
copita, little drink
coraje (*m.*), anger; **dar —,** to anger
corajudo, quick-tempered
corcel (*m.*), steed, charger
cordillera, (range of) mountains
coriáceo, leathery
coronel (*m.*), colonel
correligionario, fellow-traveller, sympathiser
correoso, leathery
correr, to run (around); chase; gallop; take (*to mountains, etc.*); deal (*cards*); (*Am.*), give the push to, throw out; **a todo —,** as fast as possible
correría, scurrying to and fro
corresponsal, (newspaper) correspondent
corrido, whole
corriente, this; plain, ordinary
corro, group
cortar, to cut (off); (*Mex.*), **—se,** desert
corteza, rind
corva, back of knee
cosa:¡— de morirse uno de risa!, That's enough to make anyone laugh!
cosechar, to reap, gather
coser: máquina de —, sewing machine
costado, side
costal, sack
costar: cueste lo que cueste, cost what it may, at any price
costilla, rib
costo: al —, at cost price, for nothing

costroso, encrusted
costumbre (*f.*), custom; **de —,** as usual
cotense (*m. Am*), a coarse cloth made of hemp
cotona (*Mex.*), leather jacket
cotorra, small green parrot
covacha, cave
coyote (*m. Mex.*), coyote, prairie wolf
cráneo, skull, head
creiba = *creía* (*coll. confusion with ir*)
crepitar, to crackle
crepuscular, twilight
crespo, curly; fluffed out (*in anger*); feathery
crespón, veil
cresta, comb (*of bird*)
crestería (*Mex.*), steep slope, rocky ridge, series of peaks
crestón, crest, summit
criatura, child; **¡— de Dios!,** You poor thing!
crin (*f.*), mane
crispado, clinging, holding on; clenched
cristalería, glassware
Cristo: Santo —, crucifix
croar, to croak
crudo, with a hangover; rough; crude
crujir, to rattle
cruzar, to cross; hold (across); sling, hang; fold (*arms*)
cuaco (*Mex.*), horse
cuadrar (*Mex. impers.*), to please (*e.g.* me cuadra, I like)
cuadril (*m.*), hip
cuajado (de), teeming (with), covered (with)
cuajarón, clot
cuando: — menos, at least
cuartel (*m.*), barracks
cuartelazo, military rising or coup
cuatro: de — en —, four at a time
cubrir, to cover; **—se,** replace
cuclillas (*pl.*): **en —,** squatting, on one's haunches; **ponerse en —,** to squat
cuchillo(a), knife
cuchufleta (*coll.*), joke
cuenta, say, account, report, bill; (*Mex.*), **hacer de —,** imagine; **venirse a — de,** come out, become apparent; **darse — de,** realise; **a — y —,** counting away; **venir a —s de,** realise, notice
cuento, story; tall story
cuerda, rope, cord; string (*of musical instruments*); **—s,** strings (*of orchestra, etc.*)
cuereada (*Mex.*), thrashing
cuerno, horn
cuero, leather; skin; **en —s,** naked
cuerpo, body; (*military*) unit; **de — entero,** full length
cuesta, hill; slope; **a —s,** on one's back (shoulders)
cuico (*Mex. pej.*), policeman
cuidado, trouble; something to worry about; **(tener) — con,** to beware of; **tener —,** take care
cuita, troubles
culata, butt (*of rifle*)
culatazo, blow with a rifle butt
culebra, snake
cumbre (*f.*), peak, top (*of mountain*)
cuna, cradle
cúpula, dome
curación, cure, recovery; **de —,** curative, medical
cural, priest's
curar, to cure, treat; look after
curiosear, to snoop
curiosidá(-ad), curiosity; scrupulous cleanliness
currita, young lady
curro (*Mex. pej*), well-to-do, well-dressed city slicker
curruca, white-throat; linnet
cúspide (*f.*), peak, summit

chacal, jackal
chacotear, to enjoy oneself uproariously (*consequently making a nuisance of oneself*)
chaleco (*Am.*), vest
chalupa (*Mex.*), canoe (*specifically very small, narrow, unstable craft, propelled by a single paddle and not holding more than two persons*)
chamaco (*Mex.*), boy, youngster, lad

chamaquita (*Mex.*), girl, lass
chamarra (*Mex.*), sheepskin jacket
champurrao = *champurrado* (*Mex.*), atole made with chocolate
chango (*Mex.*): **ponerse —(s),** to get ready, be on the alert
chapa (*Am.*), lock; (*Mex.*), **— (del alma),** any part of the body where a wound would prove fatal (*i.e. heart, head*)
chaparral, chaparral (*wood or thicket of* **chaparros**); any thicket or dense undergrowth; bush
chaparro, dwarf evergreen oak
chapeado, plated
chapetes (*m. pl. Mex.*), rosy cheeks
chaqueta, coat, jacket; (*Mex.*), **cambiar de —,** to change sides
charamusquero (*Mex.*), maker or seller of *charamuscas* (*corkscrew-shaped sweets*)
charretera, epaulette
charro (*Mex.*), untranslatable word used for a Mexican horseman wearing his extremely decorative riding costume
chasco, tragic paradox, mockery
chasquear, to make a clicking noise (with)
chata (*Am.*), love, darling
chato, stubby
chicotear (*Am.*), to wipe out
chicoteo (*Mex.*), rattle, crackle (*of rifle fire*)
chicharra, cicada
chicharrón (*Mex.*), pork crackling
chile (*m.*), chile (*an extremely hot kind of pepper, widely used in Mexican cooking*)
chillón, shrill, piercing
chirriar, to squeak
chisme (*m.*), story; **—s,** gossip, lies
chismorrear, to gossip
¡chist!, ssh!
chistar: no —, not to say a word
chiva parida, goat and its kid (*lit. having given birth*)
chivarras (*pl. Mex.*), chaps (*leather leggings worn by cowboys*)
chivo, goat
chocar, not to like, to annoy; **— con,** encounter; **— el vaso,** drink (a toast); **¡Chóquela!,** Shake on it!
chomite (*m. Mex.*), homespun woollen skirt
choque (*m.*), clinking sound; quarrel, clash
chorizo, sausage
chorrear, to drip
chorro, stream, jet
choza, hut
chupar, to puff (*at a cigarette, etc.*)

daca = **da+acá,** give me
daga, dagger
dama, woman
dao = *dado*
dar, to give; cause; make; **— con,** meet, bump into; **ir a — a,** land up in; **— los buenos días,** say good day
dardear, to dart (through)
datos (*pl.*), facts, detailed information
debido: — a que, as, since
decente, respectable; well-dressed; decent, proper; respectful
decir, to tell, say; **es —,** that is to say; **querer —,** mean
declinar: al — la tarde, at dusk, at sunset
dedicarse a + inf., to busy oneself +*ger.*, engage in +*ger.*
deglución, swallowing
dejar, to allow, let; leave; **— caer,** drop, let fall; **— de,** stop; fail to; **—se caer,** collapse; **—se traicionar,** give oneself away, give the show away
delantal, apron
delantito: los de —, those a little ahead
delicia, pleasure, delight
delirio, excitement
demacrado, haggard
demás, other; **los —,** the other(s); **por lo —,** besides
demasiado, too much
demolido, torn up, ruined
demudarse, to change one's (facial) expression
dende = **desde**

dentadura, teeth
depósito, store
depreciarse, to depreciate
deque (*Am.*), give me (*cf.* **daca**)
derramar, to shed (tears)
derribar, to drag; crush, topple (*a tyrant*); knock down; destroy; storm (*trenches*)
derrocar, to overthrow
derrota, defeat
derrotar, to defeat
derruido, destroyed
desabrimiento: con —, abruptly
desafiar, to defy, challenge
desafinado, harsh
desahogar, to get it off one's chest, have one's say
desairar, to despise, not to have anything to do with
desamparar, to forsake, leave
desangrarse, to bleed
desastre (*m.*), disaster
desatar, to untie; **—se,** break (*of storm*)
desazón (*f*), uneasiness
desazonado, upset, depressed, dispirited
desbarrancarse, to fall over a precipice
desbocado, runaway, riderless (*of horses*); **a caballo —,** at full tilt
descalzo, barefoot
descansar, to rest; lie; pause; take it out on, put upon, victimize; feel better
descanso: sin —, non-stop
descarga, volley
descargar, to deal (*blows*)
descerrajar, to force locks
descolgar, to take down
descolorido, pale
descomponerse, to be refracted, sparkle
descompuesto, broken
desconcertar, to take by surprise; disconcert, amaze
desconcierto, confusion
desconchado, damaged, peeling, cracked
desconfianza: con —, suspiciously, distrustfully
desconocer, not to recognise
desconocido, stranger; (*adj.*), unknown; strange
desconsolado, disconsolately
descubierto, bare
descubrir, to discover, uncover, find; see, catch sight of
desde, from, since; **— luego,** there and then
desembocar, to enter (*of one street into another, etc.*)
desencanto, disillusionment, disenchantment
desenfrenado, reckless, undisciplined, wild
desensartar, to take out
desensillar, to unsaddle
desesperación: con —, disconsolately, despondently
desesperado, despairing, desperate
desfiladero, gorge
desgarrado (-do), ragged, tattered, torn
desgranar, to shell (*maize, corn, etc.*)
desgreñado, dishevelled, unkempt, tousled
deshacer, to undo; **—se,** dissolve, disintegrate; **—se de,** get rid of
desheredado, underprivileged, underdog
desigualdad: la — numérica, the enemy's superior numbers
deslavado, dirty
deslizar, to unravel
deslumbrado, amazed
deslumbrante, dazzling
desmayada, woman who has fainted
desmayo: sufrir un —, to faint
desmenuzado, torn into small pieces
desmesuradamente: los ojos — abiertos, their eyes staring
desmolado, toothless
desmorecido(-a) de risa, shrieking with laughter
desorbitado, popping out
despabilar, to trim (*wick of candle*)
despachar, to send (off, packing), tell someone to go to (*hell*)
desparpajo (*Mex.*): **con mucho —,** brazenly

desparramarse, to brim over; spread; pour
despatarrado, spreadeagled, stretched out
despavorido, scared stiff
despectivo, contemptuous(ly)
despegar, to remove
despeñadero, steep slope
desperdigarse, to spread out
desplegar, to open, part (*lips*); **—se,** spread out, open
desplomarse, to collapse
despojar, to remove; loot
despojos (*pl.*), spoils
despreciativo, contemptuous
desprenderse, to fall; break away (off)
desprendido: ser —, to have unselfish motives
desprestigiar, to hurt, damage
desprevenido, caught unawares, unprepared
desquitar, to earn
destacar(se), to stand out
destechado, roofless
desteñido, faded
desternillarse (de risa), to laugh one's head off, burst out laughing
destrozar, to smash; cripple, do for
desvanecido, in a faint
desventurado, unfortunate
desviar, to force to one side
detallar, to tell in detail
detener, to stop; hold up; bar (one's way); **—se,** stop; **—se sobre,** set (eyes) on
detenidamente, carefully
detentador, oppressor
determinar, to cause, arouse
devolver(se), to return, give back; go back
deyecciones (*pl.*), excreta
día (*m.*), day; daybreak; **de —s atrás,** for several days; **ocho —s,** a week; **quince —s,** a fortnight
diablo, devil; **¿Qué —s . . .?,** What the hell . . . ?
diablura, devilment
diafanidad, clearness, transparency
diáfano, clear, transparent
diario, newspaper; daily, per day; **a —,** daily
dibujo, (inlaid) pattern
díceres (*m. pl. Am. and coll.*), sayings, stories, gossip (*particularly of a scabrous nature*)
dicharachero, making obscene and vulgar remarks
dicharacho, rude joke
dicho, aforesaid
diente (*m.*), tooth; **entre —s,** under his breath
diestra, right hand
difuntito, dead man
difuso, diffused, wide-spread
dignidad, noble sentiment
digno, worthy
dije (*m.*), trinket
dilatado, distant, broad
dilatar: no — en, not to be long in (before); **—se** spread out
Dios: por —, for goodness sake; **por mi —,** by God
dipsómano, drunkard
dirigido, directed, addressed
discernir, to make out
discreto, calm; discreetly, prudently
disimulo: con —, pretending (*not to be afraid*)
disparar, to fire, shoot; spur, urge on
disparo, shot
dispensar, to excuse
dispersión: en —, disappearing, rushing off
disponerse (a), to get ready to, be on the point of
distancia, distance; difference; **a —,** a good way off; aside
distar, to be (*a certain distance*) away
distinguirse, to differ; stand out; take a leading part
distraído, absentminded(ly)
divertir, to amuse
diz = *dijo*
doblar, to bend; double; fold; go (come) round (*an object*); **— el cuello,** nod; **— las rodillas,** kneel
docena: no llegan a la —, there are less than a dozen of them
dócil, agreeable, obliging

dolencia, pain
dolorido, harrowing, pathetic, pitiful
dominar, to tower above; dominate
don: un — nadie, a nobody
doncella, girl
dondequiera: por —, wherever
dorado, golden
dorso, back
dos: en — por tres, in no time at all
dotor = *doctor*
dragón: capa dragona, military cloak with hood and tippet
dueño, master; owner
dulzón, very sweet; very gentle
durar, to last

ebrio, drunkard; (*adj.*), drunk
ebullir, to sparkle
echao = *echado*
echar, to throw (out); lie down; cast (*glances*); brush (*hair aside*); put; tell (*lies*); puff out (*smoke*); **— de ver,** see, notice; **— pie a tierra,** dismount; **—se,** throw oneself; dash; put (*arms around*); raise (*a rifle to aim and fire*)
ejecutar, to carry out (*orders*)
ejemplar, edition, copy (of a book); example
ejército, army
elegir, to elect
elevado, high
elogios (*pl.*), praise
elote (*m. Mex.*), young ear of corn (maize)
emanaciones alcohólicas (*pl*). stench of alcohol
embadurnar, to grease, rub in
embalsamado, fragrant
embargado, unable to do or say anything
embebecido, astonished
embelesado, overwhelmed, charmed
embeleso: con —, adoringly
embellecer, to embellish, improve upon, elaborate
emborracharse, to get drunk
embrutecer, to be reduced to the level of a mere animal
emisión, issue
empapado, soaked, dripping
empellón, push, shove; **dar empellones,** to shake
empenachado, plumed
empinadísimo, very steep
empinar, to drink (a lot)
empiojado, lousy, covered with lice (*piojos*)
empolvado, dusty
emprender(se), to set off (on); undertake
emprestar (*Am. and coll.*), to lend (*cf. Cast. prestar*)
empuñar, to hold
enaguas (*pl.*), skirt
enarcado, curved, arched
encabritarse, to rear (*of horses*)
encajes (*m. pl*). lacework
encallecido, calloused, horny
encaminarse, to go; make one's way
encanijado, sick, weak
encapillar (*Mex.*), to imprison (*esp. in condemned cell*)
encarado: mal —, ugly looking
encaramado, perched, sitting up on
encaramarse, to climb
encargarse de, to undertake
encariñarse con, to get fond of, get to like
encarnar, to heal over (*of wounds*)
encender, to light; **—se,** become flushed
encoger(se), to lower (one's head); **—se,** curl up
encogido, flexed
encolerizado, angry
encontronazo: darse un — con, to come across, encounter
encorvado, curved; arched
encuadrado, in a frame
encuerado, naked, half-naked
enchilada (*Mex.*), enchilada (*a tortilla folded over to enclose a filling highly seasoned with chile*); (*adj.*), covered in chile sauce
enchomitado (*Mex.*), wearing a homespun skirt (**chomite**)
enfatuado = *infatuado*, conceited

enfelizada = *infeliz*, unfortunate woman
enfrentar, to thrust (one's face) close; **—se,** stare at
engañar, to deceive
engrandecimiento, advancement, betterment
enhuevada, pregnant, with a lot of eggs to hatch
enjutado, emaciated, skinny, thin
enjuto, bony, thin
enladrillado, brick floor
enmarañado, matted, tangled
enmohecido, rusty
enmudecer, to stop speaking
ennegrecerse, to become black
enojarse, to get angry, lose one's temper
enojo, anger, annoyance; trouble
enrojecido, flushed, reddened
ensanchar: — los pulmones, to breathe deeply; **—se,** open wide
ensillar, to saddle
ensombrecerse, to become gloomy
ensordecer, to deafen; **a —,** loudly (enough to deafen one)
ensotanado, wearing a cassock
entendido: darse por —, to pretend to ignore
entereza, composure
enternecimiento, tenderness
enterrador, gravedigger
enterrar, to bury
entoldado, shrouded, overcast
entonación, tone
entonar, to sing
entrado: hasta muy entrada la noche, until late at night
entraña: ¡tan mala —!, the nasty piece of work, the rotter!
entreabierto, half-open
entrecerrar, to half close
entrecortado, intermittent
entregado (a), indulging in
entregar, to hand over, surrender; betray; **—se,** to surrender
entreverar, to intersperse
entumecido, numb
entusiasmado, enthusiastic(ally)
envalentonar, to encourage
envanecido, filled with pride
envejecido, aged, grown old
envenenar, to poison
envolverse, to be shrouded
envuelto, involved
¡epa! (*Am.*), hey!, listen!
epíteto, name, word
equipajes (*m. pl.*), belongings
equivocarse, to be wrong, make a mistake
erguir, to thrust forward; **—se,** stand up
erial, uncultivated land
erizado, bristling
eructar, to belch
esbelto, slender
esbozarse, to emerge, appear
escalar, to climb; reach (*the top of the hill, etc.*)
escalón, step (*of stairs*)
escalpelo, scalpel
escama, scale
escarlata, scarlet
escarpa, steep slope, cliff
escarpadura, steep slope
escolta, escort; men, troops
escombros (*pl.*), ruins
escondite (*m.*), hiding place
escondrijo, hiding place
escopeta, shotgun
escribir: máquina de —, typewriter
escritorio, desk
escrofuloso, scrofulous (*with swellings and tumours, esp. on the neck*)
escudo, badge (*of rank*), insignia
escudriñar, to look (closely) at; search
escuelante (*m. Am.*), schoolboy
escueto, thin, emaciated; spindly
esculcar (*Am.*), to search
escupir, to spew up, vomit
escupitajo, spit, spittle
escurrirse, to hurry (scurry) away
ese(-a): en ésas, meanwhile
esfera, status
esfumarse, to fade away; appear through haze
esgrimir, to brandish
eso: en —, whereupon, with that; **— de que,** the fact that
espadas (*pl.*), spades (in cards)
espalda, back; shoulder; **a —s de,** behind; **a su(s) espalda(s),**

behind him; **dar la —,** to turn one's back; **de —s,** on his back; **por la — (de),** from behind
especie (*f.*), kind; (item of) news
espectro, ghost, spectre
espeso, bushy, thick
espesura: la — del chaparral, the dense chaparral
espiga, (ear of) corn, wheat, etc.
espinazo, back(-bone)
espiral (*f.*), spiral
espíritu (*f.*), soul; spirit
espolear, to spur
espolvoreado, sprinkled
esponjar, to ruffle (*feathers, etc.*)
espuela, spur
espulgar, to remove fleas or lice from
espuma, foam, froth
esquivo, evasively
ésta: en —s, whereupon
establecer, to establish, open (*a restaurant, etc.*)
estaca, hook, peg
estacionarse, to stand still
estado, state; **— mayor,** (military) staff
estallar, to explode
estallido, burst (*of gunfire*)
estampa, engraving, print (*esp. of religious subject*)
estampida: (*Am.*) **de —,** stampeding
estampido: dar el —, to escape
estentóreo, stentorian
estercolero, dung heap
estiércol, manure
estimación: tener —, to have a high regard for
estimado: Muy —, Dear
estímulo, stimulus
estirado, wide, broad
estirar, to contract, tighten; **—se,** to stretch (*one's limbs*)
estorbar, to disturb, worry
estómago, stomach; **apretarse el —,** to hold one's sides (*with laughter*)
estragado, exhausted, worn out
estrechamente, tightly
estrechar, to clasp, embrace; shake hands with (someone); **— la mano,** shake hands
estrella, star; **— de mar,** starfish
estrellar(se), to break, shatter
estrellita, small star; **de —,** wearing a star (*on one's uniform, indicating commissioned rank*)
estremecerse, to shake, quiver
estrépito, noise; **con —,** loudly noisily
estrepitoso, loud, noisy
estriado, covered (with streaks of)
estribar en, to lie in
estribillo, refrain
estridente, piercing, shrill
estrofa, verse, stanza
estruendo, deafening roar
estruendoso, loud
exaltado, excited(ly); annoyed
exhalar, to utter
eximirse de, to avoid
éxodo, emigration
explanada, clearing
exponer una queja, to complain
exprimir, to force out, squeeze
extender, to spread out
extinguirse, to conclude; die out; become inaudible
extraer, to remove, take; extract (*teeth*)
extrañar, to surprise; miss
extravagante, strange, ridiculous
extraviado, roving, wandering
extremo, end; **en —,** extremely

fábrica, manufacture; factory, mint
faceto (*Mex.*), clever Dick; (*adj.*), affected, conceited, pretentious
faena, task; **suspender su —,** to stop playing
faja, band, ribbon
fajo, wad, bundle
falda, skirt; brim (of hat); low slope (of hills, etc.)
falsete (*m.*), falsetto (voice)
falso: en —, false
fama, reputation
famélico, hungry, starving
fandango, fandango (*a very lively Spanish dance*)
fanega, measure of grain (= 1.58 *bushels*); measure of area (= 1.59 *acres*); (*both measures vary from*

country to country or region to region)
fardo, bundle
fastidiar, to annoy
fastidio: con —, bored; **matar el —,** to kill time
fatigoso, tired
favor: ¿en — de quiénes?, for whom?
favorecer, to benefit, help
faz (*f.*), face
federal, federal government soldier
felicitar, to congratulate
feo, nasty, wrong; dreadful, sad
ferrocarriles (*m. pl.*), railway
festejar, to entertain
fiebre (*f.*), fever
fieltro, felt hat
fiera, wild beast
figurarse, to imagine, seem, guess
fijar (*los ojos, etc.*), to stare; **—se,** look
fila, row; column; rank; **entrar a —s,** to enlist in the ranks
filigrana, filigree
filo, ridge; **sin —,** blunt
filtrarse, to seep in
finca, farm, property
fineza, compliment
fingir, to pretend
fino, sharp; fine; beautiful
fisgonear, to spy, snoop
fisonomía, features
flácido, limp
flamante, flashing, sparkling
flameante, flashing, sparkling
flanco, flank
flojera: con mucha —, very lazily
foco (*Am.*), street lamp
fogón, fire
fogueado (*Am.*), experienced (*lit. who has been under fire*)
foguear, to fire on
follaje, foliage
fonda, inn, restaurant
fondera, restaurant keeper
fondo, bottom; background; seat (*of a chair*); **en —,** abreast; **—s,** funds
fonducho (*Am.*), cheap, poor quality inn or restaurant
forcejear, to scrap, scuffle
forjar, to make. create
forma: en buena —, satisfactorily
forrado, lined
fortuna, (good) fortune, luck; chance, opportunity; **la — es que,** it's lucky that
forzado, forced
fosfatina 'Fallières', a patent medicine of French origin, once often given to children as a tonic
fracaso, failure, disaster
fragor (*m.*), crash
franquear, to cross (*threshold*), go through (*doorway*)
frasco, bottle, flask
frazada, blanket
fregar (*fig.*), to annoy, bother
frenesí: con —, enthusiastically
frente (*m.*), front (*mil.*), (*f.*), forehead, face; **al — de,** in front of; **la del —,** the one opposite; **— a,** facing; **hacer —,** to confront
fresco, cool; (*adj.*), fresh; ruddy
fresno, ash (*tree*)
frijol (*m. Am.*), kidney bean (*cf. Cast. judía*)
fritura, fried food
frondaje, foliage
frontero, opposite
fruncir las cejas (el ceño), to frown
¡fuche! (*Mex.*) = **¡fuchi!**
¡fuchi¡ (*Am.*), ugh!, phew! (*excl. indicative of disgust*)
fuego, fire; **¡—!,** (Open) fire!; **hacer —,** to fire
fuera, out, outside; **de —,** outside; **— de sí,** beside himself (herself) with anger (*grief*)
fuerte, strong; loud; vigorous; **peso —,** old silver peso coin
fuerza, force, might, strength; **—s,** strength; forces (troops); **a — de,** by, by dint of, by means of
fugaz, fleeting; elusive
fulgor (*m.*), ray
fulminar, to fulminate (against), make violent, abusive attacks (upon)
funda, bolster
fundirse, to fuse
furgón, (railway) van, waggon

furibundo, heated, violent
fusil (*m.*), rifle
fusilar, to shoot, execute
fusilería, gunfire, shooting, shots
futura, future wife

gala: estar (vestir) de —, to wear one's best (gay) clothes; **hacer — de,** to boast, show off
galantear, to court, flirt with
galería: con todo y —, rod, pelmet and all
galón, braid; chevron
galoneado, trimmed with braid
gallardía, gracefulness; nobility
gallardo, graceful; noble
gallo, cock; "bloke", "type", "character"; (*Mex.*), **pelar —,** "to kick the bucket", die
gamuza, chamois (leather)
gana: de muy buena —, very willingly; **le (te) dé su (la) —,** you like; **si le da su mucha —,** if you feel like it; **da tanta —,** it's so nice; **me han dado —s de . . . ,** I feel like . . .; **¡Qué —s ya de . . . !,** How I long for . . . !; **tener —s de,** to want to
garabato, scrawl (*of a signature*)
garganta, throat; **exclamar con la — seca,** to croak
garra, claw, talon; (*Mex., usually in pl.*), strip, bit, rag, tatter, ribbon (*cf. Cast. harapo, trapo*)
gasa (*lit.*), gauze; (*fig.*), transparent film or haze
gatillo, trigger
gaznate (*m.*), gullet, throat
gemido, groan, moan
gendarme (*m. Mex.*), policeman (*cf. Cast. guardia, policía*)
genio, nature; **no tengo — para eso,** I've no intention of doing that
gente (*f.*), people, person; **— alegre,** (*see* **arrabal)**
gentío, crowd
giro (*Mex. Cast. reg.*), *describes cocks with yellowish ruff and wings and black bodies (elsewhere the colour combinations vary)*
glauco, light (sea) green
golondrina, swallow
golpe (*m.*), blow; stamping (*of horses' hoofs*)
golpeado (*Am.*), threateningly
golpiza (*Mex.*), thrashing (*cf. Cast. paliza*)
(**gorda** *Mex.*), thick **tortilla,** *q.v.*
gordinflón, fat
gorrudo (*Mex.*), big-hat (see also note to page 127)
goteante, dripping (*with sweat*)
gotear, to drip (*with sweat*)
grabado, engraving, illustration
grado, rank; **de buen —,** willingly
granada, (hand) grenade
granado: lo más —, the finest
granitificarse, to turn as hard as granite, stiffen
granizada, shower, hail, volley; hailstorm
grano, grain
grata, (esteemed) letter
gratificación, gratuity, reward
gravedad: con (mucha) —, (very) seriously
grito: llorar a —s, to yell, scream
grueso, thick; large; swollen
gruñido, groan, curse
gruñir, to grunt; mutter
gruñón, cantankerous, grim, stern
grupa: poner (a alguien) a —s, to hoist (someone) up behind one (*on a horse's back*); **volver —s,** (*of a rider*) to turn back
guaje (*m. Mex.*), fool, idiot
guajolote (*m. Mex.*), turkey (*cf. Cast. pavo*)
guarache (*m. Mex.*), rough leather sandal
guardar, to keep; help; put
guarida, lair
guarniciones (*pl.*), bridle, saddle, etc.
güelvan = *vuelvan*
güeno = *bueno;* **—s días le dé Dios,** good day (to you)
güero (*Mex.*), blonde; here used as a nickname, Blondie (*cf. Cast. rubio. The feminine form güera is frequently used as a term of endearment for women as is rubia in Spain*).

güevo = *huevo*, egg
guija, pebble, small stone
guiñar, to wink
guiño, wink
guisado, cooked
guiso, stew
gusto, pleasure, wish; **a —,** pleasant, with pleasure; **de —,** for pleasure; **por su puro —,** just for the sheer love of it; **¡Mucho —!,** Pleased to meet you!; **tener (mucho) —,** to be delighted; **Es mi —,** It's yours (*It is my pleasure that you should have it*)

haber: — de + inf., to have to, must, etc.; **había (hubo),** there was, there were; **hay que + inf.,** it is necessary to; **he aquí,** etc., behold; **habérselas con,** to face, fight, have a go at
haberes (*m. pl.*), pay
habla: hasta el — me niegas, you won't even talk to me
hacer: — por + inf., to make a move to; **— que,** cause to; **hace (hacía),** ago; **no le hace,** it doesn't matter
hacia: — atrás, backwards
hacienda, hacienda, estate, property ranch
hacinamiento, stack; bundle; pile, heap; overcrowding
hallazgo, finding
hambre (*f.*), hunger; starvation, famine
hambriento, hungry
haraposo, dressed in rags
harto, a lot of
hatajo, small herd
hazaña, deed, exploit, feat, endeavour
hebra: — cristalina, with (*pulque*) froth
hebroso, fibrous
hecho, feat, deed
helecho, fern
hembra, female, woman
henchido, filled
hendidura, crack
herbazal, long grass
herida, wound
herido, wounded; (*m.*), casualty
herramienta, tools
hervir, to boil
hidalgo, gold ten-peso coin
hiel (*f.*), bitterness
hielo, ice
hierro, iron
hijo: hijo(s) de . . ., son(s) of (a) bitch(es); **hijo de la . . .,** son of a bitch
hila, cotton, waste, lint
hilacha (*Mex.*), rag
hilacho, coward, beggar
hilo, thread
hincar, thrust, sink, drive (*spurs, etc.*)
hinchar, to billow out (*in breeze, etc.*); swell; inflate
hirsuto, shaggy, coarse
hoja, blade, knife; leaf; **cigarro de —,** cigarette made of corn husks
hojarasca, dry falling leaves
hondonada, depths, valleys
honrarse (en), to have the honour of (to)
hora = *ahora*
hora: no va a ser — cuando, it won't be long before; **a muy buena —,** very early; **a estas —s,** at this time
horita (*dim.*) = *hora* = *ahora*, this very moment
horizonte (*m.*), horizon
hormiguero, horde, swarm
hornilla, oven, fire
¡hórquenlo! = *¡ ahórquenlo !*
hosco, sullen(ly)
hoyanco, hole
hoz (*f.*), sickle
hueco, nook and cranny
huella, traces, signs, trail
huérfano, orphan
huerto, orchard
huésped (*m.*), guest
huesudo, bony
huizachal (*m. Mex*), wood of **huizache** trees
huizache (*m. Mex.*), a prickly Mexican tree
humareda, smoke
humeante, smoking
húmedo, damp, saturated, moist
humilde, humble, poor

humillado, dejected
hundir, to sink; insert; **—se,** plunge; sink; collapse
huracán (*m.*), hurricane
huraño, shy, withdrawn
¡huy!, eh!

icir = *decir*
igual, equal, the same, like; **— de,** just as; **al — que,** like
ijar (*m.*), flank
iluso, deluded follower
impasible, expressionless
impedimenta, cookhouse, stores
imperioso, commanding
ímpetu: con —, quickly and enthusiastically
imprecación, curse
imprescindible, inevitable, inescapable
impreso, sheet (*of printed paper*)
imprevisto, unexpected
improviso: de —, suddenly
impulso, speed
inadvertido, unnoticed
inagotable, never-ending
inaudito, unheard of
incalificable, unforgivable
incansable, tireless; habitual, usual
incendiado, burning, flaming, fiery
incendio, fire
incesante, ceaseless
incisivo, cutting, biting
inclinar, to bend down; **— la cabeza,** nod; **—se,** bend down
incoloro, drab
incomodado, disturbed
inconmensurable, immeasurable
incorporarse, to sit up; **— a,** to to join, enlist in
increpar, to berate, harangue
incrustado, inlaid
incrustarse, to become embedded
indecencia, curse; indecency
indeciso, undecided
indefectiblemente, inevitably
indicar, to point out, show
indígena (*m.*), Indian
indignación, indignation, fury
indignarse, to become indignant, angry
indispensable, vital, essential
indolencia: con —, lazily
indomable, indomitable, unconquerable
infamia: ¡Una —!, It's an outrage!
infantería, infantry
infeliz, unhappy, unfortunate; (*m. f.*), unfortunate person; villainous scum
infierno, hell; **federales del —,** bloody federals
inflamarse, to turn red
inflar, to puff out
ingenuo, candid
ingrato, ungrateful; hard, unkind
injuria, insult
injuriar, to insult, swear at
inmediaciones (*pl.*), neighbourhood, vicinity
inmediato, immediate; next, nearby; (*m.*), neighbour
inmensidad, vast expanse
inmovilizarse, to lie still
inmutabilidad, immobility, lack of expression
inmutable, expressionless
inmutarse, to alter one's expression
inquerir, to ask, enquire
inquieto, uneasy, embarrassed; restless
inquietante, quivering, restless
inquietud, disquiet, unease, confusion
insinuante, insinuatingly
insiñar = *enseñar,* to teach
insolencia, insult, oath, swearword; **con —,** insolently
insolentarse, to become arrogant
instantáneo, sudden
instante (*m.*), moment; **al —,** immediately; **por —s,** for a while
insulso: lo —, the futility
intacto, unscathed
integrar, to make up
intempestivo, impetuous, sudden
interesado, prospective customer
interlocutor, speaker
internarse (en), to reach, enter
interpelado, person one is speaking to
intimar, to be well acquainted with
intruso, intruder
invicto, invincible
inyectado, bloodshot

irisado, glowing
irredento, unredeemed, lost, godforsaken
irrumpir, to erupt

¡ja, ja, ja!, ha! ha! ha!
jacal (*m. Mex.*), primitive hut (*usually made of adobe*)
jacalucho (*pej. Mex.*), sordid, squalid hut
jácara, din; squabbling
jaiga = *haya*
jallarse = *hallarse,* to find oneself
jamelgo, nag
jaqueca, headache
jaral, clump of reeds
jervir = *hervir,* to boil;
jícara (*Am.*), gourd
jierre = *yerre* (**errar,** to miss)
jijo = *hijo* (*q.v.*)
jitomate (*m. Mex.*), a particular variety of tomato
jornada, day's journey
jornalero, day labourer
jorongo (*Mex.*), poncho
Juan, John; **los —es,** federal government troops
júbilo, joy
jue = *fue*
juego, gambling; game
juera = *fuera;* **va por —,** is externally applied
juerga, spree
juerte = *fuerte*
juerza = *fuerza*
jugador, gambler
juguete (*m.*), toy
jui = *fui*
juntar(se), to join, collect; **juntar las cejas,** to frown
jurar, to swear; promise
juzgar, to judge

labor (*f.*), land
labranza: de —, farming
lacio, straight (*of hair*)
ladera, slope, hillside
laderita, side
ladrar, to bark; **el —,** barking
lamento, moaning
lamido, well groomed
lámina, blade; engraving
lampiño, beardless
lanceolado, lance-shaped
languidez, languor
lanza: ser muy —, to be shrewd, clever
lanzar, to hurl, throw; utter, let out; spit out; cast (*a glance*); **— (una) carcajada(s),** to roar with laughter; **—se al encuentro,** to fly at one another; **—se (hacia, sobre),** leap (towards, at)
largar, to give (*a kick*), send packing (get rid of); **—se,** clear off, "beat it"
largo: a lo — de, along; **caer de —,** to measure one's length, fall flat on the floor
lascivo, lascivious, sensual
lástima: ¡—!, It's a shame!; **— que,** it's unfortunate (a pity) that; **¡ — de sangre!** what a waste of blood!
lata: hoja de —, tin; **¡qué —!,** what a pain in the neck!
latigazo, lash with a whip
latir: me late, I've a feeling that
latón, brass: brass instrument
lavado, over which the water flowed
lavativa, enema
laxitud, limpness
lazar, to lasso
legua, league
lentitud: con —, slowly
leña, firewood
leño, log, (piece of) wood
leopoldina, watch chain (*named after Leopoldo O'Donnell, Spanish general and Liberal politician,* 1809-1867)
lepra, mark, scar, sore (*a slang word for the evidence of venereal disease*)
lesionado, injured
letrero, notice
leva, draft; **de —,** drafted men; **coger de —,** to draft forcibly
levantado, sticking out
levantar: —se, rebel, take up (*arms*)
liado, tied, wrapped
librar, to protect

licencia, permission
liebre (*f.*), hare
lienzo, cloth
ligadura, bandage
ligereza, speed
limosna, alms, something for nothing
límpido, clear
línea, line
listo, ready, prepared
liviano, light; skilled
lívido, pale, white as a sheet
loma, hill
lomerío, hills
losa, flat stone
lotecito, small lot
l'otro = *el otro*
lúbrico, lewd, lascivious
lucir, to wear, sport; **—se,** make a name for oneself
lucha, struggle; **hacer alguna —,** to try to do something to help; **hacer la —,** get along, do
luego: — —, there and then; **— que,** as soon as
lugar (*m.*), place, town; **abrirse —,** to make room for oneself
lujoso, magnificent, luxurious
lumbre (*f.*), fire
lupanar, brothel

llamado, so-called; (*m.*), call, summons
llamarada, flame
llanto, weeping, sobbing
llave (*f.*), key; **debajo de siete —s,** well locked up
llegar: — a las manos, come to blows; **— a general,** become a general
llenar, to fill; **—se de,** get too many (a lot of)
lleno (de), full (of), covered (in)
llevar: — a rastras, drag; **—se,** carry (shoot) off, take away, raise
lloriqueo, sobbing, crying, whining

macizo, solid, sturdy
machito, he-man
madera, wood, timber; **usté es de otra —,** you're a horse of a different colour (*you're quite different from us*)
maderista, maderista (*follower of Madero*)
madrepeña, moss
madroño: encenderse como un —, to become as red as a beetroot
madrugada, dawn, early morning
magullado, bruised
maicito, (little bit of) corn, maize
maíz (*m.*), corn, maize
mal, evil, ill; **no tener a —,** to have no objection; (*adv.*), badly, poorly, ill
malcriado: ¡viejo —!, you dirty old man!
maldecir, to curse, swear
maldición, curse; hatred
maldito, bloody, cursed
maleza, undergrowth, brush
malhora (*Mex.*), disaster, catastrophe
malhumorado, in a bad temper
maligno, malicious, wicked
malo, ill, sick; bad; cruel; (*m.*), spoilsport
malvado: ¡Hombres —s!, You rotten swine!
mama = *mamá* (a rather childish, familiar version)
mampostería, stonework, masonry
mancebo, lad, youth
mancera, plough (*actually the curved handle of it*)
manco, maimed, without (the use of) arm or hand
mancuernilla (*Mex.*), cuff link
mancha, stain, patch
manchado, stained
manchón, patch
mandato, command
mando: al — de, under the command of
manejar, to use, manage
mango, handle; mango (*fruit*)
manifiesto, obvious, evident
maniobra, manoeuvring
mano (*Mex.*) = *hermano*, brother; mate, pal
mano (*f.*), hand; stone roller (*for use in grinding on a metate*); **darle la —,** lend a hand
manojo, cluster

manotada, sweep of the hand
mansedumbre, kindness, tenderness
manta (*Mex.*), coarse cotton cloth, cotton sheet
manteca, lard
mantener(se), to maintain, support; **—se,** remain, be, hold
maña, fault
mañana: a la — siguiente, on the following morning; (*Mex.*), **hacer la —,** to have an early morning drink
maquinaria, bit of machinery
marcao = *marcado*
marco, frame (*of picture*)
marchar, to march, go
marchito, withered
marfil (*m.*), ivory
margen (*f.*), bank, edge
mariposita, little butterfly
maroma (*Am.*), somersault
marrazo (*Mex.*), bayonet
martillo, hammer
más, more, most; **— allá (de),** beyond; **no —,** just, only; **no . . . — que,** only; **— de,** more than; **— que,** more than; **¡qué —!,** what is more, **por — que,** even though; **los —,** the majority
masa, mass
mascada (*Mex.*), silk kerchief
matado, galled, saddle-sore
mate, dull
materiales (*pl.*), equipment
materialmente, literally
matiz (*m.*), shade (*of colour*)
máuser (*m.*), rifle, Mauser (*famous German rifle named after its inventor*)
mayor, greater, greatest; (*m.*), major
mayordomo, boss, foreman
mazorca, ear of corn
mecer(se), to shake, sway
mecha, wick; **— de sebo,** tallow candle
mechón, lock (*of hair*)
media, stocking
medianía, middle
medio, half; **a — vivir,** leading a miserable life; **por — de,** by means of; **a medias,** half; (*m.*), middle
meditabundo, thoughtful
mejilla, cheek
melifluo, mellifluous
melindres (*m. pl.*), coyness
memoria: hacer — de, to remember
menear, to shake
menguante: en —, waning
menos, less; **cuando —,** at least; **Es lo de —,** That doesn't matter
mentao = *mentado*
mentar, to mention
mente: *in mente* (*Latin*), mentally
mentira, lie; **Mentira que,** It's not true that
mentiroso, liar
menudamente, in detail
menudear, to be numerous
menudo, stew made of animals' entrails
mercar, to buy
mercé = *merced:* **su —,** you
merecido, well deserved
merito (*dim.*), = *mero*
mero, mere; (*Am.*), very, right, real, just; himself, etc.; **mi — amor,** my man; **lo — bueno,** the best bit
mesero, waiter
meseta, plateau
mesmo = *mismo*
mesón, hotel, inn
metate (*m. Mex.*), stone used for grinding corn on
meter, to put (in); get in; **—se,** get in; force one's way in; get involved in; set (of sun); **—se con,** pester, bother, pick on
metido, hidden
mezcal (*m. Mex.*), mescal (*one of several alcoholic beverages distilled from a variety of maguey*)
mezquite (*m. Mex.*), mesquite (*tree of the mimosa family*)
mi = *mira*
miedo: tener (traer) — (a), to be afraid (of)
miembro, member; limb, leg
mientes (*f. pl*), mind; **parar —,** to pay attention

milagro, miracle
militar, to fight; (*adj*), military
milpa (*Mex.*), field of corn (maize), or the corn itself
millarada: a —s, by the thousand
mimbre: de —s, wicker
miniatura: en —, minute, toy
minucia, detail
miríada, swarm
misa, mass; **— mayor,** High Mass
misericordia, mercy
misterio, mystery; **Los Misterios,** The Mysteries (of the Rosary)
mitad: a la —, halfway through
mochito (*dim. Mex.*) = *mocho*
mocho (*pej. Mex.*), *derisive term applied by country people to town dwellers and here, more especially, to troops fighting for Huerta*
modal, manner
modo, way, manner; **a — de,** like a; **de mo(d)o,** so; **¿De — que . . . ?** So . . . ?
mofa, mockery, taunt
mojado, covered, soaked
mojicones: a —, with blows
molde (*m.*), mould
molestar, to worry, bother
molesto, awkward
molienda, grinding
momentáneo, momentary
moneda, coin
monito (*dim. of mono*), drawing, picture, illustration, engraving
monocorde, monotonous
monorrítmico, monotonous
montado, mounted; (*m.*), rider, mounted man
montadura, setting (*of jewel*)
montar, to mount; ride
montón, pile, heap; **en —,** piled up
montura, saddle; mount
moñito = *moño*, bow tie
moo = *modo*
morador, inhabitant
morenita, brunette
morir(se), to die; **¡Mueran . . .!,** Death to . .. !
moro, black (of horses)
morragia = *hemorragia*, haemorrhage
mosco, mosquito (*metaphorically hornet*)
mostrador, counter, bar
motivo, opportunity, occasion
movedizo, moving
mozalbete (*m.*), lad, young man
mueca, face, grimace
muela, tooth
muelle (*m.*), spring
mugre (*f.*), grime, dirt
mugriento, filthy
múltiples, many
muñeca, wrist
muñeco, doll
muralla, wall
murria, blues, sadness
musgo, moss; (*adj.*), dark brown
música, music; band
músico, musician
muslo, thigh
mustio, depressed

naa = *nada*
nacer, to be born; sprout
nadería, a thing of no importance
nadien, naiden = *nadie*
naipe (*m.*), playing card
nariz (*f.*), nose, nostril; **de narices,** face downwards
navaja, knife; spur (*in cockfighting*)
navajazo: meter un —, to stab
necesidá = *necesidad*
necesidad: tener — (de), to need (to)
necesitar (de), to need; must, have to
negar, to deny
necesitar (de), to need; must, have to
negar, to deny
negocio, business
negrear, to show up (*against a light background*); (*m.*), dark colour, blackness
negro, black; bitter; **ponerse —,** to be furious
negruzco, blackish
nervio, nerve, guts
nervudo, sinewy
netamente, typically
nicho, case
niebla, mist

nieve: de —, snow white
niña, girl, lady; spinster
niquelado, nickel plating
nixtamal (*m. Mex.*), corn, part cooked in lime water to soften it before making *tortillas*
nixtamalero (*adj. Mex.*), corn
nómada, nomadic
nomás (*Am.*), only, just
nombrar, to name, call names, insult
nopal (*Mex.*), nopal (*prickly pear cactus*)
noria, well (*with horse or mule-driven waterwheel*)
norte (*m.*), north; **División del Norte,** *title given to the troops under Villa*
norteño, northern
notar, to notice, note, observe; **hacer —,** draw attention to
noticia, news
novedad, originality; **—es,** news
nublarse, to cloud over
nuca, back of the neck
núcleo, kernel, stone (*of fruit*)
nudo, knot
nuevas (*pl.*), news
nuevecito, brand-new; very young
nupcias (*pl.*), wedding
nutrido, heavy

ña = *señora*
ñervo = *nervio*

oblicuo, receding
obnubilarse, to become blurred or hazy
obra, work; matter; **¡— de Dios!,** God's will be done!
obrero, builder
obsesionante, haunting
obsidiana, obsidian (*a hard, shiny, volcanic rock used by the Aztecs to make cutting edges to their weapons*)
obstante: no —, despite
ocasión, opportunity
ocre (*m.*), ochre colour
ocultar(se), to hide
oculto, hidden
ocurrir, to happen, occur, take place; **—se,** to occur to someone, think
oficial, official; (*m.*), officer
oficio, job; dispatch
ofrenda, offering
oídas: de —, by hearsay
oído, ear
ojazo, large eye
ojeroso, with rings under the eyes
ojo, eye; **a — cerrado,** implicitly, blindly; **en un abrir y cerrar de —s,** in a flash; **traer entre —s,** to take a fancy to
olfatear, to smell, sniff
olla, bowl
ombligo, stomach (*lit.* navel)
once: hacer las —, to have a mid-morning snack
ondulación, wave
ondular, to waver
onduloso, waving, floating
opinar, to remark
opresión, tightness
oprimir, to seize; oppress
ora . . . ora, now . . . now
oración, prayer
ordenar, to order
orearse, to dry in sun and fresh air
organillo, little organ, hurdy-gurdy
orgulloso: ¡—!, you're a bit stuck up, aren't you?
orilla, bank (*of river*); **—s,** outskirts; **a —s de,** on the edge of
orín (*m.*), rust
orozquista, follower or supporter of Orozco
osar, to dare
ostensible, evident, obvious
ostentación: hacer —, to show off
ostentar, to wear
otate (*m. Mex.*), bamboo stick used as a goad; bamboo sheath
otro, other, another; the following (*day, etc.*); **una que otra,** an occasional
ovoide, oval

pa = *para*
pacer, to graze
pacífico, peaceful; (*m.*), non-combatant

padrecito, chief, master
¡paf!, bang!
pagado de, pleased, delighted with
pagador, paymaster
paja, straw
pal = *para el*
pala, shovel
palabra, word; **¡—!,** Honest!
palanca: hacer —, to use as a lever
palidecer, to turn pale
palma, palm (*of hand*); palm tree; straw
palmear, to pat
palmotear, to clap hands
palos: matar a —, to beat to death; **dar de —,** beat
palomar, dovecot
palomo, dove, pigeon
palpitante, quivering
palpitar, to heave; quiver; shake
panal, swarm, nest
pantano, swamp
paño, cloth; handkerchief
pañuelo, kerchief, handkerchief
papalina: ponerse una —, to get well and truly sozzled
papel (*m.*), paper; paper money; **tocar un —,** to play a part
par (*m.*), couple; **de — en —,** wide
para: — acá, this way
parado, standing up
parar(se), to stop, stay; **— de** (+infin.), stop (+ger.)
parecer, to seem, appear, look like; **a lo que parece,** apparently; (*m.*), opinion
pariente, relation, relative
parida, which has given birth to (a kid)
parir, to give birth to, bear
parlanchín, one who talks a lot
parpadear, to twinkle
parpadeo, flash
parque (*m.*), ammunition, military supplies
parte (*f.*), part; share; place; **en — alguna,** anywhere; **por todas —s,** everywhere; **de una — a otra,** all around; **por otra —,** on the other hand; **dar — ,**to inform
partida, departure; detachment of troops, band of men; game (*of cards*, etc.)
partir, to divide; emerge
parvedá = *parvedad*, insignificance (*of gift*)
pasar, to pass; spend (*time*); happen; come; roll (*the roller over the metate*) = grind; **— a,** join; **—se,** spend (*time*)
pasear, to pass; **— los ojos,** look
pasmado, astonished
pasmo, amazement
paso, step; way, progress; pace; **al —,** without pausing; **— a —,** slowly and deliberately; **detener el —,** to bar one's way; **abrirse —,** make one's way; **dar un —,** take a step
pata, leg; foot; **— rajada,** rough-footed (*walking barefoot, not used to wearing shoes*)
patalear, to kick
patear, to kick
patrón, boss
paulatinamente, slowly
pavimento, (tiled) floor
pavor (*m.*), fear
pavoroso, terrifying, frightful
payasada: hacer —s, to play the fool
pecado, sin
pecoso, freckled
pedazo, bit, piece
pedregal, stony ground
pedregoso, stony
pegar, to hit, fire; **— un tiro,** shoot; **— fuego,** set fire
pelado (*Mex.*), peon, farm hand; soldier
pelar: — gallo (*Mex.*), to die, kick the bucket, give up the ghost; **—se,** clear off, do a bunk
pelea, fight
pelear, to fight
peliar = *pelear*
pelo, bristle, hair; **— de barba,** beard
pelón (*pej. Mex.*), baldy (*derogatory term for Federal troops who had hair cut short*)
peluche (*f.*), plush
pellejo, hide, skin

pellizcar, to pinch
penar, to be in pain, suffer
penca, leaf (*of cactus, etc.*)
penco (*Mex.*), *a euphemistic contraction of pendejo, a word to be avoided in polite conversation:* (*here*) stupid
pendiente, hanging; (*m.*), earring; **— de,** awaiting
penitenciaría, gaol, penitentiary; **— de Escobedo,** jail in Guadalajara (*it no longer exists*)
penumbra, twilight
peña, rock
peñascal, rocky, mountainous country
peñasco, rock
pepenar (*Mex.*), to grab
percibir, to make out, distinguish
perfil (*m.*), profile
perfilarse, to be silhouetted
perilla, brass knob (*on bedstead*)
periodista (*m.*), journalist, correspondent
peripecia, change of luck
peripuesto, exquisitely dressed
perito, expert
perjudicar, to harm
perla, pearly
perlar, to form beads (*e.g. of sweat*)
permanecer, to stay, remain
perniabierto, riding astride
pernoctar, to spend the night
perro, dog; **— del mal,** mad dog; (*adj.*), rotten, miserable
pesadilla, nightmare
pesaroso, sad
pescar, to catch; understand
pescuezo, neck
peseta (*Mex.*), 25 centavos
peso (*Mex.*), peso (*Mexican monetary unit,* $1 *U.S.* = 12.50 *pesos*); **— duro,** old silver peso coin
pestañear, to blink, flicker an eyelid
peste (*f.*), plague; **echar —s de,** to complain about
pestillo, lock (*of door*)
pezuña, hoof
petaca (*Am.*), suitcase
petaquilla (*Mex.*), wooden trunk
petate (*m. Am.*), sleeping mat
pétreo, stony
piar, to sing (*of birds*)
pica, pick
picacho, peak, crag, rock
picado, chopped up
picar, to bite (*of spider*); spur (*a horse*)
pico, beak; **ser — largo,** to have the gift of the gab
pichón, young pigeon
piedad: con gran —, very piously
pieza, bit, piece
pila, trough
pilón: dar de —, to throw in extra (for good measure)
piltrafa, wreck; **una — de pantalón,** a threadbare pair of trousers
pintado, painted; wearing a lot of make-up; shiny
pintarrajeado, smothered in make-up
pintoresco, picturesque
piojoso, lousy
pior = *peor;* **¡Pior!,** Gosh!, Really!
pisada, footing
pisoteado, crushed, trampled under foot
pista, cockfighting ring
pitahayo (*Am.*), pitahayo (*a climbing cactus with bright red flowers*)
pitayo = *pitahayo*
pizcador (*Mex.*), harvesting
plancha: tirarse una —, to put one's foot in it
planchuela, strip
planicie (*f.*), plain
planta, foot, sole (*of foot*)
plañidero, plaintive
plateado, silvery
plática, discussion, talking
platicar, to talk (about)
platillo, cymbal
plaza, square; market; city, town; **a media —,** in the middle of the (bull)ring
plazoleta, small square
plazuela, small square
plegar, to fold; **— sus líneas** (*el ceño, las cejas*), frown; **—se,** curl
pliegue (*m.*), fold
¡plin!, so what!
plomazo, bullet, shot

plomo, lead, bullet; **a —,** vertically
poblado, town; (*adj.*), covered
poblar, to cover
poco, little; **—s,** few; **— a —,** gradually; **a —,** shortly, presently, soon
poderoso, powerful
podrido, rotted, rotten, decrepit, tumbledown
polvareda, (cloud of) dust
popote (*m. Mex.*), straw, thatch
porcelana, china
portalillo, entrance
portentoso, wonderful
pos = *pues*
posada, accommodation
posaderas (*pl.*), backside, buttocks
posesionarse, to get possession
poste, pole, (*telegraph*) post
postrero, last
potranca, filly, young mare
potro, colt
pozo, well
practicar, to carry out (*a search, etc.*)
precipitación: con —, quickly
precipitar(se), to hasten, rush, dash (after)
pregonar, to shout out
prendido(a), clinging to; **— en,** caught in
presa, booty; prey
presenciar, to witness
presente (*m.*), gift; **hacer —,** to offer; **tener —,** remember
preso, prisoner; **— de,** overcome with
presuntuoso, conceited(ly), officious(ly)
presuroso, hurried(ly)
pretender, to try to; want
pretexto, excuse; **llevar —,** to be an excuse
pretil (*m.*), parapet, low stone wall
prevenirse, to get ready
priesa = *prisa:* **andar con —, darse —,** to hurry
prietilla, dark young girl
prieto, very dark, black
privar, to deprive
probe = *pobre*
proceder (*m.*), behaviour, conduct
procurar, to try; **—se,** try to get, obtain
prodigalidad: con tanta —, so freely
proeza, deed, feat, achievement
proferir, to say; **— insolencias,** curse
prognato, with a protruding jaw
prójimo, man, human being
prominencia, projecting (rocks, etc.)
prontitud: con —, quickly
pronto, soon, quick(ly), ready; **de —,** suddenly; **por lo —,** for the moment
propagarse, to spread
propicio, suitable
propinar, to give
propio, own; himself; (*m.*), special messenger
proporcionar, to give, provide
prorrumpir, to burst out (*laughing*)
proseguir, to continue, go on
providencia: la sabia —, the commonsense precaution
proximidad, approach
proyectil (*m.*), bullet, shot; shell
proyecto, plan
¡pst!, hmm!
pue = *puede*
puesta del sol, sunset
puesto, placed, fixed, set; **muy bien —s,** well dressed and equipped; (*m.*), post; stall, stand
punta, tip (*of finger, toe, foot, etc.*); corner (*of apron*); toe (*of sandal*)
puntapié (*m.*), kick; **arrojar a —s,** to kick out
puntería, marksmanship; **hacer —,** to aim
puntiagudo, sharp(-pointed)
puntilla, short dagger used at the end of a bullfight to finish off a wounded animal
punto, point; **— menos,** (it's) even worse; **a — fijo,** for sure
puñado, handful
puñal, dagger
puño, fist, wrist, hand, handful, fistful
pupila, eye
purito, real

puro, pure; sheer; just, only; **del — cañón,** right in the canyon; (*m.*), cigar

que: ¿A — . . . ?, I'll bet
qué ¿A — . . . ?, Why?; **¿ — tal?,** What did you think of that?; **¿ — tanto . . . ?** = **¿Cuánto?; ¡ — más!,** what's more!; **¡— sé yo!,** or something like that!
quebrantado, broken
quedo, quietly
quejido, moaning
quemado, burnt; experienced (*under fire*)
quemar, to burn; hit, shoot
quén = *quién*
quere(n) = *quiere(n)*
queres = *quieres*
quero = *quiero*
querubincito, little cherub
quesque = *(que) dice que*
quieto, motionless
quijiera = *quisiera*
quiosco, kiosk

rabia, anger
radioso, radiant
ráfaga, gust
ramaje (*m.*), branches
ramazón (*f.*), branches
ramonear, to graze
rancio, rancid
ranchería, small village
ranchero, villager, farmer
rancho, small village (*with primitive dwellings*)
rapado, bald, stripped bare
rapiña: ave de —, bird of prey
rascarse, to scratch (oneself, *esp. one's head*)
rasguño, scratch
raso, full (*of tears*); (*m.*), satin; **soldado —,** ordinary soldier, private
raspa: de —, coarse, rough
rastra: llevar a —s, to drag
rastro, tracks, mark, trace
rastrojo, stubble
ratero, thieving
ratón, mouse
raya, bounds (*of cockfighting arena*)
raza, race; **de pura —,** full-blooded
razón (*f.*), reason; reasoning; **(a) sigún —,** they say; **¡Con — . . . !,** It's small wonder . . . !
real: camino —, highway
reanudar, to carry on, continue
reata, rope, lasso
rebanar, to sever; shatter (*of rock*)
rebién, very well
rebotar, to ricochet
rebozo (*Mex.*), long scarf, shawl
rebullir, to stir
recámara (*Mex.*), bedroom (*cf. Cast. alcoba, dormitorio, cuarto de dormir*)
recepción, graduation
recibir, to receive, get; **—se,** graduate
recio, fast; hefty
recodo, bend, corner
recoger, to collect, gather; retire
reconocer, to recognise; examine
recortar, to silhouette
recostado, nestling
recto, upright
recua, mount
rechinar, to gnash (*teeth*)
rechonchito, chubby
redoblar, to start again with renewed vigour
redoma, flask
reducirse, to be nothing more than, turn out to be
reducto, stronghold
redundante: lo —, the unwanted surplus
referir, to recount, describe, tell
refrenar, to control, restrain
refuerzo(-s), reinforcements
refulgente, brilliant
refulgir, to shine
regado, spread out, scattered around
regar, to sprinkle, shed (blood upon), scatter
regazo, lap; skirts
registrar, to search
regocijado, joyfully
regocijante, joyful
regocijo, joy, rejoicing
regordete(-ta), chubby

regüelve = *revuelve* (*con*), mix it with
regüeno = *rebueno*, excellent
reguero, sprinkling, scattering, heap
reivindicación, recovery
rejuvenecido, rejuvenated
relación, account, story
relamerse, to lick (smack) one's lips
relámpago, flash, lightning
relinchar, to neigh
relincho, neigh
reló = *reloj*
remangarse, to be tucked up, pull up
remanso, pool
rematar, to finish off; end
remate (*m.*), end
remedar, to imitate
remolino, swirl (*of dust, etc.*)
remover, to churn up; move; **—se,** stir, move (about, around)
remuda, horse (*esp. spare, fresh one*)
rendido, worn out, exhausted
rendir, to take orders; finish
renegar, to curse, complain
renegrido, very dark, blackish
renglón, line; **à — seguido de,** immediately following upon
rentar (*Mex.*), to rent
reparar en, to notice, pay attention to
reparo (*Mex.*), bolting
repartir, to share out
repasar, to work out; repeat; re-grind
repelar (*Mex.*), to worry, annoy, plague
repetición, chiming watch; **de —,** chiming
repicar, to ring
repicolargo, chatterbox
repique (*m.*), ringing
reponer, to reply; say
representación, realisation
reprimido, concealed
reprimir, to suppress
repronto, very soon
repuesto, recovered
repulido, shiny
requemado, sunburnt
requero = *requiero*, I love him a lot
res (*f.*), steer; **carne de —,** meat
resaber, to know only too well
resbalar, to slide
reseco, very dry
reserva, reserve; secrecy
resfrío, cold
resoplar, to puff; (*m.*), panting, snorting
resorte (*m.*), spring; **los muelles y los —s,** the springlocks
respaldo, back (*of chair*)
resplandor (*m. Am.*), crown
resquebrajadura, crack, fissure
restablecimiento, recovery
resto, rest, remainder; **—s,** remains, bits and pieces
restregarse, to rub (eyes, etc.)
resulta, consequence
resultado, result, outcome
resultar, to show up, appear; turn out to be
retaguardia, rear(guard)
reteacabao = *reteacabado*, very talented
retedescolorido, very pale (*lit.* very badly discoloured)
retemalo, very bad
retemblar, to tremble
reticencias (*pl.*), reserve
retinto, very dark brown, black
retorcerse, to twist
retorcido, curled
retozar, to gambol, frolic
retraído, wrapped (*in thought*)
retraimiento, retiring nature
reventar, to burst; bulge; **parecía —,** seemed about to burst; **—se,** break
revés (*m.*), backhanded blow
revivir, to come to life again
revolver, to mix; **—se,** mingle
revuelto, mixed up; tangled; confused
rezandero, pious and sing-song
rezongar de, to grumble about
rezongo, complaint
rial = *real*, 10 centavo coin
riendas (*pl*)., reins
rinconada, cranny
rinconera, corner shelf

risco, crag
risotada, burst of laughter
ríspido, harsh
risueño, smiling
rizado, curly
robao = *robado*
robustez, plumpness
rocalloso, rocky
rocín (*m.*), nag
rodar, to fall (down); (*m.*), fall
rodear, to surround; **—se,** make a circle
rodeo, coyness
rodillazo, shove with a knee
rojizo, reddish
romo, flat
roña, scum
roñoso, diseased, rotting
ropero, wardrobe
rosa, rose; **— de Castilla,** wild red rose; **— de San Juan,** wild white rose
rostro, face; **el Divino Rostro,** picture of Christ
rozar, to singe, skim past, just miss (*with a shot*)
rubor: cubrirse de —, to blush
ruborizar, to make blush
rudo, strenuous, rough; harsh; sharp; dull
ruedo: hacer — a, to make a circle around
rugir, to roar, shout
ruidazo, deafening noise
ruinoso, tumbledown
rumbo, direction; **— a,** towards
rumboso, loud and pompous
rumorear, to murmur

sabiduría, knowledge
sable (*m.*), sabre, sword
saciar, to satisfy
sacristán, sexton, verger
sacristía, sacristy
sacudir(se), to shake
sal (*f.*), salt; **tener —,** to be smart (witty)
salón, saloon (bar)
saltar, to jump (off, up, over, out); fall off; **hacer —,** kick off
saltón, protruding
salvador, saving
salvar, to get over; save
san, saint
sandía, water melon
sanguijuela, leech
sanguinolento, bloody
santiamén (*m.*), no time (at all)
santo, holy, blessed, true; **— y bueno,** it's all well and good
sañudo, ill tempered
saquear, to loot, sack
saqueo, looting; loot
sarape (*m. Mex.*), multicoloured cotton or woollen blanket, usually with tassels on the end
sarcasmo: por —, ironically
sardina, nag
sayón, executioner
sebo, tallow
segado, cut short, wasted
seguido: muy — (*Am.*), right now
semblante (*m.*), countenance, face
sembrar, to sow, cultivate
sementera, cultivated fields
semos = *somos*
sendos(-as), one each; **cruzaban sendas apuestas,** they exchanged bets
seno, breast
sentir(se), to feel; regret, be sorry; hear; (*m.*), **— común,** consensus of opinion, feelings of all
señá = *señora*
señal (*f.*), sign, signal
señalar, to indicate, point to
señoritín, well-to-do, smart young man
señorito, fine young gentleman
serrana, woman from the mountains; **de —,** highland
serranía, mountains
serranos, mountain (highland) people
servidor, Pleased to meet you . . .
servir, to serve, be used; **— de,** be, act as, be used for; **ha de —,** should be of some use
siembra, (cultivated) land; sowing, planting
sierpe (*f.*), snake
sierra, mountains
significado, meaning

sigún = *según;* **(a) — razón,** they say
silbar, to whistle
silbido, whistle
simpático, nice; (*m.*), my fine fellow, mate
simpatizador, sympathizer
simpatizar: usted me ha simpatizado, I've liked you; **me simpatizan,** I like
siniestro, sinister
siñor = *señor*
sinvergüenza (*m.*), good-for-nothing, villain, dirty old man
sitiar, to besiege
sitio, place; **abrir —,** to make room
so, under
soberbio, hefty; proud; imposing
sobra: de —, more than enough
sobrar: me sobra salud, I'm extremely fit
sobrecogido: —s de pánico, terror-stricken
sobrepuesto, one above another
sobresaltado, with a jump (start)
socarronamente, slyly, craftily
sofocar, to smother, obscure
soga, rope
solapado, hidden, crafty, secret
solar (*m.*), home
soldadesca, soldiers, soldiery
soldado, soldier; **— raso,** private
soldar, to weld
solferino, reddish-purple
solicitud, eagerness, concern; **en — de,** expecting
soltar, to release, let go; loosen up
sollozar, to sob
sollozo, sob
sombrerazo, old, worn hat
sombrío, gloomy
somnolencia: gruñó el cerdo su —, the pig grunted drowsily
son (*m.*), sound; **en — de triunfo,** triumphantly
sonrosado, rosy-cheeked
sonsonete (*m.*), sing-song voice
soñador, dreamer
soñar, to dream
soplar, to blow; fan (*fire*); whisper (*in ear*)
soplo, gust(s)
sorbo, gulp, sip
sordo, dull, subdued; **hacerse el —,** to pretend not to have heard
sosegar, to quieten
sostener, to hold up; resist, endure, stand
sota, queen (*in cards*)
sotana, cassock
soyate (*m. Mex.*), palm; **sombrero de —,** broad-brimmed hat, *typical of Mexico*
suavidad: con —, gently
subir, to climb, go up; **se nos subieron . . . a la cabeza, . . .** went to our heads
subteniente (*m.*), second lieutenant
subyugado, downtrodden
suceder, to happen; **—se,** follow one after (behind) another
suceso, event
sudadero, saddle cloth
sueldo, pay
suelto, limp; loose, dusty
suerte (*f.*), luck; fate; **de tal — que,** in such a way that
sufrido, long-suffering
sujeto, fellow
suntuoso, impressive, imposing
superior: con su "—", has the "curse"
suplicatorio, in mute appeal
surco, fold (*of skin*); furrow
surgir, to stand up
surtir, to supply
suspender(se), to stop
sustancia, remedy
susto, fright; **sacar un —,** to give a fright

tajo, slice, stroke; cliff
tal, such (a), (a) certain; **con — de que,** provided that; **¿Qué tal?,** What about that, eh?; **— como,** just as; **el — curro** (Demetrio), that (Demetrio) fellow
talego, bag
talud (*m.*), ledge
tallado, carved
tamaño: tamaña boca, their (our) mouths wide open; **tamaña lengua de fuera,** so much tongue

hanging out; **tamaña maravilla,** such amazing news
tambalearse, to stagger
tan: — hombres, real men
tanate (*m. Mex.*), bag
tantito, a little bit
tanto: — como, as much as; **por —,** consequently; **en — que,** while; **un —,** a bit
tapia, wall
tararear, to hum
tarea, task
tarugo, stupid, daft
tasajo, (*lit.*), jerked beef; (*here, as an insult*) You jerk!
taurino, bullfight
tejano, Texan
telaraña, cobweb
telégrafo, telegraph (post)
temerario, daring, rash
temeridad, daring
templar, to tune up (*a guitar, etc.*); **— la brida,** rein in (*a horse*)
templo, church
temporada, while
tendajonero, shopkeeper
tender, to stretch (out), hold out; point; aim; **— una oreja,** bring one's ear closer
tendido, stretched out, leaning down, lying; **lanzar carcajadas a pierna tendida,** to shriek with laughter; (*m.*), pack (*of cards*)
tendinoso, sinewy
teniente (*m.*), lieutenant
tenso, tense, rigid
tentarse, to feel
teñir, to paint, colour, tint
tequila (*Mex.*), *a traditional Mexican aloholic beverage distilled from the maguey plant*
tercio, bale
terciopelo, velvet
terco, pig-headed, obstinate
ternera, calf
terroso, earth-coloured
terso, smooth
tersura, smoothness
testa, head
tetilla, breast
tibor, large jar (*of china or earthenware*)
tienda, shop; bar
tierno, tender; young
tierra: dar en —, to fall
tiesto, flowerpot
timbre (*m.*), sound, tone
tinaja, water jar (*of earthenware*)
tinieblas (*pl.*), twilight; darkness
tinte (*m.*), tint, tinge, colour, hue
tinto, stained, dripping
tiñoso, scabby, mangy
tío, uncle; fellow; mate
tirante: a pierna —, stretched out
tiritar, to shiver
tiro, shot, bullet
tirón, pull, heave
tiroteo, shooting, firing
titipuchal (*Mex.*), lot, hoard
título (*university*) degree
tiznado, sooty, grimy
toa = *toda*
toavía: en — = *todavía*
tobillo, ankle
tocar, to play (*an instrument*); knock (*at a door*); touch; **—le a uno,** be one's share; **— un papel,** play a part
todo, all; **del —,** completely; **con — y . . .,** . . . and all
toma, capture
tonadilla, song, tune
tonadita, tone (*of voice*)
tonalidad, shade (*of colour*)
tono, tone, hue
tontear, to be a fool, act stupidly
too = *todo*
topar, to find, get, seek out
toquilla, hatband
torbellino, whirlwind
torcaz (*f.*), dove
torcer, to turn
tordillo, roan, dapple-grey
tordo, thrush
tormentoso, exhausting
tornar, to return
torneo, contest, competition
torpeza, difficulty, awkwardness
tortilla (*Mex.*), tortilla, a round flat cake made from maize (*see note to p.* 73)
torvo, sullen
tosco, rough, coarse, harsh

tosigoso, person suffering from tuberculosis
tovía = *todavía*
trabajoso, difficult
traducirse, to turn into
traer, to have; bring, fetch, get; carry; wear; **¿Qué trae?,** How's things? (What do you know?); **—se,** bring with one
tragantada, gulping, swallowing
trago, drink; gulp, swallow; **echar un —,** to have a drink
traiba(-n) = *imperf.* of *traer* (*a coll. confusion with the imperf. of ir*)
trair(se) = *traer(se)*
traje (*m.*), dress; uniform
trampa, trap
trance (*m.*), situation, what had happened
tranco: al — largo, at the slow pace
tranquilizar, to say reassuringly
transcurrir, to pass (*of time*)
transfigurado de, overcome (overwhelmed) with
transitar, to travel
trapo, bandage; rag; **la lengua hecha (un) —,** her tongue like a wet rag
trasunto, expression
tratarse de, to be a question of
travieso, practical joker
traza, sign
trazado, drawn
trecho, distance
treinta-treinta (*m.*), thirty-thirty rifle
trémulo, trembling, quivering; in a shaky voice
trenza, braided hair
trepado, perched
trepar, to climb
tres: en dos por —, in no time at all
tribu (*f.*), tribe
trigueño, brown
trincado, bound
trinchera, trench
tripa: reir a echar las —s, to split one's sides laughing
tripón: de tan tripones, they were so fat
triques (*m. pl. Mex.*), odds and ends, bits and pieces
troje (*f.*), barn
trompada: meter una —, to bash, belt, hit
tronar (*Mex.*), to shoot
tropezar (con), to come across; come into contact with; **—se,** stumble (trip) over
trozo, piece, bit
trueno, clap of thunder, thunderbolt
tubo, piping
tuerto, one-eyed
tumbado, lying down
tumbar, to bring (knock) down
tumbo: dar —s, to stagger
tumultuosamente, violently
tuna, prickly pear (fruit of the nopal cactus)
turba, gang, mob
turbante (*m.*), turban
turbarse, to become worried (anxious)
turbio, dark; muddy
turnarse, to take turns
tusado (*Am.*), close-cropped
tusero = *tucero* (*Mex.*), hole (*of a tuza, a small Central American rodent*)
tutear, to use the familiar *tu* form

ufano, proud
¡újule! (*Mex.*), That's one in the eye for you!
ulular, to yell; howl
umbral, threshold
un(-o); en uno, together; **a una,** together
uncioso, unctuous
uncir, to harness, yoke
unificarse, to unite in agreement
untado, set close to; drawn, tightly closed
urgencia: de —, urgent, vital
usar, to use; **—se,** be done
usté = *usted*, you
utilidad, profit

vaciarse, to be emptied; emigrate

vacilar, to hesitate
vadear, to wade, ford
vagabundo, tramp
vagar, to wander
vagoroso, hazy
vaho de fuego, heat waves
vaivén (*m.*), movement
vale (*m. Mex.*), fellow
valedura, favour
valeroso, brave
valiente, brave; (*m.*), brave man
valor (*m.*), bravery; **tener —,** to be brave; **de —,** valuable
vanguardia, advance guard
vapor: a todo —, as fast as possible
vaporizar, to cool off
vaquero, cowboy, cowhand
vaqueta: de —, leather
vara, yard
varón, man
varonil, manly
vasija, pot, jug, vessel
vecindad, proximity (of his neighbour)
vecindario, neighbourhood
vecino(-a), neighbour, inhabitant, citizen
veintena, score
vejarruca, old woman
venado, deer
vendaval, gale
venemos = *venimos*
venenoso, poisonous
venia, permission
vera, side
veras: de —, real(ly); **¡Ahora va de —!,** Now for the real thing!
verdá = *verdad*
verdad, truth; **la mera —,** God's truth; **la — de la —,** to tell you the truth; **¿verdad?,** right?
verdadero, real, true
verdinegro, dark green
verdugo, executioner, torturer
vereda, path
vericueto, rough, narrow, twisting path; **—s,** twists and turns
verificarse, to take place
vertebradura, spine
vertido, shed
vertiente (*f.*), cliff; steep slope; side
vertiginoso, astonishing; rapid
vértigo: sentir un —, to feel dizzy
vespertino, late afternoon
veteado, veined, striped
vetusto, old, ancient
vía, way, route
víbora, snake
vida, life; **¡Güero de mi —!,** My darling Guero!; **en mi —,** never
vidrioso, glassy
viejota, old hag
viento, wind; **músicos "de viento",** wind instrument players
vientre (*m.*), breast (*of bird*); stomach
viga, beam
vigilancia, watchful eye
vigilante (*m.*), (body)guard
vigoroso, strong
vihuela, guitar
villita: de la —, of some small village
víspera, previous day (evening)
viva (*m.*), cheer
vivamente, vividly; nervously
vivir, to live; **¡Que viva . . . !,** Long live . . . !; **¿Quién vive?,** Who goes there?
vocerío, row, din, clamour
vociferar, to shout, yell
volcar, to tip (pour) over
volteado, ploughed
voltear, to turn over (round)
voluntá = *voluntad*
voluntad, will, whim; **tener —,** to like; **tener mala —,** not to like
voluptuosidad, sensual pleasure
vuelta, turn, return; **dar una —,** to go for a stroll; **dar —s,** walk to and fro
vulgar, common, ordinary

yacer, to lie
yantar, to eat
yegua, mare
yerba, fodder, grass
yerbita, herb
yunque (*m.*), anvil
yunta, (yoke of) oxen

zacate (*m. Mex.*), grass
zacatecano, from Zacatecas (*state or city*)

zafir (*m.*), sapphire (*sky*)
zafirino, sapphire
zaguán (*m.*), entrance
zahurda, pigsty
zaino, chestnut
zarco, clear blue
¡zas!, wow! bang!
zopilote (*m. Am.*), buzzard, vulture-like bird of prey
zozobra, anxiety, dismay; **sin —,** boldly; **sin —s,** relieved
zumbrador, buzzing
zumbar, to buzz, whizz, hum
zurdo, left